Ein milliardenschwerer Schürzenjäger

MISHA BELL

ÜBERSETZT VON
GRIT SCHELLENBERG

♠ MOZAIKA PUBLICATIONS ♠

Copyright © 2024 Misha Bell
www.mishabell.com

Veröffentlicht von Mozaika Publications, einem Impressum von Mozaika LLC.
www.mozaikallc.com

Aus dem Amerikanischen von Grit Schellenberg
Lektorat: Fehler-Haft.de

Umschlag von Najla Qamber Designs
www.qamberdesignsmedia.com

e-ISBN: 978-1-63142-952-1
ISBN drucken: 978-1-63142-953-8

KAPITEL 1

Jane

»Warum wartest du nicht in der Bibliothek?«, fragt Mom, und obwohl wir am Telefon sprechen, kann ich die Sorge in ihrem freundlichen Gesicht spüren. »Ich dachte, dieses Vorstellungsgespräch sei wichtig.«

Wichtig ist eine Untertreibung. Dieser Job als Bibliothekarin ist der eine Ring, der mich zu Gollum macht.

Ich umfasse das Telefon fester und schaue mich in der malerischen Umgebung des Central Parks um. »Ich wusste, dass mich das lange Sitzen im Wartezimmer nervös machen würde, also dachte ich, eine Promenade würde helfen.« Nicht, dass es so gewesen wäre.

Mama keucht hörbar. »Ist Promenade heutzutage das Wort der Kinder für Alprazolam?«

Ich lasse mein Handy fast in das ruhige Wasser des nahen Sees fallen. »Eine Promenade ist ein gemütlicher

Spaziergang an einem öffentlichen Ort. Tut mir leid – noch so ein Wort aus dem historischen Liebesroman.«

»Oh.« Mom klingt viel zu erleichtert, gerade wenn man bedenkt, dass ich noch nie Drogen genommen habe. »Sag ihnen unbedingt, wie sehr du diese Bücher magst.«

Hm. Zu sagen, dass ich nur historische Liebesromane mag, ist so, als würde man behaupten, dass Glenn Closes Figur in *Eine verhängnisvolle Affäre* irgendwie auf Michael Douglas stand. Oder dass Hannibal Lecter in *Das Schweigen der Lämmer* Appetit auf menschliche Leber mit Favabohnen hatte.

Der Alarm meines Handys ertönt und beschleunigt meinen Herzschlag. »Es ist Zeit, zu gehen«, sage ich zu Mama. »Ich habe nur zehn Minuten, bis mein Vorstellungsgespräch beginnt, und es sind fünf Minuten zu Fuß.«

»Dann los«, sagt Mama. »Beeil dich. Ich bin mir sicher, dass du es schaffen wirst.«

»Danke.« Ich lege auf und streiche den Rock des Kostüms glatt, das ich mit meinem letzten Geld gekauft habe – Kleidung, die ich zurückgeben muss, wenn ich den Job nicht bekomme.

Aber das werde ich natürlich. Diese Bibliothek hat die beste Sammlung historischer Liebesromane der Welt, und ich bin die eifrigste Leserin von ihnen, die es gibt. Es ist eine Liebe, die im viktorianischen England geschmiedet wurde.

Miss Miller strafft ihr enges Korsett, rückt ihre Haube

2

zurecht und hebt ihr Kinn. In schwierigen Zeiten wie diesen muss eine Dame ihre perfekte Haltung bewahren.

Ja, so ist es besser. Wenn ich mich beruhigen oder aufmuntern muss, versetze ich mich oft in die Rolle einer Dame aus dem neunzehnten Jahrhundert namens Miss Jane Miller. Sie ist die Tochter eines Barons, der ihre Mutter außerehelich geschwängert hat und dann auf einem Schiff bei der Jagd auf Pottwale ums Leben kam. Überlebenden zufolge wurde der gute Baron von dem zweieinhalb Meter langen Schwanz des majestätischen Tieres zu Tode gebumst – ein ironisches Schicksal für einen nutzlosen Samenspender, wie ich finde.

Um mich weiter zu entspannen, setze ich meine Kopfhörer auf und höre die Titelmelodie der Netflix-Serie *Bridgerton*.

Ein bedrohlicher weißer Schatten erscheint in meinem Augenwinkel.

Ich drehe mich um, und mein ohnehin schon klopfendes Herz springt mir fast aus der Kehle, als ich auf der Stelle erstarre und mir ein Dutzend Fragen in den Sinn kommen.

Ist das ein Schaf? Wenn ja, was macht es dann in Manhattan? Warum läuft es auf mich zu? Wedelt es mit dem Schwanz? Kann man getötet werden, wenn ...

Ich schrecke aus meiner Benommenheit auf und versuche, dem Wiederkäuer aus dem Weg zu gehen, aber es ist zu spät. Das riesige Ding ist schon über mir, steht auf seinen hinteren Teufelshufen und lässt seine vorderen mit der Kraft von Thors Hammer auf meine Schultern fallen.

Ich fliege rückwärts.

Der Boden knallt gegen mich.

Die Luft strömt aus meinen Lungen und es fällt mir schwer, zu atmen.

Überall um mich herum ist eine dicke Flüssigkeit.

Blut? Gehirn?

Nein, schlimmer.

Es ist Schlamm. Schlamm, der mich wahrscheinlich vor einer Verletzung bewahrt, aber meine Hoffnungen, vorzeigbar auszusehen, zerstört hat.

Ich sauge etwas Luft ein und danke Gott, dass ich nicht tot bin. Wenn es um peinliche Todesarten geht, steht der Tod durch ein Schaf auf einer Stufe mit dem Zerfleischen durch einen Hamster und dem Ablecken durch ein Kätzchen. Die Tatsache, dass ich als dreiundzwanzigjährige Jungfrau sterben würde, wäre nur das Sahnehäubchen auf einem vielschichtigen Scheißkuchen.

Das Schaf ist jetzt direkt in meinem Gesicht. Wird es meine Augenlider fressen? Oder die Brille zerkauen, die wie durch ein Wunder immer noch auf meiner Nase sitzt?

Nein. Es leckt mir über die Wange.

Sein Atem riecht nach Huhn und Süßkartoffeln.

Was zum Teufel …?

Moment einmal. Das Fell dieses Schafes riecht verdächtig nach einem nassen Hund. Fast so, als ob …

»Es tut mir so leid«, sagt das Schaf mit einer tiefen,

satten Stimme, die so weich wie geschmolzene Schokolade ist. »Die Leine ist mir aus den Händen gerutscht.«

»Du bist ein Hund?«, frage ich das Schaf, da ich noch immer verwirrt bin.

»Nein«, sagt es – oder wer auch immer. »Ich bin Adrian. Der Hund heißt Leo, und er klingt so.« Die Stimme verändert sich und klingt eine Oktave höher und wird schneller, als hätte die Person ein überkoffeiniertes Streifenhörnchen gegessen. »Du riechst gut. Der Schlamm macht Spaß. Es tut mir leid, dass ich dich zu Fall gebracht habe. Manchmal vergesse ich, dass ich kein Welpe mehr bin.«

Der Hund, der kein Schaf ist – Leo – verschwindet aus meinem Blickfeld, und ich entdecke endlich den Sprecher.

Bei diesem Anblick verdampft die Luft, die ich zurückgewonnen hatte.

Das Gesicht des Mannes – Adrian – ist perfekt proportioniert, mit einer aristokratischen Nase, einem kräftigen Kinn und silberfarbenen Augen, die schelmisch schimmern. Ja, schelmisch. Mit seinen breiten Schultern und dem dunklen, vom Wind zerzausten Haar, das ihm bis über die Ohren reicht, könnte er auf ein historisches Liebesroman-Cover geklebt werden, und man bräuchte nur noch mit Photoshop eine zeitgemäße Kleidung hinzuzufügen.

Vom Herzog erobert würde der Titel des besagten Romans lauten. Oder: *Des Marquis widerwillige Braut.*

Dein Name ist Earl. Die jungfräuliche Mistress des Barons. Das Mauerblümchen des schurkischen Viscounts ...

Er kniet sich neben mich.

Beschlägt meine Brille oder meine Netzhaut? Vor solch unverfälschter Schönheit sollte man gewarnt werden.

»Geht es Ihnen gut?«, fragt er.

Geht es mir gut? Ich bin ängstlich, aufgewühlt und viel zu erregt für diese Situation, aber vor allem habe ich das Gefühl, dass ich etwas sehr Wichtiges vergessen habe.

Dann trifft es mich.

Das Vorstellungsgespräch! Wie konnte ich das auch nur für einen Moment vergessen? Habe ich Windmühlen in meinem Kopf?

»Ich bin spät dran«, verkünde ich und setze mich auf.

Bei den Glocken der Hölle. Ich fuchtele mit meinen Armen, und Schlammbrocken fliegen in alle Richtungen – auch zu Leo, der sie eifrig ableckt, und Adrian, der das stoisch hinnimmt.

»Sind Sie sicher, dass Sie bereit sind, aufzustehen?«, fragt Adrian und streckt mir seine Hand entgegen.

»Es spielt keine Rolle, ob ich bereit bin.« Ich ergreife seine Hand – und falle dann fast wieder auf den Boden zurück, als mich eine Hitzewelle überrollt.

Seine Haut ist heiß wie ein glühender Ofen, und diese Hitze durchdringt meinen Körper und bringt alles zum Schmelzen.

Oh-oh. Miss Miller spürt eine Sehnsucht an ihrem geheimsten Ort. Ein höchst undamenhaftes Kribbeln, das ...

»Ich glaube, Sie haben sich noch nicht erholt«, sagt Adrian, während er mir auf die Beine hilft. »Setzen Sie sich erst einmal auf die Bank da drüben.«

»Ich kann nicht«, keuche ich und ziehe meine Hand aus seinem Griff, bevor ich verbrenne. »Ich muss rennen.«

Sein Gesichtsausdruck verhärtet sich. »Sie könnten eine Gehirnerschütterung haben.«

»Und wessen Schuld ist das?« Ich sehe ihn mit großen Augen an. »Ich bin spät dran für ein Vorstellungsgespräch. Für meinen Traumjob. Können Sie aufhören, mir in die Quere zu kommen?«

»Ein Vorstellungsgespräch?« Er lässt seinen Blick über mich gleiten. »So?«

Ich schaue nach unten und wünschte, ich hätte es nicht getan. »Oh nein. Ich bin dreckiger als ein Schwein.«

»Schweine sind eigentlich nicht dreckig«, sagt Adrian. »Sie benutzen Schlamm, um sich abzukühlen, als Sonnenschutzmittel und zur Abwehr von Insekten.«

Miss Miller kämpft gegen den Drang an, dem Schurken eine Ohrfeige zu verpassen.

»Das ist eine sehr hilfreiche Lektion in Sachen Tierhaltung, danke.« Ich trete aus dem Schlamm. Am Anfang sind meine Knie noch wackelig, aber mit jedem Schritt fühle ich mich mehr und mehr wie ich selbst – nur viel, viel dreckiger.

»Warten Sie«, ruft er mir nach. »Lassen Sie mich Ihnen wenigstens helfen.«

Ich warte nicht, aber er holt mich ein und ergreift meinen Ellenbogen – als wollten wir vor der Teestunde noch einen Spaziergang machen.

Wieder einmal reagiert mein verräterischer Körper auf seine Berührung mit der unangemessensten Intensität.

Puh. Wenn ich diesen Job wie durch ein Wunder bekomme, muss ich das Projekt *Große Entjungferung* ganz oben auf meine To-do-Liste setzen. So lange Jungfrau zu sein hat mich eindeutig in ein hormonelles Pulverfass verwandelt, das bereit ist, bei dem ersten Fremden, den ich treffe, zu explodieren.

Miss Miller findet diesen letzten Gedanken unpassend.

»Würden sie Sie einen neuen Termin machen lassen?«, fragt Adrian, der immer noch meinen Ellenbogen festhält.

»Das bezweifle ich«, sage ich. »Ich würde das nicht.«

»Es ist nur so, dass ich direkt hier gegenüber wohne«, sagt er. »Wir könnten Ihre Sachen innerhalb einer Stunde waschen lassen.«

Ich erröte wie die Jungfrau, die ich bin. »Versuchen Sie, mich aus meinen Klamotten zu bekommen?«

Sein Lächeln ist übermütig. »Machen. Oder nicht machen. Es gibt keinen Versuch.«

Ich befreie meinen Arm. »Behalten Sie Yoda in der Hose.«

Ein Schürzenjäger. Das hätte ich mir denken können.

Ich werde schneller und lasse ihn hinter mir – zumindest für einen Moment.

»Warten Sie!« Er holt mich ein, und Leo hechelt hinter ihm. »Ich meinte das Angebot, Ihre Kleidung zu waschen, ernst.«

»Und ich meine das hier ernst. Selbst wenn ich es nicht eilig hätte, wäre die Antwort: Auf keinen Fall.«

Er seufzt. »Kann ich wenigstens …«

»Das hier ist mein Ziel«, sage ich atemlos, als ich neben der Bibliothek anhalte. »Es war mir kein Vergnügen, Sie kennenzulernen.«

Er lächelt schelmisch. »Der Mangel an Vergnügen war ganz meinerseits.«

Als ich die Bibliothek betrete, kühlt der Geruch von Büchern meine brennenden Wangen und beruhigt mich ein wenig, zumindest bis die Leute beginnen, mich mitleidig anzuschauen.

»Ich bin wegen des Vorstellungsgesprächs hier«, sage ich zu dem Mann am Schalter.

»Mrs. Corsica ist da drüben.« Er deutet auf die Tür hinter sich. Sichtlich geknickt fügt er hinzu: »Sie wird nicht erfreut sein, dass Sie zu spät kommen.«

Ich bin also nicht nur unangemessen erregt und schmutzig, sondern komme auch noch zu spät? Was kommt als Nächstes? Vogelkacke auf meinem Kopf, damit ich so rieche, wie ich aussehe?

Ich sprinte zur Bürotür, als würde ich von wilden Pferden gejagt werden. Während ich klopfe, versuche ich, mein hektisches Hecheln unter Kontrolle zu bringen.

»Herein«, sagt eine Frauenstimme in einem unzufriedenen Ton, der nichts Gutes verheißt.

Ich trete ein.

Zu sagen, dass Mrs. Corsica streng aussieht, wäre eine starke Untertreibung. Mit ihrer förmlichen Kleidung, ihrer geraden Haltung und ihren kalten grauen Augen erinnert sie mich an eine böse Herzogin, die gerade eine Heldin kennengelernt hat, die ihrer Meinung nach weit, weit unter dem Stand des Helden ist.

Gott. Selbst wenn ich pünktlich gekommen wäre und vorzeigbar ausgesehen hätte, würde ich mir bei einem solchen Gesprächspartner Sorgen um meine Chancen machen. So wie es aussieht, kann ich den Job genauso gut vergessen.

»Wann, denken Sie, sollte dieses Gespräch eigentlich beginnen?«, fragt Mrs. Corsica.

Ich drehe mich so, dass sie den Schlamm sehen kann, und sage dann: »Auf meinem Weg hierher gab es einen Zwischenfall. Es tut mir sehr leid.« Ich bezweifele, dass es helfen würde, wenn ich ihr auch sagen würde: *Ein Hund, der einem sehr heißen Typen gehört, hat mich umgeworfen.* Das klingt wie eine weniger plausible Version von *Der Hund hat meine Hausaufgaben gefressen*.

Mrs. Corsica nickt missbilligend und sagt: »Macht es Ihnen etwas aus, das Interview im Stehen zu führen? Der Gästestuhl ist eine Antiquität.«

»Kein Problem«, sage ich mit vorgetäuschter Fröhlichkeit. In Wirklichkeit scheint es unhöflich zu sein, zu stehen, wenn eine ältere Frau sitzt, aber was soll ich machen? Es ist nicht so, dass ich jetzt eine Chance auf den Job habe, also ist es das Beste, wenn ich das als eine Möglichkeit sehe, meine Fähigkeiten im Vorstellungsgespräch unter extrem schwierigen Bedingungen zu üben.

»Sagen Sie mir, warum ich Sie einstellen sollte«, sagt Mrs. Corsica, und ich höre fast das unausgesprochene *Nicht, dass mich irgendetwas, was Sie zu diesem Zeitpunkt sagen, überzeugen würde.*

Das ist der schwierigste Teil des Vorstellungsgesprächs, weil ich von Natur aus bescheiden bin und es mir daher viel schwerer fällt, mich zu verkaufen, als konkrete Fragen zu beantworten. Trotzdem stürze ich mich in die Rede, die ich seit einigen Jahren in meinem Kopf geprobt habe und in der ich betone, wie organisiert und detailorientiert ich bin, wie gut ich mit der neuesten Bibliothekstechnik umgehen und wie gut ich recherchieren kann. Als Sahnehäubchen erzähle ich ihr, wie sehr ich das Lesen liebe und dass es ein großer Traum von mir ist, mit Büchern zu arbeiten.

Die ganze Zeit ist Mrs. Corsicas Gesichtsausdruck so unleserlich, dass ich mich frage, ob sie Botox missbraucht, ein Poker-Champion ist oder durch eine Wachsstatue ersetzt wurde, als ich geblinzelt habe.

»Ihr einziger Schwerpunkt sind Bücher?«, fragt sie. »Ein Kurator muss sich mit vielen verschiedenen Medien auskennen.«

Ich erkläre ihr, dass ich mich über Filme und Fernsehsendungen auf dem Laufenden halte, und fordere sie sogar auf, mich etwas darüber zu fragen, wenn sie möchte.

Das tut sie, und ich habe heute zum ersten Mal Glück. Ihre Frage bezieht sich auf *Sinn und Sinnlichkeit*, was ich offensichtlich gesehen und gelesen habe, da ich nach Jane Austen benannt wurde und der Film zu einer kleinen Handvoll historischer Liebesromane gehört.

Als Nächstes fragt sie mich nach meiner Masterarbeit und meiner Arbeitserfahrung in der Bibliothek der Columbia University.

Während ich spreche, gebe ich mein Bestes, nicht von einem Fuß auf den anderen zu treten und nicht an Adrian zu denken, beides Herkulesaufgaben.

Schließlich muss Mrs. Corsica das Gefühl haben, dass sie genug Fragen gestellt hat, die die Höflichkeit diktiert, wenn man nicht den Wunsch hat, tatsächlich jemanden für den Job einzustellen – ein bisschen wie mein Gespräch mit meinem Date neulich, nachdem sich herausstellte, dass der Mann mindestens zwanzig Jahre älter war, als er auf seinem Profilfoto aussah.

»Danke«, sagt Mrs. Corsica eisig. »Sie werden von uns hören.«

Übersetzung: *Du wirst diesen Job nur über meine Leiche bekommen. Verschwinde von hier und säubere dich, um Himmels willen.*

KAPITEL 2

Adrian

»Der Mangel an Vergnügen war ganz meinerseits?«, sage ich mit einem Kopfschütteln zu Leo, sobald die geheimnisvolle Frau in der Bibliothek verschwunden ist. »Hast du verstanden, was ich meinte?«

Leo legt den Kopf schief.

Ich bin besser als das, und meine Vorstellung von Flirten ist, am Poloch einer Hündin zu schnüffeln.

»Oh, na ja«, sage ich. »Vielleicht sage ich etwas Klügeres, wenn sie zurückkommt.«

Leo legt sich auf den Boden und schaut mich skeptisch an.

Ich dachte, Stalking wäre mein Ding, aber was auch immer dein zweibeiniges Boot antreibt.

»Du hast mir das eingebrockt«, sage ich ihm. »Das Mindeste, was ich tun kann, ist, ihr anzubieten, ihr Kleidung zu kaufen, um die zu ersetzen, die du ruiniert hast.«

Leo wimmert – und das gibt mir das Gefühl, dass ich den imaginären Streit gewonnen habe.

Während wir warten, kann ich nicht anders, als mir vorzustellen, wie ich die geheimnisvolle Frau malen würde. Oder eine Statue von ihr mit den Laserschweißtechniken mache, die ich seit kurzem beherrsche.

Ein Lächeln umspielt meine Lippen. Auf manche mag sie entweder seltsam oder wie eine sexy Bibliothekarin wirken. Sie könnten denken, dass sie wie die Heldin in *Eine wie keine* ist – hübsch, aber sie muss ihre Brille abnehmen und sich umstylen lassen. Ich finde, sie erinnert an die Mona Lisa, mit einem Gesicht, das dem Ideal so nahe kommt, und einer Brille, die diese Perfektion gekonnt einrahmt. Ich würde sogar eine Million Dollar darauf wetten, dass, wenn ich ihr Gesicht messen und die Breite durch die Länge teilen würde, das Ergebnis der Goldene Schnitt wäre. Das Gleiche gilt für ihre anderen Proportionen: Die Länge ihrer Ohren würde genau der Länge ihrer Nase entsprechen, die Breite ihrer Augen wäre identisch mit dem Abstand zwischen ihnen, ganz zu schweigen von ...

Mein Telefon klingelt.

Es ist Bob, einer der Anwälte aus meiner Armee von ihnen, der ein Experte darin ist, meine gute Laune zu zerstören. Er ist der Beste in dem, was er tut, aber er hat die nervige Angewohnheit, so zu tun, als sei die bevorstehende Anhörung das Wichtigste in *seinem* Leben und nicht in meinem. Als ob *er mich* gefunden hätte, damit er mir helfen kann, und nicht umgekehrt. Manchmal frage ich mich, ob er all den Blödsinn glaubt, den seine Gegner bei der Anhörung über mich erzählen wollen – Dinge, die leider viele Leute glauben.

»Hallo«, sagt Bob. »Hast du von der Agentur gehört?«

Ich runzele die Stirn. »Keine der Kandidatinnen, die sie angeboten haben, war gut genug.«

»Bist du sicher, dass du nicht zu wählerisch bist?«, fragt Bob.

»Ach, bin ich das?« Ich klappere die Probleme der Kandidatinnen herunter, zu denen unter anderem gehören: Alkohol am Steuer, rassistische Äußerungen in den sozialen Medien und einstweilige Verfügungen von drei verschiedenen Männern.

»Hmm«, sagt Bob. »Vielleicht sollten wir uns eine bessere Agentur suchen?«

Ich schnaube. »Denkst du?«

»Wir müssen das so schnell wie möglich machen«, sagt er. »Die Beziehung muss schon eine Weile bestehen, um glaubwürdig zu sein.«

Mein Kiefer zuckt. »Erzähl mir etwas, das ich noch nicht weiß – und mach es zur Abwechslung mal zu einer guten Nachricht.«

»Der Richter, den wir wahrscheinlich bekommen, ist recht geschlechtsneutral«, sagt Bob.

»Das ist toll«, sage ich, und mein Herz hüpft vor Hoffnung. Seit ich mein kleines Mädchen im Krankenhaus gesehen habe – oder vielleicht sogar schon davor – habe ich alles in meiner Macht Stehende getan, um an seinem Leben teilhaben zu können. Die Wahrheit ist, ich würde sogar in Betracht ziehen, Sydney, seine manipulative Mutter, zu heiraten, aber erst, wenn ich alle anderen Möglichkeiten ausgeschöpft habe.

»Ich habe auch von der Firma gehört, die das Internet säubert«, sagt Bob. »Sie ist fertig. Pass einfach auf, dass du ihnen nicht noch mehr Arbeit gibst, und halte dich von Substanzen fern.«

Ich atme aus. »Ich habe schon seit Monaten keine Pilze mehr angerührt. LSD noch länger nicht. Du musst das nicht immer wieder ansprechen.«

»Tut mir leid«, sagt Bob. »Du weißt, wie wichtig dieser Teil ist.«

Natürlich weiß ich das, und ich bin nicht auf Bob wütend, sondern auf mich selbst. Ich habe vor einem Jahr in einigen Interviews erwähnt, dass ich Halluzinogene in Mikrodosen zur Steigerung meiner Kreativität einnehme, und Bob hat Grund zu der Annahme, dass die andere Seite dies nutzen könnte, um mir Drogenmissbrauch zu unterstellen. Sollten sie diesen Weg einschlagen, werden sie enttäuscht sein, wenn sie versuchen, Beweise dafür zu finden, dass ich das gesagt habe. Außerdem mache ich regelmäßig Drogentests, um zu beweisen, dass ich so sauber bin wie die Pfeife eines Schiedsrichters mit Zwangsstörungen.

»Gibt es sonst noch etwas, das ich wissen sollte?«, frage ich Bob.

Er fängt an zu erzählen, aber ich muss ihn unterbrechen, bevor er fertig ist, weil ich die geheimnisvolle Frau aus der Bibliothek kommen sehe.

Ihrem verzweifelten Gesichtsausdruck nach zu urteilen, ist das Vorstellungsgespräch nicht gut gelaufen, und wenn dem so ist, schulde ich ihr mehr als neue Kleidung.

»Ich rufe dich später zurück«, sage ich zu Bob und lege auf.

Die Frau geht die Treppe hinunter und ist in Gedanken versunken. Als sie uns entdeckt, verengt sie ihre Augen zu kleinen bernsteinfarbenen Flecken. »Stalken Sie mich?«

Ich deute auf Leo und antworte mit *seiner* Stimme: »Ich habe Mist gebaut, also mache ich es mit meinem Menschen wieder gut.«

Sie überbrückt den Abstand zwischen uns und stößt mir einen Finger in meine Brust. »Wie ich Ihnen bereits gesagt habe, gehe ich nicht zu Ihnen nach Hause.«

»In Ordnung«, sage ich mit meiner normalen Stimme. »Aber in der Nähe gibt es ein Bekleidungsgeschäft. Wie wäre es, wenn ich Ihnen ein neues Outfit kaufe?«

Sie seufzt. »Ist das der schnellste Weg, Sie loszuwerden?«

Ich nicke, und Leo richtet sich zu seiner vollen Größe auf und wedelt mit seinem Schwanz.

Sie lächelt den Hund an, aber es ist kein Mona-Lisa-Lächeln, sondern ein breites Grinsen. »Sein flauschiges Gesicht erinnert mich an jemanden«, sagt sie. »Aber ich kann mich nicht erinnern, an wen.«

»Oh, das bekommt er oft zu hören«, sage ich. »Er hat einfach eines *dieser* Gesichter, wissen Sie?«

Ihr Lächeln verschwindet. »Wo ist dieser angebliche Laden?«

Ich deute auf die Fifth Avenue. »Ganz in der Nähe.«

»Gut«, murrt sie und setzt sich in Bewegung.

Ich hole sie ein und frage so beiläufig wie möglich: »Wie heißen Sie?«

Sie bleibt stehen. »Das ist nichts, was ich völlig Fremden erzähle.«

Ich strecke meine Hand aus. »Nur zur Erinnerung, mein Name ist Adrian. Adrian Westfield.« Ich ziehe meinen Führerschein heraus und gebe ihn ihr. »Sehen Sie? Jetzt bin ich kein völlig Fremder mehr.«

Stirnrunzelnd macht sie mit ihrem Handy ein Foto von meinem Führerschein. »Das ist jetzt in meiner Cloud«, sagt sie. »Wenn Sie mich fressen, wird die Polizei ein paar Fragen an Sie haben.«

Sie fressen? Der Teil meiner Anatomie, den sie Yoda genannt hat, spürt eine große Störung in der Macht, so als ob Millionen von Vaginas plötzlich vor Ekstase aufschreien würden.

Ihrem Erröten nach zu urteilen, muss sie die Doppeldeutigkeit erkannt haben.

Als ich den Führerschein zurücknehme, berühren meine Finger ihre, und es ist, als würde ich von dem Machtblitz getroffen, den die bösen Sith aus ihren Händen schießen können. Die Energie fließt direkt in

Yoda – und im Gegensatz zu seinem Namensvetter aus dem Film absorbiert mein Schwanz sie nicht so einfach. Stattdessen habe ich das Gefühl, Yoda könnte explodieren.

»Jane«, sagt sie, und aus irgendeinem Grund färben sich ihre Wangen in einem noch schöneren Rosaton. »Jane Miller. Meine Mutter ist ein großer Fan von Stolz und Vorurteil.«

Während wir weitergehen, frage ich: »Von dem Buch oder dem Film mit Keira Knightley?«

»Dem Buch«, sagt Jane knapp. »Meine Mutter konnte mich nicht nach dem Film benennen, weil er herauskam, als ich schon geboren war.«

»Darauf falle ich nicht herein«, sage ich verschwörerisch zu Leo. Zu Jane sage ich: »Ich möchte klarstellen, dass ich das nicht gesagt habe, um Ihr Alter herauszufinden … Auch wenn Sie durch meinen Führerschein schon wissen, dass ich siebenundzwanzig bin.«

»Was für ein Gentleman«, sagt sie mit einem hörbaren Augenrollen. »Wenn Sie es unbedingt wissen wollen: Ich bin dreiundzwanzig. Außerdem, bevor Sie das auch noch fragen: Ich wiege achtundvierzig Kilogramm.«

»Das würde ich nie fragen.« Ich frage mich, ob ich ihr sagen soll, dass sie genau so viel wiegt wie Leo.

»Ich bin ein Meter sechzig groß«, fährt sie fort. »Damit ist mein BMI neunzehneinhalb.«

»Wirklich, ich brauche keine …«

»Mein Cholesterinspiegel ist eins fünfzig«, fährt sie

fort. »Mein Sternzeichen ist Skorpion. Mein Blutdruck ist an den meisten Tagen 115 zu 75. Meine Schuhgröße ist siebenunddreißigeinhalb. Wollen Sie noch etwas fragen? Ob ich Leberflecken habe? Wie meine Kacke auf der Bristol-Stuhlformen-Skala aussieht?«

»Danach habe ich nicht gefragt, und das wissen Sie auch.« Einiges davon wird ziemlich hilfreich sein, wenn ich eine lebensgroße Statue von ihr anfertige – aber das erwähne ich nicht, weil sie es zu etwas verdrehen könnte, was nur ein Kannibale sagen würde.

»Sind wir in der Nähe des Ladens?«, fragt sie.

Ich zeige auf eine Boutique auf der anderen Straßenseite. »Dort.«

Sie schaut sie sich an, bleibt dann stehen und schüttelt den Kopf. »Wir können da nicht hineingehen.«

»Warum nicht?«

Sie scheint nicht der Typ zu sein, der wegen Ladendiebstahls auf die schwarze Liste gesetzt wird, im Gegensatz zu einer der Kandidatinnen, die mir die Agentur geschickt hat.

»Sie verkaufen die teuerste Kleidung in Manhattan«, sagt sie. »Sie werden Ihren Hund nicht hineinlassen, und sie werden mich wegschicken, wie in dieser Szene aus Pretty Woman.«

Ich grinse. »Wenn sie das tun, kaufen wir woanders ein und reiben ihnen die verpasste Provision unter die Nase, so wie Julia Roberts es getan hat.«

Zum ersten Mal lächelt Jane mich an. »Sie haben den Film gesehen?«

»Ich bin ein Filmfanatiker«, sage ich, als wir die Straße überqueren. »Ich habe alles gesehen. Was ist mit Ihnen?«

»Ich lese eher Bücher.« Sie schiebt ihre Brille höher auf ihre süße Nase. »Trotzdem schaue ich bei jeder Gelegenheit mit meiner Mutter Filme, also habe ich schon viele gesehen.«

Ich spüre einen Stich in meiner Brust. Ich würde mein ganzes Geld geben, um wieder einen Film mit meiner Mutter sehen zu können, egal, wie beschissen er ist.

»Welche Art von Büchern mögen Sie?«, frage ich, bevor sie meine Gedanken aufschnappt und etwas anspricht, worüber ich nicht sprechen möchte.

Sie errötet erneut und betritt die Boutique, anstatt zu antworten.

Bevor ich folge, schaue ich zu Leo hinunter. »Du musst dich da drin von deiner besten Seite zeigen.«

Leo legt den Kopf schief.

Wie stehen die Chancen, dass sie eine Katze haben, die mich herausfordert, sie zu jagen? Oder ein Eichhörnchen? Oder meinen Schwanz?

Seufzend ziehe ich mein Portemonnaie heraus und vergewissere mich, dass ich meine schwarze American Express dabeihabe, damit ich sie zeigen kann, wenn es so aussieht, als würden wir hinausgeschmissen werden. Dann trete ich ein und stoße mit Jane zusammen, die anscheinend fliehen will.

»Gehen Sie schon?«, frage ich.

»Sie haben keine Preisschilder an irgendetwas«, flüstert sie laut.

Ich winke einer Verkäuferin in der Nähe zu. Anhand der Art, wie sich ihre Augen weiten, vermute ich, dass sie weiß, wer ich bin.

»Es hat einen Unfall gegeben«, sage ich. »Wir müssen Janes Outfit ersetzen.« Ich zeige auf ein paar Schaufensterpuppen. »Sie wird das für den Anfang anprobieren.«

Das Verkaufsteam umschwärmt Jane wie die Heuschrecken der Modebranche.

Ehe ich mich versehe, kommt Jane in einem italienischen Kostüm aus der Umkleidekabine und sieht so professionell aus, dass sie jeden Job bekommen könnte, den sie will, sei es als CEO, Investmentbankerin oder Bestatterin.

Das ist der Moment, in dem es mich trifft. Ein weiterer Ort, an dem sie in diesem Kostüm gut aussehen würde, wäre, an meiner Seite bei der Anhörung.

Leo schaut mit heraushängender Zunge zu mir auf. Zweifellos kann er hören, wie sich mein Herzschlag beschleunigt.

Tolle Idee. Jetzt geh und pinkle um sie herum oder tu das, was Menschen tun, um ihr Revier zu markieren.

Je mehr ich darüber nachdenke, desto aufgeregter werde ich. Nach dem, was ich bisher über Jane Miller weiß, ist sie den meisten Kandidatinnen, die mir die Agentur geschickt hat, um Lichtjahre voraus.

Am besten gefällt mir, dass sie ein gesundes

Mädchen von nebenan ist, was einen schönen Kontrast zu Sydneys kalter Schönheit bilden würde.

Ist sie Single? Hetero? Nichtraucher?

Wenn sie alle drei Fragen mit Ja beantworten würde, dann wäre sie perfekt.

Dann würde Jane Miller meine Frau werden.

KAPITEL 3
Jane

Wie viel kostet das?«, flüstere ich der blonden Verkäuferin neben mir zu, und ich muss all meine Willenskraft aufbringen, um mich nicht darüber zu beschweren, wie ärgerlich das Fehlen von Preisschildern ist.

Ich weiß, dass meine Mutter mit mir schimpfen würde, weil ich so sparsam bin, wenn doch jemand anderes zahlt, aber ich kann nicht anders.

Die Frau nennt eine Zahl.

Mit einem Schmunzeln warte ich darauf, dass sie lacht und sagt, dass sie nur einen Scherz gemacht hat.

Das tut sie nicht.

»Ich kann ihn das nicht bezahlen lassen«, zische ich ihr zu. »Die Kleidung, die sein Hund schmutzig gemacht hat, kostet ein Hundertstel davon.«

»Es wird ihm egal sein«, flüstert sie zuversichtlich.

»Woher wollen Sie das wissen?«, frage ich mit verengten Augen.

Jetzt schaut sie *mich* an, als ob ich einen Witz machen würde. »Das ist Adrian Westfield.«

»Woher kennen Sie ihn?«

Hat er mit ihr geschlafen? Wenn es um Schürzenjäger geht, ist das die Standardannahme.

Sie runzelt ihre perfekt getrimmten Augenbrauen. »Er ist ein Milliardär und der begehrteste Junggeselle in …«

Den Rest blende ich aus.

Ein Milliardär.

Der begehrteste Junggeselle.

Jetzt, wo sie es gesagt hat, scheint es, als hätte ich es sehen müssen. Adrian hat einfach etwas Unbeschreibliches an sich, etwas, was über sein außergewöhnliches Aussehen hinausgeht. Im viktorianischen England hätte ich ihn für einen Herzog oder ein anderes Mitglied der Oberschicht gehalten, also ergibt es Sinn, dass er ein modernes amerikanisches Pendant ist. Wenn man dann noch bedenkt, dass er mit seinem Hund so nah an der Billionaires' Row spazieren geht und mir Kleidung in einem Laden kauft, der scheinbar wahllos Nullen zu den Preisen hinzufügt, wirkt das elementar.

»Lesen Sie keine Boulevardzeitungen?«, fragt mich die Verkäuferin und holt mich in die Boutique-Realität zurück.

Ich schüttele den Kopf. »Warum Boulevardzeitungen lesen, wenn ich Bücher lesen kann?«

Sie zuckt mit den Schultern. »Wollen Sie noch etwas anderes anprobieren?«

Ich werfe einen Blick auf Adrian. »Welches ist Ihr günstigstes Kostüm?«

Selbst wenn er sich das leisten kann, fühle ich mich nicht wohl dabei, etwas zu akzeptieren, was so viel kostet.

Miss Miller stimmt dem zu. Ein großzügiges Geschenk von einem Gentleman ist unanständig, weil es den Anschein einer Bestechung hat, um die Zuneigung der Dame zu gewinnen. Wenn er auf ein Geschenk besteht, sollte es etwas Vergängliches sein, damit es für den Empfänger keine Verpflichtung darstellt. Dinge wie Blumen sind gut, oder Obst und Gemüse – solange sie keine anzügliche Form haben, wie zum Beispiel Gurken.

»Das ist eines der günstigsten Kostüme, die wir haben«, sagt die Verkäuferin. »Ich kann Ihnen nur ein anderes zeigen, das in einer ähnlichen Preisklasse liegt.«

Wow. Die Reichen leben in ihrer eigenen kleinen Welt.

Ich gehe zu Adrian. »Wir müssen in einen anderen Laden gehen.«

»Warum?«, fragt er. »Sie sehen toll darin aus.«

Ich klimpere mit den Wimpern. Der Satz *Schmeicheleien bringen dich überallhin* bezieht sich auf Höschen, nicht wahr?

Miss Miller hält die Wärme in ihren Lenden für einen Verstoß gegen die Etikette.

»Das ist zu viel«, sage ich. »Das kann ich nicht akzeptieren.«

Er seufzt. »Ich fühle mich schlecht wegen dem, was mit Ihrer Kleidung passiert ist. Sie würden mir einen Gefallen tun, wenn Sie das annehmen.«

Obwohl meine Entschlossenheit ins Wanken gerät, schüttele ich den Kopf. »Ihr Gewissen wird damit leben müssen.«

»Wie wäre es dann mit Abendessen?«, fragt er. »Und einer Chance, Ihr Kostüm zu waschen?«

Beim Abendessen geht es um verderbliche Dinge, also wäre das auch im viktorianischen Zeitalter in Ordnung, oder nicht? Und jetzt, wo ich weiß, dass er berühmt ist, muss ich nicht mehr so sehr um meine Sicherheit fürchten …

Miss Miller ist der Meinung, dass die Sicherheit der Tugend einer Dame etwas ist, um was sie sich sehr große Sorgen machen sollte. Ein Abendessen ohne Aufsicht ist viel verruchter als ein verschwenderisches Geschenk.

»Okay«, sage ich zu meiner eigenen Überraschung. »Ich gehe mit Ihnen essen – aber kein Wäschewaschen. Soweit ich weiß, könnten Sie auch ein an schmutzigen Klamotten riechender Perverser sein.«

Ich wette, dass die Verkäuferin von vorhin die letzte Bemerkung mitbekommen hat und es sie all ihre Willenskraft kostet, sich nicht einzumischen – wahrscheinlich, um ihn zu verteidigen.

»Nur Abendessen«, sagt er. »Haben Sie irgendwelche Vorlieben?«

Ich zucke mit den Schultern. »Ich bin nicht allzu wählerisch.«

Seine Augen schimmern silbern. »Was halten Sie von Sushi?«

»Das ist in Ordnung«, sage ich. Um ehrlich zu sein, bin ich sogar begeistert von dieser Wahl. Ich habe schon lange Lust auf Sushi, aber weil meine Mutter kein Fan davon ist, habe ich es schon lange nicht mehr gegessen.

»Es gibt einen tollen Ort in der Nähe«, sagt er und nennt den Namen, aber ich kann damit nichts anfangen. Das ist aber kein Wunder, da mein bevorzugtes Sushi-Restaurant in der Nähe meines Zuhauses auf Staten Island liegt.

»Und Sie sind sich sicher mit der Kleidung?«, fragt er und betrachtet mich bewundernd von oben bis unten.

»Ja.« Meine Lumpen sind doch inzwischen getrocknet, oder nicht?

»Kann ich Ihnen wenigstens ein Auto rufen, das Sie nach Hause bringt?«, fragt er.

»Schlechte Idee. Dann würden Sie wissen, wo ich wohne.«

Er runzelt die Stirn. »Werde ich das nicht herausfinden, wenn ich Sie zu unserem Abendessen abhole?«

»Nicht, wenn ich Sie dort treffe.«

Er schaut zu Leo hinunter, als würde er ihn um Hilfe bitten. »Ich mag den Gedanken nicht, dass Sie schmutzig herumlaufen.«

Ich fühle mich im Moment wirklich schmutzig, aber nicht so, wie er es meint. »Gut. Sie können mir ein Uber besorgen. Economy. Keine Limousine. Auch keine Kutsche mit Pferden – oder an was Sie sonst vielleicht gerade denken.«

Er nimmt sein Handy heraus und drückt ein paarmal auf den Bildschirm. »Uber. Richtig. Ich habe viel Gutes über diese App gehört.«

Es überrascht mich nicht, dass ein Milliardär noch nie Uber benutzt hat. Überraschend ist auch, dass er selbst mit seinem Hund spazieren geht. Sollte er dafür nicht einen schicken Hundeausführer haben?

»Die App braucht Ihre Adresse, damit es funktioniert«, sagt er.

Hmm. Er hat ein ärgerlich gutes Argument, also sage ich ihm meine Adresse. »Aber ich treffe Sie trotzdem im Restaurant.«

»Gut, aber lassen Sie uns wenigstens Nummern austauschen.«

»Clever«, sage ich und verenge die Augen. »Ich schätze, Sie lassen mir keine andere Wahl.« Ich reiße ihm das Telefon aus der Hand, schicke mir selbst ein Smiley-Emoji und antworte mit:

Das ist Jane, die Frau, die Sie zu einer Verabredung zum Abendessen gezwungen haben.

Als er das Telefon zurücknimmt, grinst er, was in meiner Magengrube allerlei Flattern verursacht.

Miss Miller hätte dem Schürzenjäger eine Ohrfeige verpasst, bevor sie nachgegeben hätte.

Ich gehe in die Umkleidekabine, und als ich die

schmutzige Kleidung anziehe, lösen sich Stücke von getrocknetem Schmutz und landen auf dem makellosen Boden.

Grrr. Ich bereue fast, dass ich das Geschenk nicht angenommen habe.

Als ich herauskomme, sehe ich, wie Adrian seine Kreditkarte aus einem Lesegerät zieht, das ihm eine der Verkäuferinnen gegeben haben muss.

»Was haben Sie gerade gekauft?«, frage ich.

Er dreht sich zu mir um. »Das Kostüm, das Sie gerade anprobiert haben.«

»Warum?« Ich blinzele ihn missbilligend an. »Es ist ja nicht so, dass ich es lange genug anhatte, damit Sie daran schnuppern können.« Zumindest hoffe ich das.

Sein Grinsen ist übermütig. »Es besteht immer die Möglichkeit, dass Sie das Geschenk nach dem Essen annehmen.«

Ich rolle mit den Augen. »Es besteht auch die Möglichkeit, dass mir ein Lottoschein mit dem Hauptgewinn auf den Kopf fällt, aber die Wahrscheinlichkeit dafür ist ziemlich gering.«

»Wir werden sehen«, sagt er gerade, als sein Telefon einen Ton von sich gibt. Nachdem er daraufgeschaut hat, sagt er: »Ihr Uber ist da.«

Ja. Draußen hält ein Auto am Bordstein.

»Lassen Sie mich Ihnen die Tür aufhalten«, sagt Adrian, und bevor ich ihn davon abbringen kann, spielt er den Türsteher und lässt mich erst aus der Boutique und hält mir dann die Autotür auf.

Wie hinterhältig. Es ist, als wüsste er, dass Gentleman-Gesten Miss Millers einzige Schwäche sind.

»Danke«, sage ich und zögere aus irgendeinem Grund, ins Auto einzusteigen.

Er beugt sich vor, als wolle er sich verbeugen, aber er hält inne, als seine Lippen nur noch ganz kurz von meinen entfernt sind. »Kein Problem«, murmelt er.

Ich starre auf diese Lippen, und mein Herzschlag beschleunigt sich.

Er starrt auf meine.

Eine überirdische Kraft scheint uns zueinander zu ziehen. Ich kann die sinnlichen Kurven seiner Lippen sehen, die so schelmisch und doch so seltsam anziehend sind, die silbernen Streifen in seinen Augen, seine kräftige Adlernase … Unsere Lippen sind nur um Haaresbreite voneinander entfernt, als ein lautes Bellen in der Boutique ertönt, gefolgt von dem Geräusch, als ob etwas Großes auf den Boden kracht.

»Scheiße.« Adrian richtet sich abrupt auf. »Ich hätte Leo nicht allein da drin lassen sollen.«

Mein Gesicht brennt, und mein Herz pocht wie die Trommeln in Waterloo, als ich einen wackligen Schritt zurück mache, mich umdrehe und ins Auto stolpere. Mit einer unsicheren Hand schließe ich die Tür hinter mir und beobachte, wie Adrian in den Laden eilt, um zu schauen, was Leo angestellt hat.

Das Auto fährt weg, während ich nach Luft schnappe und meinen rasenden Puls beruhigen will.

Habe ich es mir nur eingebildet oder hätten wir uns fast geküsst?

Wenn das so war, hätte er dann mich oder ich ihn geküsst? Ist das wichtig?

Miss Miller ist der Meinung, dass es sehr wichtig ist – es ist der Unterschied zwischen einer anständigen Dame und einer Frau mit schlechtem Leumund.

Ich lehne mich gegen den Sitz und schließe meine Augen.

Ich glaube, es war ein schrecklicher Fehler, diesem Abendessen zuzustimmen.

KAPITEL 4

Adrian

Da Leo ein Chaos angerichtet hat, kaufe ich weitere Kleidungsstücke in Janes Größe, um die Verkäuferinnen zu besänftigen. Ich bin mir sicher, dass sie später nützlich sein werden.

Danach bringe ich Leo nach Hause, reserviere für das Abendessen und organisiere ein Auto für Jane.

Zum Mittagessen nehmen wir beide die Reste meiner Kochexperimente vom Vortag – geräucherte Melone mit Aal für mich, Hühnermagen in Erdnusssauce für ihn. Während ich esse, überlege ich, ob ich Bob von Jane erzählen soll, aber ich komme zu dem Schluss, dass es vielleicht zu früh ist. Ich muss mehr über sie herausfinden, was ich bei unserem Abendessen tun werde. Aber da ich sie fast geküsst hätte, könnte es gut sein, dass sie sich beim Essen verplappert.

Wie dumm war das von mir? Gerade als ich jemanden kennengelernt habe, die die perfekte

Kandidatin sein könnte, um mir zu helfen, das Sorgerecht für Piper zu bekommen, hat mein Yoda es innerhalb weniger Minuten ruiniert.

Das Essen säuert in meinem Magen.

Nein, darüber kann ich jetzt nicht nachdenken. Ich muss mich beschäftigen.

Ich überlasse den Abwasch meiner Haushälterin und gehe in mein Studio, um etwas Musik zu komponieren. Ich denke mir ein paar Bassgitarren-Riffs aus – etwas, was ein Song für die Metal-Band werden könnte, in der ich spiele. Dann schreibe ich einen Jingle für ein Video, das ich erstellt habe – eines, das vielleicht ein Werbespot für eines der Millionen Unternehmen wird, die ich geerbt habe.

Meine Gedanken schweifen immer noch ab, versuchen immer noch, zum Thema Jane zurückzukehren, also setze ich mich hinter meinen Computer, um an der Kindergeschichte zu arbeiten, die ich Piper vorlesen möchte, wenn sie alt genug ist. Im Moment schreibe ich nur die Reime, weil ich noch überlege, wie ich die Illustrationen am besten zeichne.

Verdammt. Jane schleicht sich immer noch in meine Gedanken.

Ich nehme ein Buch über Pokerstrategie in die Hand. Nein. Ich gehe online und spiele eine Partie Schach gegen einen Mann, der behauptet, ein Großmeister zu sein. Da ich ihn aber innerhalb der ersten Stunde besiegt habe, bin ich skeptisch, dass er so hochrangig ist, wie er behauptet.

Außerdem muss ich immer wieder an das Abendessen denken.

Die gute Nachricht ist, dass ich keine SMS von ihr bekomme, in der sie einen Rückzieher macht.

Vielleicht habe ich sie nicht zu sehr verängstigt.

Zurück an die Arbeit. Ich prüfe einige Investitionen, beantworte einige E-Mails und führe ein Vorstellungsgespräch mit einem CEO-Kandidaten für eine meiner Stiftungen. Dann arbeite ich noch an ein paar Liedern und schreibe noch ein paar Reime, bevor ich für heute aufhöre.

Wie so oft am Ende meines Arbeitstages suche ich in meinem Inneren nach der Sache, für die ich mich heute am meisten begeistert habe, und wie immer finde ich nichts.

Es stimmt, das Kinderbuch ist ein Werk der Liebe, aber das liegt an meinen Gefühlen für mein kleines Mädchen. Ich bin mir nicht sicher, ob das Schreiben und Illustrieren meine Berufung wäre, wenn ich es nicht hätte.

Ich seufze. Auch wenn mein Vater nicht mehr da ist, um mich zu kritisieren, kann ich mir seinen finsteren Blick und seine bissigen Worte gut vorstellen. *Ein Tausendsassa, der nichts kann* war die netteste Version seiner üblichen Schelte, und Worte wie *unkonzentriert* und *verloren* waren nicht weit davon entfernt.

Und hey, er hatte recht. Ich bin siebenundzwanzig und weiß immer noch nicht, was ich mit meinem Leben anfangen will.

Wie erbärmlich ist das denn?

Leo kommt zu mir und stupst mich mit seiner nassen Nase an.

Müssen wir uns nicht auf ein Sushi-Essen vorbereiten?

KAPITEL 5

Jane

»Wie war das Vorstellungsgespräch?«, fragt Mama, sobald ich unser Haus betrete.

Ich drehe mich so, dass sie den Zustand meiner Kleidung sehen kann. »Es war eine Katastrophe.«

»Erzähl es mir beim Mittagessen«, sagt sie, und das tue ich auch, einschließlich des Teils über das Treffen mit Adrian.

Sobald ich Boulevardzeitungen erwähne, holt sie ihr Handy heraus und beginnt zu suchen.

Ich seufze. Seit einiger Zeit sind Mom und ich eher Freundinnen als Mutter und Tochter – was meistens gut, aber manchmal auch eher schlecht ist. Sie ist erst neununddreißig, also hat sie mich offensichtlich bekommen, als sie noch viel zu jung war, und weil wir altersmäßig so nah beieinanderliegen, haben wir ziemlich ähnliche Probleme: Partnersuche, Jobsuche und so weiter.

Ich habe gesehen, wie mütterlich sie zu meiner jüngeren Schwester Mary ist, und manchmal bin ich ein bisschen neidisch.

»Er ist heiß!«, ruft Mama aus.

Ich seufze. »Hast du den Teil nicht gehört, in dem ich den Job nicht bekommen habe?«

Sie winkt ab. »Du bist brillant. Es wird eine andere Bibliothek geben. Es wird aber wahrscheinlich nicht noch einen anderen tollen Milliardär geben, der dir in den Schoß fällt.«

Ich bin froh, dass Mary nicht hier ist, um diese Perle mütterlicher Ratschläge zu hören. »Die Bibliothek wäre perfekt gewesen.«

Mama wirft mir einen Blick zu. »Du warst Adrian gegenüber nicht kratzbürstig, oder doch?«

»Kratzbürstig?« Da bringst du einmal ein Date mit nach Hause, und dann gibt es diese irrsinnigen Anschuldigungen.

»Du hast mich gehört«, sagt sie. »Es ist, als wärst du nie aus der Phase herausgewachsen, in der du die Jungs, die du magst, verärgerst.«

»Ich mag ihn nicht«, sage ich mit einer Selbstsicherheit, die ich nicht wirklich spüre. »Ich habe auch nie Jungs verärgert, die ich mochte.« Es war eher so, dass ich zu schüchtern war, um überhaupt mit ihnen zu sprechen.

»Klar magst du ihn nicht«, sagt Mama. »Deshalb hast du auch zugestimmt, mit ihm essen zu gehen.«

Ich rolle mit den Augen. »Bin ich zu alt, um mich noch für volljährig erklären zu lassen?«

Sie wirft ein Lesezeichen in meine Richtung. »Wohin lädt er dich ein?«

Ich verrate es ihr.

Ihre Augen weiten sich. »Das Restaurant des berühmten japanischen Kochs?«

Ich nicke, und ein mulmiges Gefühl macht sich in meinem Magen breit.

Mom sucht noch ein paar Sekunden auf ihrem Handy und sagt dann: »Ihr Omakase kostet das Fünfzigfache von dem, was sie für das All-you-can-eat-Buffet in unserem Lieblings-Sushi-Laden verlangen.«

»Zeig mal«, verlange ich.

Himmel. Das stimmt. Das ist wieder wie in der verdammten Boutique.

Miss Miller glaubt, dass der Herr nach einem solchen Abendessen etwas erwarten könnte.

Ich greife nach meinem Handy, um Adrian eine SMS zu schicken, aber Mom reißt es mir aus der Hand. »Wage es nicht, abzusagen.«

»Aber das ist zu viel Geld«, sage ich flehend.

Sie zieht das Telefon weg, als ich versuche, danach zu greifen. »Er ist ein Milliardär. Es könnte ihn mehr Geld kosten, wenn er seine Zeit damit vergeudet, sich ein neues Restaurant für dich zu überlegen.«

Hmm. Hat sie recht? Ich schaue auf meinem Handy nach und erfahre, dass einige berühmte Milliardäre bis zu achttausend Dollar pro Minute verdienen, was, wenn es in Adrians Fall stimmt, Mama recht geben würde. Vielleicht sind die Kosten für dieses

Abendessen es nicht wert, ihn zu nerven. Das Kostüm war es vielleicht auch nicht. Nicht, dass ich das ihm gegenüber zugeben würde.

Unten fällt die Tür zu, und wir warten, bis Mary wie immer voller Begeisterung ins Zimmer stürmt.

»Hallo, mein Schatz«, sagt Mama. »Hast du bei deinem Vater schon gegessen?«

Obwohl sie wie mein zehnjähriger Klon aussieht, ist Mary meine Halbschwester und hat einen Vater, der sich im Gegensatz zu dem Samenspender, der mich gezeugt hat, entschieden hat, in ihrem Leben zu bleiben.

»Wir hatten Salate«, sagt Mary. »Ich habe sichergestellt, dass er seinen aufisst.«

Das ist Mary, das Kind, das die Erwachsenen dazu bringt, ihr Gemüse zu essen – und sie macht das auch mit mir und Mama.

»Wie war das Vorstellungsgespräch?«, fragt mich Mary.

Ich mache ein trauriges Gesicht.

»Oh nein«, sagt sie. »Aber die Bibliothek wäre perfekt für dich gewesen.«

»Siehst du?« Ich schaue Mama eindringlich an. »Das hättest du eigentlich sagen sollen.«

Mama sträubt sich. »Es ist ja nicht so, dass sie gesagt haben, du hättest den Job nicht bekommen.«

Mary schaut mich mit verengten Augen an. »Sie haben dich nicht abgelehnt? Warum glaubst du dann, dass du ihn nicht bekommen hast?«

Ich erkläre ihr, dass ich mit Schlamm bedeckt war, zu spät kam und mich einer Frau stellen musste, die einen auf Meryl Streep in *Der Teufel trägt Prada* gemacht hat.

»Aber hat Anne Hathaway in diesem Film nicht den Job bekommen?«, fragt Mary.

»Das hat sie«, sage ich verlegen.

Meine Schwester breitet ihre Arme in einer Ich-schließe-meinen-Fall-ab-Geste aus.

Mama grinst stolz. »Ich habe es schon einmal gesagt und werde es wieder sagen: Dieses Kind wird eines Tages die Welt regieren.«

Der Alarm auf meinem Handy piept.

»Das ist eine Erinnerung«, sage ich. »Ich muss mich für das dumme Abendessen fertig machen.«

Mary schaut von mir zu Mama und wieder zurück. »Welches Abendessen?«

»Jane hat ein Date«, sagt Mama verschwörerisch.

Mary verzieht das Gesicht. Obwohl sie in den meisten Dingen wie eine Vierzigjährige ist, findet sie Jungs immer noch eklig – und manchmal frage ich mich, ob sie in dieser Hinsicht nicht einfach weiser ist als Mama und ich.

»Hilfst du mir mit ihrem Make-up?«, fragt Mama sie.

Die Augen meiner Schwester leuchten auf. »Ein Umstyling?«

»Kein Umstylen«, sage ich streng. »Aber ihr könnt mich ein wenig schminken.«

»Klar«, sagt Mom und zwinkert Mary zu. »Nur ein bisschen.«

Ja. Sicher. Sie werden sich mit ein bisschen zufriedengeben – nachdem sie mir auch die Verrazano-Brücke verkauft haben.

KAPITEL 6
Adrian

I ch schaue meinen Hund streng an. »Kumpel, du
kommst auf keinen Fall mit mir zum Essen.«

Er starrt mich mit seinen Welpenaugen an
und quetscht ein Winseln heraus.

Aber Jane riecht so gut. Nimm mich mit. Nimm mich
mit. Nimm mich mit. Muss ich dich daran erinnern, dass du
Jane ohne mich gar nicht erst kennengelernt hättest?

»Tiffany ist auf dem Weg zu dir«, sage ich ihm, und
das scheint ihn zu beruhigen, denn er mag seine
ehemalige Hundetrainerin, die jetzt gelegentlich seine
Hundesitterin ist. »Sie wird mit dir spazieren gehen.
Wohin du willst.«

Ihr Timing ist perfekt, denn Tiffany taucht genau in
dieser Sekunde auf und ich lasse sie und Leo allein, um
mich für das Abendessen fertig zu machen.

»Ich weiß nicht, wann ich zurückkomme«, sage ich
zu Tiffany, als ich gehe.

Sie zuckt mit den Schultern. »Ich habe nichts vor. Wenn Leo schlafen will, gehe ich einfach.«

»Du bist die Beste«, sage ich ihr.

Sie grinst. »Du siehst so schick aus. Darf ich fragen, wohin du gehst?«

»Du darfst fragen«, sage ich. »Aber ich werde nicht antworten.«

»Das ist okay«, sagt sie. »Viel Spaß!«

Als ich unten ankomme, wartet meine Limousine schon auf mich.

Ich rufe Jennifer an, die zu meinen Fahrern gehört, aber gerade vorgibt, eine Uber-Fahrerin zu sein. Auf meine Anweisung hin hat sie eine gepanzerte Version des Toyota Camry gemietet, so dass Jane nicht merken wird, wie viel sicherer ihre Fahrt im Vergleich zu einer normalen Uber-Fahrt ist.

»Hallo«, sagt Jennifer. Nach einer Pause fügt sie hinzu: »Nein, Sie haben sich verwählt.«

Okay. Großartig. Das ist der Code für »Wir sind auf dem Weg und pünktlich.«

Meine Brust fühlt sich an, als würde sie sich ausdehnen, was normalerweise nur nach einem guten Training passiert. Ich nehme an, dass ich mich einfach darauf freue, Jane wiederzusehen, aber natürlich nur, um ihre Antwort auf die Frage, ob sie meine Ehefrau werden will, zu hören.

An Romantik denke ich nicht.

Nicht, bis ich das hälftige Sorgerecht für Piper habe.

KAPITEL 7
Jane

Als ich das Restaurant betrete, verschlägt es mir die Sprache – und das nicht nur wegen der tollen Einrichtung, einer Kombination aus japanischem Stil und modernen Kunstwerken. Es sind auch nicht die köstlichen Aromen, die mir den Atem rauben. Es ist nicht einmal die Tatsache, dass das Restaurant zur Hauptabendessenszeit komplett leer ist.

Nein. Es ist der Anblick von Adrian in einem schicken Anzug, der mir den Atem raubt. Sein Haar ist ordentlich gekämmt und ...

»Hi.« Er steht von dem einzigen Tisch in der Mitte des großen Raumes auf und zieht mir einen Stuhl heran. »Sie sehen toll aus.«

Und einfach so vergebe ich Mama und Mary das ganze Getue. Fast.

»Setzen Sie sich«, sagt Adrian. »Bitte.«

Er hält mir den Stuhl hin, bis ich mich setze, und ich nehme sein Parfüm wahr, das nach Holz, Honig und Mandarine riecht, aber auch nach etwas Männlichem, was typisch für Adrian ist.

Mit wackligen Knien lasse ich mich auf den angebotenen Sitz fallen, und sobald er sich mir gegenübersetzt, platze ich damit heraus: »Wo sind die anderen Gäste?«

Offensichtlich habe ich eine Vorahnung, was jetzt kommen wird.

»Itamae-san hat mich das ganze Restaurant reservieren lassen«, sagt Adrian und bestätigt damit meinen Verdacht. »So werden wir nicht belästigt, falls das Ihre Sorge war.«

»Oh, ich habe mir keine Sorgen gemacht, dass ich belästigt werde. Ich kann mir einfach nicht vorstellen, wie viel es kosten würde, ein Lokal zu buchen, das den Ruf hat, das teuerste Essen in Manhattan zu haben.«

Mist. War das ein Beispiel für das, was Mama *kratzbürstig* genannt hat?

Miss Miller hält diese Rüge für gerechtfertigt, auch wenn das Reden über Geld unter normalen Umständen schlechte Umgangsformen sind.

»Falls es Ihnen hilft, ich habe das nicht Ihretwegen gemacht«, sagt Adrian. »Was ich mit Ihnen besprechen möchte, ist eine private Angelegenheit, und ich scheue keine Kosten, wenn es um diese Angelegenheit geht.«

Miss Miller hat den Verdacht, dass dieser Gentleman – der Begriff ist nicht ganz richtig gewählt – ihr ein unehrenhaftes Angebot machen wird.

»Worüber wollten Sie reden?« Ich spüre ein

unangenehmes Gefühl in der Magengrube und habe keine Ahnung, warum.

Adrian öffnet den Mund, aber in diesem Moment kommt ein älterer Herr an unseren Tisch und hält ein Schneidebrett in der Hand, das aussieht wie ein abstraktes Gemälde aus den Gaben des Meeres.

»Keine Sojasauce, bitte«, sagt er mit einem starken japanischen Akzent.

Zu meiner Überraschung antwortet Adrian auf Japanisch, und die beiden unterhalten sich angeregt, bis der Koch – wie ich annehme – weggeht und uns mit seinem Meisterwerk zurücklässt.

»Sie können Japanisch?«, frage ich.

Adrian schüttelt den Kopf. »Ich spreche es nur. Der schwierige Teil ist, die Kanji zu beherrschen, was ich noch nicht geschafft habe.«

»Klar, das ist der schwierige Teil«, sage ich grinsend. »Gibt es auch andere Sprachen, die Sie nur sprechen?«

Er zuckt mit den Schultern. »Ich spreche fließend Mandarin, dank Nanny Hua. Seit einer langen Reise nach Indien kann ich mich auf Hindi verständigen. Dasselbe gilt für Arabisch und Russisch. Außerdem kann ich Italienisch lesen, aber nicht sprechen und habe einen Arbeits…«

»Das glaube ich nicht«, platzt es aus mir heraus.

Er zieht eine Augenbraue hoch und sagt dann etwas in jeder der Sprachen, die er gerade erwähnt hat – zumindest nehme ich das an.

Mit einem Schnaufen nehme ich mein Handy

heraus und rufe gazzetta.it auf. Nonna – alias Oma – hat mir ein bisschen Italienisch beigebracht, was ausreicht, um auf dieser Nachrichtenseite zu navigieren und einen Artikel ohne Bilder zu finden. Ich halte Adrian das Telefon vors Gesicht. »Wenn Sie Italienisch lesen können, was steht dann da?«

Er wirft einen Blick auf die Seite. »Es geht um einen Sexskandal, in den ihr Präsident verwickelt war.«

Hmm. Da ich meinem mageren Italienisch nicht traue, benutze ich Google Translate, um das zu überprüfen – und verdammt, er hat recht. »Fallen Ihnen Sprachen leicht oder müssen Sie sie lernen, wie wir Normalsterblichen?«

Er zuckt mit den Schultern. »Als ich ein Kind war, haben mich meine Eltern das perfekte Gehör mit der Eguchi-Methode lernen lassen – das war mein erster Kontakt mit der japanischen Sprache. Aber noch wichtiger ist, dass das perfekte Gehör dir hilft, Sprachen zu lernen, vor allem die tonalen Sprachen.«

»Wow.« Als Kind kam ich einer musikalischen Ausbildung am nächsten, als meine Mutter mir eine Pfeife schenkte, in die ich bei Gefahr durch Fremde blasen konnte. »Bedeutet perfektes Gehör, dass Sie die Noten eines Liedes bestimmen können, nachdem Sie es gehört haben?«

Er nickt. »Eine ziemlich hilfreiche Fähigkeit für einen Musiker.«

»Moment mal, Sie sind auch Musiker?«

Er grinst. »Ich bin viele, viele Dinge.«

Ein wenig eingebildet vielleicht? »Wie was?« Ich nehme die Stäbchen und schnappe mir einen Happen von dem herrlichen Teller – aber stecke ihn noch nicht in den Mund.

Er schnappt sich auch ein Stück Sushi. »Wie viel Zeit haben Sie?«

»So viele?«, frage ich und kämpfe gegen den Drang an, kratzbürstig zu sein. »Wie wäre es, wenn Sie mir die Highlights erzählen. Zum Beispiel, Talente, die Sie heute genutzt haben?«

Grinsend erzählt er mir von seinem Tag, und je mehr er erzählt, desto beeindruckter bin ich.

»Ich hatte heute keine Gelegenheit, zu malen«, sagt er am Ende. »Aber das mache ich normalerweise jeden Tag.«

»Sie sind ein echter Renaissance-Mann«, sage ich und scherze nicht im Geringsten. Ich muss zugeben, dass ihn das noch heißer macht. Ich reiße mich zusammen, bevor ich anfange zu sabbern. »Können Sie mir ein Kunstwerk von Ihnen zeigen?«

»Hier.« Er holt sein Handy heraus und zeigt mir ein Bild des Sushi-Kochs, den wir vorhin gesehen haben – nur dass der ältere Mann hier tief in Gedanken versunken aussieht und wahrscheinlich darüber nachdenkt, wie er das beste Sushi der Welt zubereiten kann.

»Unglaublich«, sage ich und stecke mir das Sushi-Stück endlich in den Mund.

Ohne es zu wollen, stöhne ich vor Genuss.

Adrians Augen verdunkeln sich. »Köstlich, oder?«

Ich werde noch röter als der Lachs auf dem Tisch und nicke.

Er steckt sich sein eigenes Sushi in den Mund, und ich bin mir nicht sicher, ob er sich über mich lustig macht, aber auch er schließt die Augen und stöhnt genau so, wie ich es mir vorstelle, wenn er kommt.

Miss Miller kann nicht glauben, dass eine anständige Dame es wagen würde, einen solchen Gedanken zu hegen.

»Probieren Sie als Nächstes den Kaiserbarsch«, sagt Adrian, als er die Augen öffnet, und deutet mit seinen Stäbchen auf ein Stück, das genauso aussieht wie das, das er gerade gegessen hat.

Ich tue, was er sagt, und dieses Mal kann ich mein Stöhnen unter Kontrolle halten, aber nur knapp. Dieses Stück hat einen leichten Geschmack, mit einem Hauch von Süße und einer unbeschreiblichen Köstlichkeit, die eines von zwei Dingen bedeutet: Der Koch verwendet etwas wie Heroin zum Würzen – oder er hat einen Pakt mit dem Teufel geschlossen.

Da wir gerade von solchen Deals sprechen ... Ich kann nicht glauben, dass ich vergessen habe, was Adrian vor wenigen Minuten gesagt hat – dass er mich aus irgendeinem zwielichtigen Grund herbestellt hat.

Der Kaiserbarsch schmeckt plötzlich wie Stroh – ein Verbrechen gegen jedes Sushi.

»Worüber wollten Sie mit mir reden?«, frage ich, nachdem ich es geschafft habe, meinen Bissen herunterzuschlucken. »Etwas Privates, haben Sie gesagt?«

Adrians Miene wird ernst, und er schnappt sich

gedankenverloren eine weitere kulinarische Kreation, während er seine Gedanken sammelt. »Wie viel haben Sie über mich gelesen?«, fragt er, nachdem er ein Stück heruntergeschluckt hat, das ihm auch nicht zu schmecken scheint.

»Nichts. Es schien nicht richtig zu sein.« Ich war allerdings stark in Versuchung.

»Ich verstehe.« Seine Lippen öffnen sich, und ich möchte an ihnen knabbern. »Ich schätze, dann werde ich ganz von vorn anfangen müssen.« Er zuckt zusammen. »Laut der Boulevardpresse habe ich mit jedem geschlafen, der zwei X-Chromosomen hat.«

Miss Miller denkt, das Wort Schürzenjäger würde das viel besser ausdrücken.

»Und das haben Sie nicht?«, frage ich.

Er atmet aus. »Ich war nie so schlimm, wie sie mich darstellen, und seit kurzem lebe ich sogar im Zölibat, was die dummen Artikel nicht gestoppt hat.«

Hmm. »Wenn es darum geht, Ihr angebliches Zölibat zu brechen ...«

»Nein«, sagt er mit Nachdruck. Ein bisschen zu nachdrücklich, um nicht beleidigend zu sein, wenn man mich fragt. »Sex wäre nicht Teil der Vereinbarung, das versichere ich Ihnen.«

Ich schließe meine Augen. »Welche Vereinbarung?«

Er stöhnt. »Ich versaue das hier gerade, stimmt's?«

»Ich habe keine Ahnung«, sage ich, ebenfalls mit Nachdruck. »Ich tappe immer noch im Dunkeln, worüber wir hier reden.«

»Ich habe eine Tochter«, sagt er.

Miss Miller beginnt zu vermuten, dass dieser Herr eine Gouvernante sucht.

»Sie ist noch ein Baby«, fährt er fort. »Mögen Sie Babys?«

Ein albernes Grinsen breitet sich auf meinem Gesicht aus. »Ich habe eine viel jüngere Schwester, und seit sie geboren wurde, bin ich besessen von Babys. Vor allem, an ihnen zu riechen, mit ihnen zu kuscheln und sie einfach nur zu halten.«

»Das ist toll.« Er holt sein Handy heraus, wischt darüber und gibt es mir dann.

»Wow«, keuche ich, als ich das kleine Mädchen sehe, um das es geht. »Das ist ein bezauberndes Kind. Und ich bin nicht einfach höflich. Sie könnte Werbung für Babynahrung machen oder in einer Neuverfilmung von *Kuck mal wer da spricht* mitspielen.«

»Danke.« Er strahlt mit so viel Stolz, dass es etwas Grünes in meinem vaterlosen Herzen berührt und Adrian in meiner Wertschätzung steigert. »Nach den Erfahrungen, die Sie mit Ihrer Schwester gemacht haben, sind Sie also gut darin, sich um Babys zu kümmern?«

»Ich bin ein Profi.« Sollte ich erwähnen, dass ich überqualifiziert bin, um Kindermädchen zu sein – worauf das hinauszulaufen scheint? Andererseits kann es sich ein Milliardär leisten, jemanden mit einem Doktortitel in Kernphysik für diesen Job einzustellen. »Ich verstehe nicht, was Ihre Tochter mit Ihrem Ruf als Schürzenjäger zu tun hat«, bleibt mir nur zu sagen. »Es sei denn, Sie haben beschlossen, ein gutes Beispiel für sie zu sein? Aber nein. Sie ist noch zu jung, um sich darum zu kümmern, was Sie tun. Es sei denn, Sie versuchen, nicht noch mehr Babys zu machen?«

Der letzte Teil lässt ihn zusammenzucken. »Ich habe nicht versucht, Babys zu machen, als ich nicht zölibatär war. Pipers Mutter – Sydney – hat mir erzählt, dass sie eine Spirale hat. Ich habe auch immer ein Kondom benutzt.«

Er schnappt sich ein Stück Sushi mit gelbem Fisch obendrauf und kaut es ziemlich wütend.

»Das klingt, als wäre Piper ein Wunder«, sage ich leise. »Ich habe eine Spirale, und der Arzt hat gesagt, dass sie zu neunundneunzig Prozent wirksam ist.«

Adrians Augen weiten sich.

Mist. War das zu persönlich?

Miss Miller ist der Meinung, dass dieses Gesprächsthema nicht in höfliche Gesellschaft gehört. Niemals.

Ich werde rot wie ein gekochter Hummer und sage: »Ein Kondom ist weniger sicher, aber beides zusammen sollte es unmöglich machen, schwanger zu werden. Was ich nicht erwähne, sind die Gründe meiner Mutter, warum sie mir die Spirale eingesetzt hat – um zu verhindern, dass ich eine Teenager-Mutter werde wie sie. Zu Moms Verteidigung sei gesagt, dass sie nie behauptet hat, dass es ihr Leben ruiniert hat, mich zu bekommen, aber ich denke, man kann sagen, dass die Spirale das stark impliziert.

Die Ironie, dass ich bis jetzt Jungfrau geblieben bin, ist weder mir noch meiner Mutter entgangen – aber das ist auch nichts, was ich Adrian erzählen würde.

Wenn es eine Möglichkeit gäbe, es auf die sanfte Tour zu machen, würde Miss Miller dafür sorgen, dass der Gentleman sich ihrer intakten Tugend bewusst ist.

Adrian schaut sich in dem leeren Restaurant um und flüstert dann: »Unter uns gesagt, ich habe später erfahren, dass die Spirale eine Lüge war.«

»Sie hat gelogen?« Ich starre ihn an, und die Ungeheuerlichkeit dessen, was er gesagt hat, erschüttert mein jungfräuliches Gehirn.

»Das hat sie, und obwohl ich keine Beweise dafür habe, dass sie ein Loch in ein Kondom gestochen hat, hoffe ich, dass Sie verstehen, warum ich auch das vermuten könnte.«

»Warum sollte sie das tun?«, frage ich ungläubig.

»Wie sich im Nachhinein herausstellte, will sie, dass wir zusammen sind«, sagt er seufzend. »Aber ich hoffe, Sie stimmen mir zu, dass das nicht der richtige Weg war. Vor allem nicht, da wir so schlecht zusammenpassen.«

»Ich bin mir nicht sicher, was ich denken soll«, sage ich. »Will sie Ihr Geld?«

Er schüttelt den Kopf. »Sie ist eine Erbin. Ich glaube, es gefällt ihr einfach, wie alle sie wahrnehmen würden, wenn sie mich heiraten würde.«

»Ich verstehe«, sage ich, obwohl ich das nicht tue. Nicht vollständig. »Ich verstehe immer noch nicht, was das alles mit mir zu tun hat.« Es sei denn, er will mich wirklich als Kindermädchen, aber dafür erzählt er mir zu viel.

»Sydney wollte mich Piper nicht sehen lassen,

bevor wir nicht geheiratet haben«, sagt Adrian. »Ich habe inzwischen meine Vaterschaft nachgewiesen und kann Piper in begrenztem Umfang sehen, aber ich will das geteilte Sorgerecht. Ich hoffe, das ist verständlich?«

»Klar«, sage ich mit der größten Untertreibung aller Zeiten. Ich hätte alles dafür gegeben, dass der Samenspender, der mein Vater war, das auch gewollt hätte. »Ich verstehe immer noch nicht …«

»Ihre Anwälte werden alles tun, um mich bei unserer bevorstehenden Anhörung als ungeeignet erscheinen zu lassen«, sagt er. »Mein sogenanntes ›promiskuitives Verhalten‹ ist etwas, das sie wahrscheinlich nutzen werden … und da kommen Sie ins Spiel.«

»Ich bin immer noch verwirrt.« Will er, dass ich ihm beibringe, wie man nicht herumschläft? Ist meine Qualifikation, dass ich eine Jungfrau bin?

»Wenn ich heiraten würde – und die Welt mich als glücklich verliebt ansehen würde – würde das den Eindruck von Stabilität vermitteln«, sagt Adrian.

Nein.

Das kann er nicht ernst meinen.

Er legt seine Stäbchen ab. »Ihrem Gesichtsausdruck nach zu urteilen, haben Sie verstanden, worauf ich hinausmöchte«, sagt er, und seine Stimme ist voller Sorge. »Und jetzt steht Ihnen der Ekel ins Gesicht geschrieben.«

Ich erröte wieder. »Das ist kein Ekel. Das ist Unglaube.«

Seine Schultern hängen durch. »Das ist auch nicht viel besser.«

»Ich sage nicht Nein ... nicht, dass Sie schon etwas gefragt hätten.«

»Oh.« Er richtet sich auf, und seine Augen glänzen vor Hoffnung. »Wenn das so ist, möchte ich Sie in aller Form fragen.« Er steht von seinem Stuhl auf und geht auf ein Knie. »Jane Miller, würden Sie mir die Ehre erweisen, so zu tun, als würden Sie mich heiraten?«

Ja. Ich hatte recht, aber bis er diese Worte gesagt hatte, bestand die Möglichkeit eines Missverständnisses.

Jetzt sind die Dinge kristallklar.

Ich soll eine Vernunftehe mit einem Schürzenjäger eingehen ...

KAPITEL 8
Adrian

E s ist amtlich. Die Emotionen auf Janes Gesicht sind schwieriger zu lesen als die Mona Lisas.

Plötzlich fühle ich mich dumm wegen des Kniens, setze mich wieder in meinen Stuhl und gebe mein Bestes, um ein Stück Blauflossenthunfisch zu genießen, während Jane ihre Gedanken sammelt.

»Schauen Sie«, sagt sie, während ihre Stäbchen knapp über einem Stück Ahi schweben. »Ich finde es bewundernswert, dass Sie am Leben Ihrer Tochter teilhaben wollen.«

»Aber?«, frage ich mit einem Seufzer.

»Aber warum sollten Sie mich heiraten wollen?« Sie schließt die Stäbchen über dem Stück Sushi und legt es auf ihren Teller. »Wäre ein berühmtes Model nicht realistischer für eine solche Rolle? Haben Leute wie Sie nicht so etwas wie einen Heiratsmarkt?«

Heiratsmarkt? Klingt wie der heiratswütige Bruder von Walmart.

»Als ich Sie in dem Kostüm in der Boutique gesehen habe, habe ich mir Sie im Gerichtssaal vorgestellt und dachte, Sie wären perfekt«, sage ich ernsthaft. »Sie haben etwas sehr Anständiges an sich. Etwas Bodenständiges. Etwas, was nicht schreit: ›Sie ist nur wegen des Geldes mit ihm zusammen‹.«

»Danke«, sagt sie.

Bin ich wieder ins Fettnäpfchen getreten? »Das war ein Kompliment«, versichere ich ihr. »Sie sind die Art von Frau, mit der ich noch nie zusammen war, also sollte es einfacher sein, den Leuten zu verkaufen, dass ich mich mit Ihnen niedergelassen habe als mit einem Model oder einer Schauspielerin.«

»Nochmal, das klingt nicht gerade wie ein Kompliment.« Sie trennt gedankenlos den Fisch auf ihrem Sushi von dem Reis, und ich hoffe, dass der Koch das Sakrileg nicht sieht, sonst könnte er mich vielleicht verbannen.

»Auch dieses Mal versichere ich Ihnen«, sage ich, »dass ich das alles als Kompliment meine. Ich schwöre es.«

»Gut.« Sie kaut auf ihrer Lippe. »Ich möchte ja nicht taktlos klingen, wenn man bedenkt, dass das Sorgerecht für Ihre Tochter auf dem Spiel steht, wofür ich durchaus Verständnis habe, aber … warum sollte ich Sie zum Schein heiraten?«, fragt sie und steckt sich endlich den gefolterten Ahi in den Mund.

In Ordnung. Jetzt sind wir in meinem Revier. »Sie

werden mich heiraten, weil ich Ihnen zehn Millionen Dollar zahlen werde.«

Ich dachte, dass nur die Leute in Filmen ausspucken, was sie gerade im Mund haben, aber sie macht es auch, und der zerkaute Fisch fällt zurück auf ihren Teller.

Wenn der Chefkoch *das* sehen würde, könnte er tatsächlich Seppuku mit seinem schärfsten Yanagiba begehen.

»Das tut mir leid«, murmelt sie. Sie steckt sich das Essen wieder in den Mund und schluckt es hinunter, ohne es erneut zu kauen. »Sie haben mich mit dieser obszönen Zahl überrumpelt.«

Ich zucke mit den Schultern. »Ich weiß, dass ich Sie um etwas Verrücktes bitte, etwas, was auch drei Jahre andauern müsste.«

»Oh«, sagt sie.

»Ja«, sage ich. »Drei Jahre, in denen Sie sich nicht verabreden können.«

»Oh.« Sie greift nach ihrem Wasser und nimmt einen Schluck.

»Wenn Sie also eine höhere Zahl nennen wollen, ist das für mich in Ordnung.«

Ich kann sehen, wie sie fast noch einmal ihr Essen ausspuckt, aber sie hält sich rechtzeitig zurück. »Diese Zahl wird ausreichen«, sagt sie. »Angenommen, wir sind uns einig darüber, was Sie im Zusammenhang mit dieser Ehe mit ›so tun, als ob‹ meinen.«

Darf ich hoffen, dass sie das in Erwägung zieht? »Wie ich vorhin schon zu sagen versucht habe, wird es keine Intimität geben«, sage ich schnell. »Abgesehen vielleicht von einem gelegentlichen Austausch von Zärtlichkeiten in der Öffentlichkeit, um eine digitale Spur zu legen.«

Scheiße. Sie errötet wieder. Wahrscheinlich hätte ich mir diesen Teil für später aufheben sollen, nachdem sie Ja gesagt hat.

»Wir müssen uns im Voraus darauf einigen, was wir tun oder nicht tun«, sagt sie.

Uff. »Natürlich. Ich denke, wir werden zwei Verträge zwischen uns haben. Einen geheimen, in dem Dinge wie unser Verhalten in der Öffentlichkeit geregelt sind, und einen Standard-Ehevertrag, von dem die ganze Welt weiß, dass Sie zehn Millionen Dollar bekämen, wenn wir uns nach drei Jahren Ehe scheiden lassen würden. Der Grund für unsere Scheidung wird in unserem Geheimvertrag stehen – etwas, das plausibel klingt, wie zum Beispiel unterschiedliche Wertvorstellungen, wenn es um die Erziehung geht, oder so etwas.«

»Und Ihr Sorgerecht wird sich nicht ändern, wenn wir uns scheiden lassen?«, fragt sie.

Ich schüttele den Kopf. »Wenn sich das Kind erst einmal an mich gewöhnt hat, werden die Gerichte das nicht mehr ändern. Bob, mein Anwalt, meinte, zwei Jahre sollten reichen, aber ich habe beschlossen, drei Jahre zu nehmen, um auf Nummer sicher zu gehen.«

Sie errötet wieder. »Und nur um das klarzustellen ... wir können in dieser Zeit niemandem daten?«

Scheiße. »Es tut mir sehr leid. Ich habe ganz vergessen, zu fragen, ob Sie derzeit Single sind. Wenn Sie das nicht sind und Sie nebenbei Ihren Freund sehen möchten, wäre das tatsächlich ein Problem, also wenn das ...«

»Das ist es nicht«, sagt sie. »Das Gegenteil irgendwie.«

Ich sehe ihr verwirrt ins Gesicht.

Die Farbe, die wir Rot nennen, ist in Wirklichkeit elektromagnetische Strahlung mit einer Wellenlänge zwischen 625 und 740 Nanometern, und Janes Wangen scheinen dieses ganze Spektrum zu durchqueren, bevor sie mit erstickter Stimme sagt: »Ich bin dreiundzwanzig, und ich habe es nie ganz durchgezogen.«

Wow. Ich bin sprachlos – abgesehen von den extrem unpassenden Lösungen, die von Yoda kommen, wie beispielsweise *Ich kann das ändern.*

»Fünfzehn Millionen?« ist das Beste, was mir einfällt.

Sie scheint mich nicht zu hören. Sie fügt hinzu: »In drei Jahren bin ich sechsundzwanzig, und ich hoffe, dass ich bis dahin meine GE gehabt habe.«

»Ich nehme an, Sie sprechen nicht von Gadolinium, dem seltenen Element mit der Ordnungszahl vierundsechzig?« *Was? Warum machst du dir überhaupt die Mühe zu reden, wenn du so einen Unsinn sagst?*

Jane errötet noch mehr – eine merkwürdige Reaktion auf mein Chemie-Wissen. »GE steht für

Große Entjungferung«, flüstert sie. »Keine Buchstaben im Periodensystem.«

Verdammt. Yoda verwandelt sich in Hulk.

»Zwanzig Millionen?«, wage ich zu sagen.

»Ich kann nicht glauben, dass ich Ihnen gerade von meiner GE erzählt habe«, sagt Jane. »Ich spreche nie mit jemandem darüber. Niemals.«

»Sehen Sie es doch mal positiv«, sage ich. »Das Reden darüber hat Ihnen gerade zehn zusätzliche Millionen eingebracht.«

Sie schüttelt den Kopf. »Ich kann nicht so viel Geld annehmen. Nicht, wenn Sie nur ein guter Vater sein möchten.«

»Ich werde Ihre Hilfe nicht annehmen, ohne Sie angemessen zu entschädigen«, sage ich nachdrücklich. »Zwanzig Millionen sind für mich so viel wie drei Monatsgehälter für eine durchschnittliche Person.«

»Aber für mich ist es ein Vermögen«, sagt sie hartnäckig.

»Das wird mir ein besseres Gefühl geben, wenn ich Sie für drei weitere Jahre Ihrer GE berauben muss, und auch die anderen unvorhergesehenen Kopfschmerzen, die diese Vereinbarung mit sich bringen wird.«

Sie sitzt da, tief in Gedanken versunken, und schnappt sich gedankenverloren ein Stück Sushi mit einem Stück Königslachs obendrauf, das zufälligerweise zum aktuellen Farbton ihrer ständig wechselnden Wangen passt.

»Okay«, sagt sie, nachdem sie heruntergeschluckt hat.

»Okay ... das heißt, Sie sagen Ja zu meinem Vorschlag?«

Sie lächelt schwach. »Sie werden doch nicht wieder in die Knie gehen, oder doch?«

»Das werde ich, wenn es hilft.« Ich stehe auf, um mich in Position zu bringen.

»Nicht nötig«, sagt sie.

Ich setze mich wieder hin. Dann ergreife ich spontan ihre schlanke Hand und halte sie vor mir in die Luft, während ich feierlich sage: »Jane Miller, willst du mir die Ehre erweisen und meine Frau werden?« Dieses Mal erinnere ich mich daran, die Ringschachtel aus meiner linken Tasche zu holen, in der sich der Verlobungsring befindet, den mein Vater meiner Mutter vor achtundzwanzig Jahren geschenkt hat.

Beim Anblick des Rings werden Janes Augen trübe und ich bekomme einen Stich in die Brust, weil ich das einer unschuldigen Frau antue. »Ja«, sagt sie mit einem Keuchen.

Ich stecke ihr den Ring an den Finger – und wie ein Zeichen des Universums passt er perfekt, als wäre er speziell für Jane angefertigt worden.

KAPITEL 9

Jane

Ich starre fassungslos auf meinen Finger.

Ich bin verlobt.

Ich.

Mit einem Milliardär.

Wer soll das denn glauben? Das ist genauso plausibel wie die Verlobung eines Dienstmädchens mit einem Adligen des Königreichs.

Miss Miller leidet unter Herzklopfen.

»Was soll ich den Leuten sagen?«, frage ich, den Blick immer noch auf den Ring gerichtet, der aussieht wie aus einem Märchen.

»Gute Frage«, sagt Adrian. »Wir müssen uns auf unsere Hintergrundgeschichte einigen und uns dann daran halten.«

Endlich schaue ich auf. »Eine Geschichte?«

Er schmunzelt. »Auch wenn die Leute denken, dass ich ein guter Fang bin, könnten sie misstrauisch werden, wenn wir ihnen sagen, dass du noch am selben

Tag, an dem wir uns kennengelernt haben, zugestimmt hast, mich zu heiraten.«

»Da bin ich mir nicht so sicher«, sage ich und meine Wangen brennen. »Aber andersherum ist sicherlich nicht so plausibel.«

Im besten Fall macht ein Mitglied der oberen Schicht jemanden wie eine Magd zu seiner Geliebten, nicht zu seiner Ehefrau.

Adrian runzelt die Stirn. »Du unterschätzt dich ungemein.«

Meine Brust fühlt sich leicht und flatterig an. »Ist das die übliche Vorgehensweise von Schürzenjägern wie dir? Kein Wunder, dass es funktioniert.«

»Hast du mich gerade einen Schürzenjäger genannt?«, fragt er lachend. »Ist das nicht veraltet?«

Ich schnaube. »Schürzenjäger ist ein Begriff aus historischen Romanen. Es ist so ähnlich wie eine männliche Hure, aber mit mehr Stil.«

»Ah. In diesem Fall sind meine Tage als Schürzenjäger jetzt vorbei. Das Gleiche gilt für alle Wörter mit ähnlicher Bedeutung.« Im Gegensatz zu seinen Worten lächelt er verschmitzt und fährt sich mit der Hand durch sein langes, dunkles Haar. »Eigentlich wusste ich ganz genau, was ein Schürzenjäger ist«, fügt er hinzu. »Und du musst zugeben, dass das Wort Schürzenjäger sehr gut in historische Romane passt.«

Ja. Richtig. Natürlich wusste er es. »Zurück zur Vorgeschichte.« Ich schnappe mir meine Stäbchen, nehme mir einen Happen von dem riesigen Sushi-Brett und bin stolz darauf, dass meine Hände nicht zittern ... zu sehr.

»Genau.« Er hebt auch ein Stück Sushi auf. »Wir haben uns so kennengelernt, wie wir uns heute kennengelernt haben – damit wir es uns besser merken können – aber vor sechs Monaten. Wegen der dummen Boulevardpresse wolltest du dich heimlich mit mir treffen, bis du das Gefühl hattest, dass ich mich wirklich gebessert habe und es zwischen uns ernst wird. Aber jetzt, wo wir uns verlobt haben und du bald bei mir einziehst, werden die Leute von uns erfahren ...«

»Ich tue was?« Meine Stäbchen und Sushi fallen mit einem Klirren auf meinen Teller.

»Nun ja«, sagt er. »Wenn wir bald heiraten, macht es nur Sinn, wenn wir vorher ausprobieren, zusammenzuleben. Tut mir leid, ich ging davon aus, dass wir bei mir wohnen werden, aber ...«

»Es ist nicht der Ort, der schockierend ist«, sage ich. »Es ist die Tatsache, dass wir unter demselben Dach leben werden. Das ist ziemlich verrückt.«

Er neigt seinen Kopf. »Du dachtest, wir wären verheiratet, würden aber getrennt leben?«

Ich atme aus. »Ich schätze, ich habe nicht so weit gedacht.«

Er sieht mich besorgt an. »Deine Vergütung ist noch verhandelbar.«

Ich beiße die Zähne zusammen. »Kannst du damit aufhören? Ich lasse dich nicht hängen, ich verarbeite das alles nur noch.«

»Ich weiß, dass das viel ist«, sagt er. »Aber wenn du mich fragst, meine Wohnung ist sehr schön, und das Gebäude hat tolle Einrichtungen.«

»Die großzügige Wohnung eines Milliardärs ist schön? Was für ein Schocker.« Ich kann auch nicht glauben, dass ich mich vorhin geweigert habe, zu ihm zu gehen, und jetzt unbesehen zu ihm ziehe.

»Du kannst es dir heute ansehen«, sagt er, als hätte er meine Gedanken gelesen. »Sicherstellen, dass das kein Problem ist.«

Ich schüttele den Kopf, aber das macht die Sache nicht klarer. »Denkst du wirklich, die Leute werden glauben, dass wir ein Paar sind?«

»Warum denn nicht?«, fragt er. »Wir müssen nur die nötige Sorgfalt walten lassen – alles übereinander wissen und die Details unseres heimlichen Umwerbens klären.«

»Was das betrifft«, sage ich und reibe mir die Schläfen, »erwartest du, dass ich meine Familie anlüge?«

Apropos Familie … er mag verrückt genug sein, so weit unter seinem Stand zu heiraten, aber seine Eltern werden wahrscheinlich einen Anfall bekommen.

Er zuckt mit den Schultern. »Meinst du, sie würden es dir abkaufen?«

»Auf keinen Fall«, sage ich. »Meine Mutter ist meine beste Freundin, und wir erzählen uns alles, auch wenn ich wünschte, wir würden es nicht tun.«

»Das muss schön sein.« Sein Blick schweift in die Ferne. »Dann können wir ihr die Wahrheit sagen, aber lass mich sie erst kennenlernen, um zu sehen, ob sie genauso vertrauenswürdig ist wie du.«

»Was ist mit deinen Eltern?«, frage ich.

Das übliche schelmische Glitzern verschwindet aus seinen silbernen Augen. »Sie sind bei einem Unfall gestorben.«

Oh mein Gott. Wie konnte ich nur so tölpelhaft sein? Die Anzeichen waren da, wenn ich so darüber nachdenke. Das Schlimmste ist, dass ich kurzzeitig erleichtert bin, dass ich nicht mit der Missbilligung seiner lieben Eltern konfrontiert sein werde, aber dann überkommt mich eine Welle von Schuldgefühlen, die ein Rennpferd umbringen würde. »Das tut mir leid.«

»Du hast meine Eltern nicht dazu gebracht, auf diese verdammte Jacht zu gehen«, sagt er mit flacher Stimme.

»Es tut mir trotzdem leid, dass dir das passiert ist«, sage ich wieder und bedecke seine Hand mit meiner, wie auf Autopilot.

»Hör auf, dich zu entschuldigen«, sagt er fest. »Das ist etwas, was du wissen musstest, um mich zu kennen. Meine Eltern sind jetzt schon seit fünf Jahren tot. Sie bekamen mich ziemlich spät in ihrem Leben, also wusste ich hypothetisch, dass ich sie früher verlieren würde als jemand mit jüngeren Eltern, aber ich hatte nicht erwartet, dass es so oder so bald passieren würde.«

Ich streichele sanft seine Hand. »Du musst mir das jetzt nicht erklären.«

Er schüttelt den Kopf. »Ich bin ein Einzelkind, und

das galt auch für meine Eltern. Die Großeltern auf beiden Seiten starben an Altersschwäche, als ich noch zu jung war, um es zu verstehen. Piper ist meine einzige lebende Verwandte.«

Mein Herz zieht sich schmerzhaft zusammen. Er versucht nicht nur, ein guter Vater für Piper zu sein. Er möchte Zugang zu dem haben, was von seiner Familie übrig ist.

»Ich werde alles tun, was nötig ist, um dir zu helfen, sie zu bekommen«, sage ich feierlich. »Alles, was du willst.«

KAPITEL 10
Adrian

Ich brauche meine ganze Willenskraft, um nicht wieder etwas Dummes zu tun, wie Jane zu küssen. Ich mache die Traurigkeit, die ich empfinde, wenn ich über meine Eltern spreche, und die Sanftheit von Janes kleiner, beruhigender Hand dafür verantwortlich. Ganz zu schweigen von ihren aufrichtigen Worten.

Aber ich bin froh, dass ich Selbstbeherrschung habe. Sie zu küssen – oder irgendetwas anderes in dieser Richtung zu tun – würde alles zunichtemachen, was ich heute hier erreicht habe. Jedes Mal, wenn ich mit jemandem ausgegangen bin, haben wir uns getrennt, sobald die betreffende Frau mich kennengelernt hat – und so würde es auch mit Jane sein. Aber eine Trennung wäre in diesem Fall eine Katastrophe.

Ganz zu schweigen davon, dass ich mit meiner Fantasie anmaßend bin. Jane würde mich wahrscheinlich nicht einmal haben wollen. Das Wort *Schürzenjäger* war schließlich kein Kompliment. Und selbst wenn sie mich jetzt mag, würde sie das Interesse an mir verlieren, sobald sie erfährt, wie unentschlossen ich bin, wenn es darum geht, einen Plan für mein Leben zu haben. Im Gegensatz zu mir war sie fest entschlossen, in der Bibliothek zu arbeiten, was bedeutet, dass sie solche Dinge sehr schätzt.

Auf jeden Fall bin ich nicht in der Stimmung, vor dem erfolgreichen Ende der Saga mit Piper mit jemandem auszugehen, und schon gar nicht mit einer Frau, die eine große Entjungferung will. Ich kann nicht der Typ dafür sein. Diese Ehre gebührt jemandem, in den sie sich verlieben wird und der diese Liebe erwidert.

»Willst du etwas über mich wissen?«, fragt Jane und holt mich auf den Boden der Tatsachen zurück.

»Bitte.« Ich ziehe meine Hand sanft zurück. »Lass uns über deine Familie sprechen. Bis jetzt hast du deine beste Freundin, deine Mutter und deine viel jüngere Schwester erwähnt.«

»Genau«, sagt sie. »Ich habe auch eine Großmutter, Mamas Mutter, die in Florida lebt. Mein Vater spielt in meinem Leben keine Rolle, also kann ich dir nicht wirklich etwas über ihn oder diese Seite der Familie erzählen.«

»Ich verstehe.« Sollte ich noch hinzufügen, dass ich ihren Vater für einen Idioten halte?

»Das Gute daran ist, dass wir weniger lügen müssen«, sagt sie. »Mary, meine Schwester, wird glauben, dass wir uns heimlich getroffen haben, und Oma auch. Du kannst meine Mutter eine Geheimhaltungsvereinbarung unterschreiben lassen. Sie hat Angst vor Anwälten und wird deshalb ihren Mund halten.« Sie runzelt die Stirn. »Ich bin erstaunt, dass du mich nicht gezwungen hast, eine zu unterschreiben, bevor du mir den ganzen Plan erzählt hast.«

»Du scheinst vertrauenswürdig zu sein«, sage ich mit einem Augenzwinkern. »Außerdem hätte ich nicht gedacht, dass du irgendetwas ohne eine vorherige Erklärung unterschreiben würdest. Es war ein Wunder, dass du nicht abgehauen bist, als du das leere Restaurant gesehen hast.«

Sie grinst. »Es würde mir ja keiner glauben, wenn ich sage, dass du mich heiraten willst.«

Ich seufze. »Du unterschätzt dich.«

Sie winkt mit ihrem Ringfinger. »Ich schätze, die Leute werden mir glauben, wenn du allen erzählst, dass wir verlobt sind.«

»Okay, du hast gewonnen«, sage ich. »Unser Geheimvertrag wird eine Geheimhaltungsklausel enthalten.«

»Danke«, sagt sie sarkastisch. »Du solltest mir auch mit deinen schicken Anwälten drohen.«

»Wenn ich sage, dass meine Anwälte Haie sind, klingt das niedlicher und knuddeliger, als es tatsächlich ist«, sage ich mit ernster Miene. »Und lass mich nicht mit Bob anfangen. Er sieht buchstäblich aus wie ein Honigdachs.«

»Wunderbar. Als Nächstes erzählst du mir, dass du dir auch einen Attentäter leisten kannst.«

»Warum sollte ich mich damit abmühen, wenn meine Anwälte dich dazu bringen können, dir einen Attentäter zu wünschen?«

Sie lacht, aber nervös, also sage ich: »Ich gebe dir eine Million, bevor irgendwelche Verträge unterzeichnet werden. Auf diese Weise kannst du deinen eigenen Hai-Anwalt beauftragen, alles zu überprüfen.«

Sie rollt mit den Augen. »Du wählst immer die teuerste Lösung, nicht wahr?«

»Nein«, sage ich. »Ich hätte für das heutige Essen eine Privatinsel kaufen und dich mit einem Privatjet hinfliegen können, den ich ebenfalls für diesen Anlass gekauft hätte. Ich habe nichts von alledem getan.«

»Oh, wie viel Zurückhaltung das gekostet haben muss«, sagt sie und umklammert mit der Hand nicht vorhandene Perlen.

Gerade als ich den Mund öffne, um etwas zu erwidern, klopft es an der Restauranttür, und als diese sich öffnet, rennt Leo herein und schleift seine Leine hinter sich her.

Was soll der Scheiß?

Als Leo mich entdeckt, kommt er schnell zu mir und versucht, mich dazu zu bringen, ihn zu streicheln – unter unserem Tisch.

Ich bin so froh, dich zu sehen. Nein, ekstatisch. Nein, leidenschaftlich. Mein Schwanz tut schon vom vielen Wedeln weh.

Scheiße.

Der kleine Tisch kippt um, das Brett kracht auf den Boden und das Sushi fliegt überall hin.

Jane springt auf, da sie Angst hat, wieder umgeworfen zu werden.

Aber sie brauchte sich keine Sorgen zu machen. Als Leo das Sushi sieht, vergisst er sie und mich und fängt an zu schlemmen, als ob er schon seit einem Monat gehungert hätte.

»Wie bist du hierhergekommen?«, frage ich ihn.

Leo schaut von seiner alles verzehrenden Aufgabe auf und versucht, unschuldig auszusehen – ein schwieriges Unterfangen, wenn dein Gesicht mit dem Reis und Fisch bedeckt ist, den du gerade umgeworfen hast.

Ich war gerade in der Nähe. Ich habe dich gerochen. Ich dachte, ich sage mal Hallo.

»Hast du vergessen, ihn zu füttern?«, fragt Jane.

»Natürlich, ich habe ihn gefüttert«, sage ich. »Seine Hundesitterin sicher auch.«

In diesem Moment kommt Itamae-san aus der Küche gerannt, und die Wut in seinem Gesicht erinnert mich an die Menpō-Masken, die die Samurai trugen, um ihren Feinden Angst einzujagen.

Als Leo diesen Ausdruck sieht, hört er auf zu essen, winselt und versteckt sich hinter mir.

Ich habe gar nichts gemacht. Ich wurde von einer Katze in eine Falle gelockt – deshalb die vielen Fische.

»Ich habe Ihnen schon oft gesagt, dass Sie keinen Hund in mein Restaurant mitbringen dürfen«, ruft

Itamae-san auf Japanisch. »Es ist mir egal, wie reich Sie sind!«

»Ich habe ihn nicht mitgebracht«, sage ich. »Er ...«

»Halten Sie den Mund!«, schreit Itamae-san. »Nehmen Sie Ihr Biest und verschwinden Sie!«

KAPITEL 11

Jane

»Wir müssen gehen«, sagt Adrian zu mir, nachdem der Koch aufgehört hat, zu schreien.

Ich schäme mich, obwohl das alles nicht meine Schuld war, und gehe zum Ausgang – und stoße mit einer Frau zusammen, die so schön ist, dass sie ein Model sein könnte.

Als er die Frau entdeckt, verengt Adrian seine Augen. »Du hattest nur eine Aufgabe: auf den Hund aufzupassen.«

Das ist seine Hundesitterin? Heißt das, dass sie oft da ist? Ich frage mich das nicht, weil ich eifersüchtig bin. Das ist doch aber etwas, was eine zukünftige Frau wissen sollte, oder nicht?

»Es tut mir leid«, sagt das Model. »Das könnte ein vorsätzlicher Überfall gewesen sein. Er hat mich hierhergeführt und mir dann die Leine aus der Hand gerissen.«

Der Koch schreit etwas in einem noch wütenderen Ton, also treibt Adrian uns alle hinaus. Draußen angekommen, schaut er Leo streng an. »Das ist mein Lieblings-Sushi-Laden. Jetzt habe ich wahrscheinlich Hausverbot.«

Leo sieht verlegen aus – oder verlegener als sonst.

»Es tut mir so leid«, sagt die schöne Frau. »Ich …«

»Jane, das ist Tiffany«, sagt Adrian. »Tiffany, Jane ist meine Verlobte – seit heute.« Er sieht Tiffany eindringlich an.

Tiffany schnappt nach Luft. »Das war dein Verlobungsessen?«

Ich empfinde eine Art besitzergreifende Befriedigung, als ich ihr meine beringte Hand zeige – was albern ist, wenn man bedenkt, dass die Verlobung nur vorgetäuscht ist und ich keine Ahnung habe, ob sie überhaupt etwas von Adrian will.

»Es tut mir so leid«, sagt sie. »Hätte ich das gewusst, wäre ich gar nicht erst mit ihm spazieren gegangen.«

Adrian seufzt. »Es ist in Ordnung. Geh nach Hause. Ich nehme ihn ab hier.«

»Bin ich gefeuert?«, fragt sie.

»Nein«, sagt Adrian. »Aber du wirst meine häufigen Beschwerden über dich ergehen lassen müssen, wenn Itamae-san mich nie wieder zurückkommen lässt.«

Sie lächelt ein umwerfendes Lächeln. »Na gut.« Sie dreht sich um, klickt und klackt weg und lässt mich mit der Frage zurück, warum ein vernünftiger Mensch in Stöckelschuhen mit einem Hund spazieren gehen würde.

»Also«, sagt Adrian, als wir allein sind. »Das ist gerade passiert.«

»Ich weiß«, sage ich. »Nur ein Milliardär würde aus dem teuersten Sushi-Restaurant der Welt rausgeschmissen werden.«

Adrian schaut sehnsüchtig zur Tür des Restaurants zurück. »Ich könnte gezwungen sein, das Gebäude zu kaufen, um Itamae-san davon zu überzeugen, mir wenigstens Essen zum Mitnehmen zuzubereiten.«

»Ich sehe schon ein großes Problem in unserer Beziehung«, sage ich. »Ich habe keine Ahnung, ob das da ein Scherz war.«

Adrian grinst und sieht Leo mit einem strengen Blick an. »Wirst du für den Rest des Tages ein guter Junge sein?«

Leo schaut seinen Menschen mit so arglosen Augen an, dass man meinen könnte, es wäre der böse Zwilling des Hundes – oder ein böses Schaf –, das vor einer Sekunde fast das Restaurant zerstört hätte.

»Ich werde brav sein«, sagt Adrian-Leo mit dieser höheren und beschleunigten Stimme. »Und herzlichen Glückwunsch, Jane. Als ich dich heute Morgen gerochen habe, wusste ich, dass du und Adrian das perfekte Paar sein würdet.«

Ich erschaudere bei der Erinnerung daran. »Was für ein Hund bist du?«, frage ich Leo, dann komme ich mir dumm vor und wende mich an Adrian.

»Ich bin ein Wolfoodle«, antwortet »Leo.«

Ich lache. »Das kann keine echte Rasse sein.«

»Meine Mutter war ein irischer Wolfshund«, sagt Leo. »Und mein Vater ein Königspudel – deshalb mag ich die Briten nicht und esse Unmengen von Kartoffeln … überbacken.«

»Ah«, sage ich. »Ich dachte, Cockapoo wäre die lustigste Mischung, die es gibt. Ich lag eindeutig falsch.«

Miss Miller findet, dass Wörter wie Cockapoo nicht in den Mund einer Dame gehören.

»Glaubst du nicht, dass Bossi-Poo schlimmer ist?«, fragt Leo. »Oder Pomapoo oder Peekapoo oder Shih-Poo oder Sheepadoodle?«

»Ich finde, wenn jemand Sheepadoodle genannt werden sollte, dann Leo«, sage ich. »Er sieht aus wie ein Schaf.«

»Mein Favorit ist Doodleman«, meint Adrian. »Das klingt nach einem Superhelden, der mit seinen Kritzeleien Verbrechen bekämpfen kann.«

Ich grinse. »Meiner ist Huskypoo. Das klingt wie etwas, das passiert, wenn man wirklich, wirklich verstopft ist.«

Miss Miller hatte gerade einen Anfall von Schwindelgefühlen.

Adrians Magen knurrt.

Mein Grinsen wird breiter. »Wir sollten uns etwas anderes zu essen holen.«

»Willst du mit zu mir kommen?«, fragt Adrian. »Ich habe noch Reste von einem Essen, das ich neulich gemacht habe.«

»Klar.« Ich bin selbst entsetzt darüber, als ich mich das antworten höre. »Gehen wir.«

Für Fräulein Miller ist es das Gleiche wie in einem Bordell zu arbeiten, wenn sie ohne Begleitung zu einem unverheirateten Mann geht.

»Ich liebe die Architektur von New York.« Adrian schaut sich mit einer Begeisterung um, die ich auf dem Gesicht eines Jungen auf einem Spielplatz erwarten würde.

»Ja? Warum?«

»Sie ist eine der besten der Welt«, sagt er ehrfürchtig. »Wie dieses Gebäude.« Er zeigt auf den Wolkenkratzer zu unserer Linken. »Es wurde kurz nach dem Zweiten Weltkrieg gebaut, und das war das erste Mal, dass einige dieser Techniken eingesetzt wurden.«

»Welche Techniken?«

Er erzählt es mir, aber ich verstehe nicht viel, denn das Wenige, was ich über Architektur weiß, habe ich aufgeschnappt, als ich in der Schule *Der ewige Quell* von Ayn Rand gelesen habe. Offensichtlich war ich mehr auf die Liebesgeschichte in diesem Buch konzentriert als auf alles andere.

Da er aber gerne erklärt, nicke ich und lasse ihn reden, während ich nur mit einem halben Ohr zuhöre.

Das Gefühl, das ich versuche abzuschütteln, ist, dass ich bei unserem ersten Date in das Haus eines Typen gehe.

Ich meine, mit meinen rationalen Teilen – dem Gehirn – weiß ich, dass das kein Date ist und dass

Adrian nicht einfach irgendein Typ ist. Der Rest von mir – meine Lenden? – hat jedoch immer noch das Gefühl, dass wir auf dem Weg zu meiner GE sind … was nicht weiter von der Wahrheit entfernt sein könnte.

Bei den Glocken der Hölle. Ein Grund, warum ich meine Jungfräulichkeit nicht verloren habe, ist, dass ich zu klug bin, um Männern zu vertrauen, vor allem mit meinem Herzen. Dieses Misstrauen gilt für Schürzenjäger im Allgemeinen, aber besonders für solche, die ich attraktiv finde, wie Adrian. Bei den Schürzenjägern klaffen historische Romantik und Realität am weitesten auseinander. In den Romanen sind die Rehabilitierten die besten Ehemänner, aber in der realen Welt verschwinden sie aus dem Leben ihrer Töchter, ohne dass man je wieder von ihnen hört.

»Tut mir leid«, sagt Adrian. »Langweile ich dich mit all diesen Architektur-Trivialitäten?«

Ich schüttele den Kopf. »Nein. Das ist wirklich interessant. Bist du selbst ein Architekt?«

»Wenn du damit jemanden meinst, der ein paar Gebäude entworfen und dafür gesorgt hat, dass sie gebaut werden, dann ja«, sagt Adrian. »Wenn du jemanden meinst, der seinen Lebensunterhalt damit verdient, ständig für Bauherren zu entwerfen, dann nein.«

»Sprachen, Malerei, Musik, Bauchreden«, ich schaue zu Leo hinunter, »und jetzt Architektur. Was noch? Jonglierst du auch in deiner Freizeit? Züchtest medizinische Blutegel? Melkst Schlangen?«

Er lacht. »Ist eine Schlange zu melken ein Euphemismus für irgendetwas?«

Bei den ungezogenen Bildern von Adrian, wie er sich einen runterholt, wird mein Gesicht purpurrot. »Welches ist dein Lieblingsgebäude?«, stoße ich hervor, um das zu vertuschen.

»Das Seagram Building«, sagt er, ohne zu zögern. »Das heißt, wenn du nicht meine eigene Arbeit gemeint hast.«

Ich schaue mich um. »Wo ist es?«

»Das Seagram? In der Park Avenue«, sagt er und zückt sein Handy. »So sieht es aus.«

»Ah«, sage ich und gebe mir keine Mühe, meine Enttäuschung zu verbergen. »Ich habe es schon einmal gesehen. Inwiefern unterscheidet es sich von anderen Wolkenkratzern?«

Er sagt es mir, aber wieder einmal gehen die architektonischen Feinheiten an mir vorbei.

»Wir sind da«, sagt Adrian, als wir uns einem Wolkenkratzer nähern, der meiner Meinung nach noch viel beeindruckender ist als das Bild, das er mir gezeigt hat. Er hat ein Stahlgerüst, das sehr männlich wirkt, obwohl es dafür sicher einen besseren architektonischen Begriff gibt. »Ich wohne in dem Penthouse ganz oben.«

Ich pfeife. »Ich dachte, das wäre ein Einzelhandelsgebäude mit Büros und so weiter.«

Er zuckt mit den Schultern. »Das ist es auch. Als ich es entworfen habe, habe ich …«

»Warte.« Ich starre ihn an. »Du hast dieses Gebäude entworfen?«

»Das habe ich.« Ein wehmütiger Ausdruck huscht über seine Züge. »Es erhielt sogar eines der seltenen Lobe von meinem Vater. Das heißt, bis er erfuhr, dass ich nicht Architekt werden oder mein eigenes Architekturbüro eröffnen würde.«

Es scheint noch mehr zu geben, aber ich zögere, nachzufragen.

Leo zieht Adrian zu einem glänzenden Hydranten auf dem Bürgersteig in der Nähe des Gebäudes.

»Klar«, sagt Adrian mit einem Grinsen. Mir erklärt er: »Ich habe den für ihn dort hingebaut.«

Ja. Leo geht auf den Hydranten zu, hebt sein Hinterbein fast auf meine Höhe und erledigt sein Geschäft so stolz, als würde er von der Königin zum Ritter geschlagen werden.

»Ein Sushi-Essen, und dann meine Schlange entleeren.« Adrian verleiht *Leos* Stimme eine große Portion Zufriedenheit. »Wenn ich jetzt noch ein Eichhörnchen fangen und eine Pudelhündin verführen könnte, wäre mein Leben vollkommen.«

Miss Miller ist entsetzt. Selbst dieser sogenannte Herrenhund ist ein Schürzenjäger.

»Gehen wir«, sagt Adrian und führt mich in die Lobby.

Aus irgendeinem unbekannten Grund sind mehr als die Hälfte der Sicherheitskräfte in diesem Gebäude Frauen – was wohl für denjenigen spricht, der für die Einstellung verantwortlich ist. Dass die meisten von ihnen wunderschön sind, ist schon ein bisschen seltsam, und ich bin mir sicher, dass ich nur paranoid bin, als ich sehe, dass einige von ihnen Adrian bewundernd anstarren.

»Hallo«, sagt Adrian zu allen. »Das ist Jane Miller. Bitte tragen Sie sie in die Liste der zugelassenen Besucher ein.«

Die größte der Frauen tippt etwas in ihren Computer, während ich die Kunstwerke an den Wänden betrachte – Gemälde, Statuen, Wandbilder und so weiter, eines schöner als das andere.

»Das sind alles Werke von Mr. Westfield«, sagt die große Frau, nachdem sie von ihrem Computer aufgeschaut hat.

Ich schaue Adrian an.

Er schmunzelt. »Schuldig im Sinne der Anklage – und dank Susan musste ich nicht einmal damit prahlen.«

»Du bist also auch ein Bildhauer?«, frage ich. »Und ein Wandmaler?«

»Ich dilettiere«, sagt Adrian mit falscher Bescheidenheit.

»Hier.« Susan gibt mir eine Magnetkarte. »Sie müssen auch ein Passwort festlegen.« Sie dreht ihren Monitor so, dass ich ihn sehen kann, und schiebt dann ihre Tastatur vor mich.

Ich stecke die Karte weg und gebe das Passwort ein, das ich seit meiner Jugend überall benutze: MineTill12AM. Es basiert auf meinem Lieblingsroman *Pfand der Leidenschaft*, im Original *Mine Till Midnight*, von Lisa Kleypas und ist daher etwas, was ich nicht vergessen werde.

»Das ist nicht stark genug«, sagt Susan, als sie sieht, was ich geschrieben habe. »Es sollten keine erkennbaren Wörter in einem Passwort enthalten sein. Es sollte mindestens ein besonderes Zeichen geben, sowie …«

»Wie wäre es damit?« Ich ersetze jedes *i* in meinem Passwort durch ein Ausrufezeichen – ein Trick, den ich immer anwende, wenn ich dazu gezwungen bin.

Sie runzelt die Stirn. »Es ist besser, aber …«

»Wofür ist das eigentlich?«, frage ich.

»Für meinen privaten Aufzug«, mischt sich Adrian ein. »Das Sicherheitsteam ist nachts nicht hier, aber mit dieser Karte und dem Passwort kannst du kommen und gehen, wann du willst.« An Susan gewandt fügt er hinzu: »Das Passwort, das sie gewählt hat, ist in Ordnung. Meine Wohnung ist nicht gerade Fort Knox.«

Er legt seine Hand sanft auf meinen unteren Rücken und führt mich zu dem Wischding.

Sprachlos von seiner Berührung, ziehe ich meine neue Karte durch das Gerät und teste mein neues Passwort mit zitternden Fingern, dann lasse ich mich in den schicken Aufzug schieben.

Die Türen gleiten zu, und ich atme den betäubenden Duft von Adrians Holz, Honig und Mandarinen ein – bis ich auch einen Hauch von etwas Scheunenartigem wahrnehme. Nasse Schafe? Es kommt von Leo.

»Willst du meine Studios sehen?«, fragt Adrian und fährt mit dem Finger über den Knopf für die zweithöchste Etage. »Oder sollen wir direkt in die Wohnräume gehen?« Er bewegt seinen Finger auf den Penthouse-Knopf.

»Du bist der Ausgehungerte«, sage ich. »Du entscheidest.«

Er drückt den Knopf für die Studios – Plural –, und der Aufzug rauscht mit unglaublicher Geschwindigkeit dorthin.

»Hier male ich«, sagt Adrian, als wir aussteigen und um eine Ecke biegen.

Eindeutig. Das riesige Loft ist übersät mit Pinseln, Staffeleien und anderen Gegenständen, deren Namen ich nicht kenne. Ein Luftreiniger brummt, während er sich abmüht, die Luft zu reinigen, aber man kann immer noch Farben, Kleber und andere Chemikalien riechen, die Teil des Malprozesses sein müssen.

Im nächsten Raum modelliert er.

Der danach sieht aus wie eine Garage, in der eine Metal-Band übt.

»Kannst du die spielen?« Ich zeige auf die Bassgitarre.

Mit einem schiefen Lächeln nimmt Adrian die Gitarre in die Hand und beginnt zu spielen. Für meine Ohren, die mit dieser Musik nicht vertraut sind, klingt es gut, wie etwas von einem Metallica-Album.

Miss Miller glaubt, dass dies genau die Art von Musik ist, die Dämonen genießen würden, während sie in der Hölle herumtollen.

Der nächste Raum ist mit klassischen Musikinstrumenten gefüllt, von denen ich Klavier, Cello, Geige und Oboe erkenne.

Auf meine Aufforderung hin spielt Adrian auf jedem Instrument eine Melodie – und wenn es möglich wäre, einen Orgasmus zu bekommen, weil man beeindruckt ist, dann wäre ich jetzt so gut wie am Ziel.

»Was ist dort hinten?«, frage ich und zeige auf einen Eingang, an dem wir vorbeigekommen sind, ohne dass er mir gezeigt hat, was sich dahinter befindet.

»Das ist meine private Galerie«, sagt Adrian und deutet mir an, den Weg fortzusetzen, der diese Galerie nicht zu beinhalten scheint.

Ich verenge meine Augen auf ihn. »Bist du auch ein Präparator?«

»Was?« Er blickt Leo an, als ob er eine Antwort sucht.

Ich tue mein Bestes, um keine Miene zu verziehen. »Hast du ausgestopfte Frauen in der Galerie? Vielleicht die anderen Trottel, die du unter dem Vorwand hergelockt hast, deine Frau zu werden?«

Adrian lacht humorlos. »Es ist nur eine private Galerie. Einige der Stücke dort sind nicht dafür gedacht, von jemand anderem als mir gesehen zu werden. Das ist alles.«

»Richtig, richtig, richtig. Aber hatte Blaubart nicht auch einen geheimen Raum, den die neue Frau nicht betreten durfte?«

Er seufzt. »Du stimmst zu, dass dies durch die

Verschwiegenheitsvereinbarung in dem geheimen Vertrag, den du unterschreiben wirst, abgedeckt ist?«

Ich nicke eifrig.

»Mach dein Handy aus«, befiehlt er.

»Hmm. Wenn das eine Blaubart-Situation wäre, würde er mich dann nicht auch dazu bringen, das zu tun?«

Er rollt mit den Augen. »Ich glaube, Blaubart würde dich in sein Gebäude schmuggeln, ohne den Sicherheitsdienst zu alarmieren.«

Ich schalte mein Handy aus und folge ihm, als er mich hineinführt.

In dem Moment, in dem wir die Tür öffnen, zucke ich zusammen – aber nicht, weil der Raum voller Wannen voller Blut ist und die ermordeten Leichen seiner sechs früheren Ehefrauen an Haken hängen, wie in der Blaubart-Geschichte. *Nebenbei bemerkt: Hätte Ehefrau Nummer sieben die Leichen nicht gerochen?* Nein, mein Keuchen kommt von den Kunstwerken, von denen eines bemerkenswerter ist als das andere.

»Die stammen nicht alle von mir«, sagt Adrian, als er mich dabei erwischt, wie ich auf eine ausgestellte Rüstung starre. »Einige Stücke habe ich auf Auktionen ersteigert – als Inspiration für die Zukunft.«

»Und das?« Ich zeige auf eine pyramidenförmige Stoffstruktur, die an der Decke befestigt ist.

»Ein Fallschirm nach dem Entwurf von Leonardo da Vinci«, sagt er stolz. »Es ist aus Materialien hergestellt, die damals verfügbar waren, und er funktioniert tatsächlich.«

»Wow. Bist du ein Fan von ihm, weil er auch ein Universalgelehrter war?«

Adrian nickt. »Je mehr ich über den Mann erfahre, desto mehr wünsche ich mir, ich könnte eine Zeitmaschine erfinden und zurückreisen, um mit ihm zu sprechen.«

Nach dem, was ich gesehen habe, wäre Adrian derjenige, der so etwas entwerfen und bauen könnte, das ist sicher. »Irgendwann musst du mir mal von ihm erzählen«, sage ich. »Das Wenige, was ich weiß, habe ich aus *The Da Vinci Code – Sakrileg* von Dan Brown, was nicht gerade ein Lehrbuch ist.«

Adrian deutet in die Ferne. »Ich habe eine signierte Erstausgabe dieses Buches in meiner Bibliothek – und jedes andere Buch, in dem das große Genie Leonardo da Vinci erwähnt oder beschrieben wird. Ich habe es aber noch nicht gelesen.«

»Das solltest du. Es macht Spaß, aber es fehlt an Romantik.«

Adrian tritt mit leuchtenden Augen näher an mich heran. »Welches ist dein Lieblingsbuch?«

Als ich ihm das erzähle, flattert mein Herz aufgrund seiner Nähe und des Gesprächsthemas. »Mir gefällt auch *Von dir kann ich nicht lassen* von Mary Balogh sehr gut«, fahre ich atemlos fort. »Und auch …«

»Was ist mit den Büchern, auf denen die Serie Bridgerton basiert?«, murmelt er. »Die Serie ist toll, also …«

»Moment«, keuche ich. »Du hast Bridgerton gesehen?«

So muss sich eine Überdosis Viagra für einen Mann anfühlen.

»Hat das nicht jeder, der Netflix hat?«, fragt er. »Und woher sollte ich sonst wissen, was ein Schürzenjäger ist?«

Er hat es also tatsächlich gewusst. Ich beseitige das bisschen Abstand, das noch zwischen uns ist. »Ich liebe diese Bücher, und alles andere, was Julia Quinn geschrieben hat.«

»Liebe, hm?« Seine Lippen sind verführerisch. »Das ist eine starke Aussage.«

Ich antworte nicht. Was auch immer für eine Kraft aus dem Jenseits uns in der Boutique zusammengeführt hat, sie hat mich wieder in ihren Bann gezogen. Die sinnlichen Kurven seiner Lippen sind wie Sirenen, die mich anziehen.

Etwas in meinem peripheren Blickfeld lässt die momentane Blase der Lust – oder was auch immer es war – platzen, als würde ich mit Eiswasser übergossen werden.

Dieses Etwas ist eine nackte Statue, die sehr vertraut aussieht. Ich trete aus Adrians Schwerkraftfeld und zeige anklagend auf die Statue. »Ist das Susan, die große Wachfrau von unten?«

Adrian tritt von mir zurück und sieht aus, als würde er aus einer hypnotischen Trance erwachen. »Ich wollte dich gerade warnen.«

Ich drehe mich auf dem Absatz um, gehe zu der Statue hinüber und schaue ihr ins Gesicht. Ja. Es *ist* Susan. Das Gesicht und die Größe stimmen genau überein, obwohl ich keine Ahnung habe, ob ihre Brüste wirklich so voll und ihre Brustwarzen so hart sind, ganz zu schweigen von ihrem …

»Es gibt einen Grund, warum ich diese Galerie privat halte«, sagt Adrian.

Ohne zu antworten, betrachte ich meine Umgebung genauer.

Oh Mann. An der Wand südlich von uns hängt ein Bild einer nackten Frau, die ich auch wiedererkenne. Es ist Tiffany, die Hundesitterin von vorhin – und sie ist genauso nackt wie die Wachfrau und hat einen noch perfekteren Körper.

»Wissen sie davon?«, frage ich.

Frauen ohne ihre Erlaubnis nackt zu zeichnen oder zu modellieren fühlt sich wie ein Verstoß an – und wenn er sich dessen schuldig gemacht hat, sind wir fertig.

Adrian zieht sich zurück. »Für wen hältst du mich? Natürlich wissen sie das. Sie haben gerne für mich posiert, nachdem ich ihnen versichert hatte, dass ich das Endprodukt hier aufbewahren und nie verkaufen würde.«

»Sie haben gerne für dich posiert … nackt?«

Er zuckt mit den Schultern. »Es ist ja nicht so, dass ich sie vorher nicht schon nackt gesehen hätte.«

Mein Auge beginnt zu zucken. »Warum hast du sie nackt gesehen?« Ein Teil von mir kann es natürlich schon erraten.

»Ich habe nicht verheimlicht, dass ich in der Vergangenheit viele Affären hatte«, sagt er. »In jener

Zeit meines Lebens waren die Begegnungen sehr selten One-Night-Stands. Meistens waren es kurze Beziehungen, und manche dauerten so lange, dass sie für mich posieren wollten – und das ist es, was du hier siehst.«

In Gedanken versunken betrachte ich die zahllosen nackten Frauen auf den Gemälden und in einigen Fällen auch ein paar sehr attraktive Männer.

»Die meisten von ihnen sind professionelle Models«, sagt Adrian und folgt meinem Blick. »Und bevor du fragst: Ich hatte keine Affären mit Männern. Ich bin so ziemlich eine Null auf der Kinsey-Skala.«

Da ich immer noch sprachlos bin, schaue ich mir die ausgestellten Gesichter an, bis ich wieder eines finde, das mir bekannt vorkommt.

»Das ist meine Uber-Fahrerin von heute Abend«, sage ich. »Mit wie vielen Frauen musstest du schlafen, damit so ein Zufall möglich wurde?«

Schließlich sieht er schuldbewusst aus. »Sie ist eigentlich keine Uber-Fahrerin. Mir gefiel der Gedanke nicht, dass dich irgendjemand fährt, also habe ich einen meiner persönlichen Fahrer gebeten, dich abzuholen.«

Ich sehe ihn an und runzele die Stirn. »Sie arbeitet auch für dich?«

Er nickt. »Ich habe immer versucht, die Dinge mit Frauen einvernehmlich zu beenden, und wir bleiben oft Freunde. Und wenn ein Freund oder eine Freundin einen Job braucht und seine/ihre Fähigkeiten zu dem passen, was ich brauche, helfe ich gerne.«

Ich bin mir nicht sicher, ob ich meine Handflächen zum Applaudieren zusammenschlagen oder über seine Wangen streichen soll. In gewisser Weise ist es bewundernswert, dass er kein Rein-raus-und-aus-die-Maus-Stil-Schwerenöter ist. Andererseits beweist das, dass er ein Schürzenjäger epischen Ausmaßes ist, und aus welchem Grund auch immer habe ich ein ungutes Gefühl bei dem Gedanken, dass all diese Frauen noch in seiner Nähe sind.

»Ein Königreich für deine Gedanken«, sagt Adrian.

»Schläfst du noch mit einer von ihnen?«, platzt es aus mir heraus. Und hey, immer noch besser, als zuzugeben, dass ich jedes Gemälde verbrennen und jede Skulptur mit einem Hammer umhauen möchte, bevor ich vielleicht das Gleiche mit den Musen tue, die sie inspiriert haben.

»Ich habe dir doch gesagt, dass ich seit Piper im Zölibat lebe«, sagt er. »Aber selbst wenn das nicht der Fall wäre, würde ich nie mit jemandem schlafen, der für mich arbeitet. Niemals.«

»Meinst du das ernst?« Ich frage mich auch, ob er mich als »für ihn arbeitend« betrachten wird, wenn wir erst einmal verheiratet sind – aber ich habe nicht die Eier, um das klarzustellen.

»Ich würde die Sorgerechtsanhörung nicht wegen ein bisschen Sex riskieren«, sagt er.

Klar, aber was ist mit danach? Ich mache mir gar nicht erst die Mühe, das zu fragen, denn die Antwort würde nicht lauten: »Ich werde drei Jahre lang enthaltsam leben.« Sobald es sicher ist, wird er wieder zu seinem alten Verhalten zurückkehren – aber vielleicht dieses Mal etwas diskreter.

Adrians Magen knurrt wieder.

»Ah. Richtig. Komm, wir besorgen dir etwas zu essen«, sage ich und bin froh über die Ablenkung.

»Bist du sicher?«, fragt er. »Es gibt noch mehr Sachen, die …«

»Ich bin mir sicher. Die Tour wurde sowieso langsam langweilig.« Eine Lüge, aber das braucht er nicht zu wissen.

Mit einem Seufzer sagt er mir, ich solle ihm folgen, und geht zurück zum Aufzug.

KAPITEL 12
Adrian

W ie konnte ich nur so dumm sein? Warum habe ich ihr nicht ausgeredet, in die verdammte Galerie zu gehen? Warum sollte ich sie mit den körperlichen Spuren meiner *männlichen* Vergangenheit konfrontieren?

Na ja. Jetzt ist es zu spät. Ich verdiene ihren missbilligenden Gesichtsausdruck während dieser Aufzugfahrt. Auch wenn sie keine Jungfrau wäre, hätte ich es vermeiden sollen, ihr eine so unangenehme Erfahrung zu bereiten.

Der Aufzug hält an, und Leo stürmt heraus, sicher begierig, mit seinem Spielzeug zu spielen.

»Zuerst in die Küche?«, frage ich Jane.

Sie nickt. »Ich glaube, ich habe für den Moment genug von Touren, und ich will auch keine weiteren Geräusche von deinem Magen hören.«

Richtig. Ich führe sie in die Küche, hole das erste heraus, was ich im Kühlschrank sehe, wärme es auf und stelle es auf den Tisch. Die ganze Zeit über erinnert mich Janes mürrisches Schweigen an den Fehler, den ich gemacht habe.

Als ich mich setze, sehe ich, dass Jane verwirrt auf ihren Teller schaut. »Ist das Flusskrebs?«

Ich schüttele den Kopf. »Das ist Languste.«

»Was?«

»Auch bekannt als Kaisergranat«, erkläre ich. »Im Gegensatz zu Flusskrebsen ist er ein Meerwasserkrustentier – und den Unterschied kannst du schmecken.«

»Und das?« Sie zeigt auf den anderen Teller.

»Palmenherz-Panaché«, sage ich. »Falls es nicht offensichtlich ist, ich habe mich mit der französischen Küche beschäftigt.«

Bevor mein Magen sie wieder ärgert, stürze ich mich auf mein Essen und beobachte sie dabei.

Als sie die Meeresfrüchte probiert, weiten sich ihre Augen, und ein weiteres Stöhnen ist deutlich auf ihren Lippen zu hören – was Yoda aufschrecken lässt.

»Was denkst du?«, frage ich.

Sie rümpft die Nase. »Es ist fad. Und zu zäh.«

Ja. Sicher ist es das. Deshalb schlingt sie es hinunter wie Leo die Erdnussbutter.

»Können wir kurz über das Geschäftliche reden?«, frage ich und denke, dass jetzt ein guter Zeitpunkt ist, um unangenehme Themen anzusprechen.

Sie spießt ein Stück Palmenherz unnötig gewalttätig auf. »Warum nicht?«

»Ich muss deinen Hintergrund überprüfen.«

Sie rollt mit den Augen. »Mach ruhig, wenn du musst.«

Das läuft so gut, wie man nur hoffen konnte. »Willst du einen ersten Blick auf den Geheimvertrag werfen?«

»Unbedingt.« Sie kaut genüsslich, aber als sie merkt, dass ich sie beobachte, rümpft sie die Nase und sagt: »Du hast es mit dem Salz übertrieben.«

Soll ich ihr sagen, dass ich nicht einmal Salz hinzugefügt habe? Nein. Ich strecke stattdessen meine Hand aus. »Gib mir dein Handy.«

»Warum?« Ihre bernsteinfarbenen Augen werden zu Schlitzen.

Ich widerstehe dem Drang, zu seufzen. »Aus Sicherheitsgründen – und um die Bäume zu schützen – verwende ich nie gedruckte Verträge. Ich brauche dein Handy, damit ich eine spezielle App für dich installieren kann. Auf diese Weise kann ich dieselbe App auf meinem Handy nutzen, um rechtliche Dokumente mit dir zu teilen.«

Was ich nicht hinzufüge, ist, dass dies auch die Methode ist, mit der ich die sexuellen Einverständniserklärungen aufbewahrt habe, die ich immer mit den Frauen in meinen früheren Beziehungen aufgesetzt habe. Ihr das zu sagen, wäre wie ein erneuter Besuch in der Galerie.

Jane holt ihr Telefon heraus, gibt es aber nicht aus der Hand. »Wie heißt die App?«

Ich sage es ihr, und sie erklärt mir, dass sie *Apps mit ihren weiblichen Fingern herunterladen kann, vielen Dank.*

Daraufhin erkläre ich ihr, dass sie der App eine E-Mail-Adresse geben muss, die sie auch wirklich abruft, und dass sie sich das Passwort merken sollte, denn es zurückzusetzen, ist ein ziemliches Problem – wie ich aus Erfahrung weiß.

»Im Ernst, ich bin doch nicht doof«, beschwert sie sich. »Eine meiner Hauptaufgaben in der Bibliothek wäre es gewesen, den Menschen bei der Nutzung der Technologie zu helfen – einschließlich der Lese-Apps, die dieser hier nicht unähnlich sind.«

Dieses Mal entweicht der Seufzer tatsächlich meinen Lippen. »Es tut mir leid. Ich wollte nur helfen.«

»Es ist ein schmaler Grat zwischen hilfreich und herablassend«, sagt sie herablassend. Und auf seltsame Weise liebenswert.

»Ich nehme an, dein Vorstellungsgespräch ist nicht gut gelaufen?«, frage ich, um mich von Yodas anhaltenden Forderungen nach Aufmerksamkeit abzulenken.

Wahrscheinlich hätte ich das schon früher fragen sollen, aber ihr Gesichtsausdruck, als sie aus der Bibliothek kam, sprach für sich selbst.

Ich hätte nicht gedacht, dass sie noch verärgerter aussehen könnte, aber sie ist sehr gut darin. »Es war eine Katastrophe.« Sie erzählt mir die Höhepunkte, und ich fühle mich jetzt noch schlechter und bereue es, dieses Thema so kurz nach meinem anderen Fauxpas angesprochen zu haben.

»Kann ich dir irgendwie helfen?«, frage ich. »Ich könnte der Bibliothek Geld spenden oder ...«

»Du hast genug getan«, sagt sie scharf. »Außerdem möchte ich den Job nur aufgrund meiner Leistung bekommen.«

Ich atme aus. »Wie wäre es, wenn ich dir den Vertrag schicke?«

Sie nickt, also tue ich genau das.

Jane liest das Dokument erstaunlich schnell durch, wenn man bedenkt, wie viel Rechtssprache darin steht.

»Auf den ersten Blick sieht es gut aus«, sagt sie und schaut von ihrem Handy auf. »Das letzte Wort werden natürlich meine Anwälte haben.«

»Lass mich dir auch den Ehevertrag schicken«, sage ich. »Und die Geheimhaltungsvereinbarung für deine Mutter.«

Auch hier geht sie alles schnell durch und meint, es gäbe nichts, was sie stutzig machen würde.

»Wohin soll ich das Geld für deinen Anwalt schicken?«, frage ich.

Sie sagt es mir, und ich kümmere mich sofort darum.

Als sie bestätigt, dass sie es bekommen hat, gehe ich zum Kühlschrank hinüber. »Nun zu angenehmeren Dingen. Wie wär's mit Nachtisch?«

Sie schiebt ihren blitzsauberen Teller weg. »Was hast du?«

»Parfait«, sage ich. »Île flottante und meine Interpretation von Macarons.«

Sie legt eine Hand auf ihren Bauch. »Ich bin mir nicht sicher, ob ich Platz habe.«

Ich nehme das Parfait und zwei Löffel heraus. »Versuch es mal.«

Sie löffelt vorsichtig das puddingähnliche Dessert, das ich gemacht habe, aber als sie es in den Mund steckt, verdreht sie genüsslich ihre Augen, was die Situation mit Yoda beinahe schmerzhaft macht.

»Wie ist es?«, frage ich, während ich einen Löffel esse und mein Bestes gebe, damit meine Stimme nicht zu heiser klingt.

»Zu viel Schokolade«, sagt sie. »Und die Erdbeeren waren bestimmt nicht frisch.«

Dieses Mal kann ich nicht anders, als mich zu wehren. »Das ist Johannisbrot, keine Schokolade, und die Erdbeeren waren in Pulverform – aus gefriergetrockneten Erdbeeren, die zum Zeitpunkt des Trocknens die perfekte Frische und Reife hatten.«

Sie zuckt mit den Schultern. »Geschmack ist sehr subjektiv.«

»Welche Art von Essen magst du?«, frage ich und beschließe, sie nicht weiter zu drängen. »Ich denke, das ist etwas, das ein Ehemann über seine Frau wissen sollte.«

Ich sehe, wie sich ihr Löffel dem Parfait nähert, aber sie hält sich zurück. »Meine Lieblingsgerichte sind Kedgeree, Yorkshire Pudding, Marmeladentörtchen und Crumpets.«

Ich grinse. »Das, was man im viktorianischen England gegessen hat?«

Sie erwidert mein Lächeln nicht. »Sie sind nicht wirklich meine Lieblingsgerichte. In Wirklichkeit habe ich noch keines von ihnen probiert. Das ist nur eine Liste, die ich auswendig kann. Wenn du sie auswendig lernst, sind wir synchron, wenn es später einen Test gibt.«

Ich merke mir die Liste und seufze. »Ich mache dir das Leben noch leichter, da mein Lieblingsessen das Sushi von dem Restaurant ist, in dem wir heute Abend waren – das, in dem ich nicht mehr willkommen bin.«

Sie neigt ihren Kopf. »Dein Favorit ist der teuerste Ort der Welt. Sehr nachvollziehbar.«

Ich schiebe das Parfait in ihre Richtung. »Macht es dir etwas aus, es aufzuessen? Es ist zu wenig übrig, um es wieder in den Kühlschrank zu stellen.«

»Wenn ich muss.« Sie isst den Nachtisch auf und sieht mich dann erwartungsvoll an. »Hintergrundcheck, Verträge – hast du noch andere unangenehme Dinge, die du loswerden willst?«

»Nicht, dass ich wüsste«, sage ich. »Möchtest du den Rest meines Hauses sehen?«

Sie rümpft ihre Nase. »Es ist schon spät.«

»Du wirst hier einziehen«, erinnere ich sie. »Außerdem ist es eine gute Möglichkeit, mehr über mich zu erfahren.«

»Ich habe genug erfahren.« Sie steht auf. »Mama erwartet mich.«

Scheiße. Ich hoffe, sie macht keinen Rückzieher. Ich bringe sie zur Tür. »Kann ich dir einen Wagen rufen?«

»Nein«, sagt sie vehement. »Ich besorge mir selbst ein Uber.«

Scheiße. Es geht um Jennifers Gemälde.

»Wenn das so ist, schick mir eine SMS, wenn du zu Hause ankommst.«

»Gut.« Sie gibt ihre beste Märtyrer-Imitation und eilt in den Aufzug, ohne sich zu verabschieden.

Mit dem Geräusch von Krallen auf Granitboden kommt Leo auf mich zu und stupst mich mit seiner nassen Nase an.

Wo ist die Dame, die gut riecht?

»Sie ist gegangen«, sage ich. »Ich habe es wirklich vermasselt, als ich ihr die Galerie gezeigt habe.«

Leo wedelt mit dem Schwanz.

Ich glaube, sie wird zurückkommen. Für zwanzig Millionen menschliche Dollar kannst du eine Menge Erdnussbutter kaufen.

»Das hoffe ich wirklich.« Denn wenn ich das versaue, werde ich mir das nie verzeihen.

KAPITEL 13
Jane

War es verrückt, unhöflich zu einem Mann zu sein, der mir zwanzig Millionen Dollar anbietet?

Ich weiß gar nicht, warum ich mich nach dem Fiasko in der Galerie so über Adrian geärgert habe. Er hat mich vor seinem Ruf gewarnt, also habe ich nur einen kleinen Einblick in sein Liebesleben bekommen.

Himmel. Jetzt denke ich an Adrians bestes Stück.

Um mich auf etwas anderes zu konzentrieren, suche ich nach einem Anwalt – für den Fall, dass Adrian sich nicht entscheidet, den ganzen Deal rückgängig zu machen, was er wahrscheinlich tun wird.

Im Gegensatz zu anderen ist Miss Miller der Meinung, dass reformierte Schürzenjäger in der Tat die besten Ehemänner abgeben und dass dieser hier mit rudimentären weiblichen Tricks auf Vordermann gebracht werden kann.

Als ich nach Staten Island zurückkomme, habe ich einen Videotermin mit einer Anwältin vereinbart und ihr alle erforderlichen Verträge geschickt. Zu Hause angekommen, schleiche ich mich in mein Zimmer, bevor ich bemerkt und verhört werde, damit ich mit der besagten Anwältin sprechen kann.

Für einen saftigen Stundensatz erklärt sie mir, was ich unterschreiben muss, und ihre Interpretation entspricht ziemlich genau dem Eindruck, den ich hatte, als ich die Dokumente überflog. Mit anderen Worten: Ich hätte Zeit sparen können, wenn ich das Geld einfach in der Toilette heruntergespült hätte.

»Danke«, sage ich ihr. »Das klingt so, als würde ich alles unterschreiben.«

»Kein Problem«, sagt sie. »Und rufen Sie mich an, wenn Sie irgendwelche Fragen haben.«

Ich lege auf und gehe zu Mama, die zum x-ten Mal die Speisekammer aufräumt.

»Wann bist du nach Hause gekommen?«, fragt sie, sobald sie mich sieht. »Viel wichtiger ist, wie ist das Date gelaufen?«

Es wäre sinnlos, ihr zu sagen, dass es kein Date war.

»Wo ist Mary?« Ich suche die Küche ab, falls sie auftaucht, wenn ich von dem kleinen Teufel spreche.

»Mit ihrem Handy in ihrem Zimmer«, sagt Mama. »Du kannst mir ruhig alles erzählen, egal wie jugendfrei.« Sie schnappt sich meine Hand und zieht mich ins Wohnzimmer – was mich nicht stört, weil es ziemlich weit von Marys Zimmer entfernt ist.

Sobald wir auf der Couch sitzen, atme ich aus. »Das muss unter uns bleiben. Du musst sogar eine Geheimhaltungsvereinbarung unterschreiben, bevor ich ein Wort sagen kann.«

»Wie sehr Fifty Shades.« Mamas Augen glänzen aufgeregt. »Ich unterschreibe alles, was du willst, wenn du dann alles ausspuckst.«

Ich installiere die spezielle App auf ihrem Handy und schicke ihr den Geheimhaltungsvertrag, den sie sofort unterschreibt. Dann erzähle ich ihr alles – oder versuche es zumindest. Als ich bei den zwanzig Millionen Dollar ankomme, sieht sie aus, als würde sie gleich umfallen.

»Du wirst reich!«, quietscht sie, als ich gerade überlege, ob ich das Riechsalz herausholen soll.

»Und berühmt«, sage ich mit einem Stirnrunzeln. »Erinnerst du dich an die Boulevardzeitungen?«

»Wen interessiert das? Können Mary und ich in deinem Haus wohnen?«

»Was stimmt nicht mit diesem Haus?«, frage ich.

»Die Familien von Millionären leben nicht in Wohnungen, die siebzig Quadratmeter groß sind«, sagt sie entschieden. »Ich mache die Regeln nicht.«

»Vielleicht gibt es gar keine Millionen«, sage ich. »Lass mich dir den Rest der Geschichte erzählen.« Ich komme zu dem Teil über die Galerie und wie ich seine hervorragenden kulinarischen Kreationen schlechtgemacht habe, bevor ich feige davongelaufen bin.

»Oh, da würde ich mir keine Sorgen machen«, sagt Mama. »Er wird die Verlobung nicht auflösen, nur weil du ein bisschen eifersüchtig geworden bist.«

Ich starre Mama mit meinen besten Kulleraugen an. »Ich war nicht eifersüchtig.«

»Ach nein?« Sie grinst. »Wie würdest du dann das grüne Gefühl von Angst, Wut und Verwirrung nennen, das du empfunden hast, als du eine seiner nackten Ex-Freundinnen gesehen hast?«

»Können wir proben, was wir Mary sagen werden?«, frage ich und versuche verzweifelt, das Thema zu wechseln.

Mama schaut verstohlen auf die Tür. »Wir kommen der Wahrheit so nahe wie möglich: Du hast zufällig den Mann deiner Träume getroffen. Du hast es ihr nicht gleich gesagt, aber jetzt, wo er dir einen Antrag gemacht hat, kannst du es nicht mehr geheim halten.«

»Den Mann meiner Träume?«

Mama grinst teuflisch. »Wie ich schon sagte, versuchen wir, so nah wie möglich an der Wahrheit zu bleiben. Die Lüge wird das Wann sein – und nicht viel mehr.«

»Ja, egal«, sage ich. »Das Wichtigste ist, dass du die ganze Zeit von unserer Beziehung wusstest, aber wir es Mary nicht erzählt haben, weil er einen schlechten Ruf hat, also wollte ich abwarten.«

»Genau«, sagt sie. »Und ich erzähle deiner Großmutter, dass du dich mit dem Mann verlobt hast, von dem ich ihr erzählt habe.«

»Verzeihung?«

»Erinnerst du dich an den Idioten, mit dem du vor ein paar Monaten eine Woche lang ausgegangen bist?«, fragt Mama. »Der Typ mit dem Irokesen?«

Ich zucke zusammen und nicke.

»Ich habe es nicht übers Herz gebracht, Mama zu sagen, dass du deine Jungfräulichkeit behalten hast.«

»Du hast *was*?«, rufe ich.

Miss Miller glaubt, dass der bloße Gedanke an Muttermord eine schwere Sünde ist.

»Hey«, sagt Mama. »Ich habe unser Leben einfacher gemacht. Du weißt doch, dass Oma sich keine Namen merken kann? Jetzt können wir ihr einfach sagen, dass es die ganze Zeit Adrian gewesen ist.«

»Gut. Ich schätze, das reduziert die Lügen.«

»Genau«, sagt Mama. »Jetzt geh und unterschreib deine Dokumente.«

Oh ja. Ich tue das – und eine Sekunde später klingelt mein Telefon.

Mein Herz hüpft. »Es ist Adrian.«

Mom versucht, mir mein Handy zu entreißen. »Wenn es ein Pimmel-Foto ist, bin ich diejenige, die es bekommt.«

Ich reiße es ihr aus der Hand und öffne die Nachricht.

Sieht so aus, als ob es losgehen würde! Bitte ruf mich an, wenn du bereit bist, die nächsten Schritte zu planen.

»Siehst du?«, sagt Mama. »Er hat keinen Rückzieher gemacht – also ruf ihn an.«

»Morgen. Lass mich ein bisschen zur Ruhe kommen.« Denn ich habe wirklich Herzklopfen.

»Schlau«, sagt Mama. »Lass uns erst einmal Mary auf den neuesten Stand bringen.«

Wir gehen in das Zimmer meiner Schwester, und ich erzähle ihr, was wir gerade besprochen haben, und zeige ihr den Ring.

»Ich kann es nicht glauben«, sagt meine Schwester, als ich fertig bin.

Mist.

»Ich weiß!«, sagt Mama. »Unsere Jane und ein umwerfender Milliardär als Verlobter? Aber es ist wahr.«

»Nicht das«, sagt Mary und dreht sich zu mir um. »Ich kann nicht glauben, dass Mom ein so großes Geheimnis für sich behalten konnte.«

Verdammt. Sie ist gut.

»Ich habe ihre Erstausgabe von Stolz und Vorurteil als Geisel gehalten«, sage ich süffisant.

In Wahrheit bin ich sehr skeptisch, dass das fragliche Buch, Mamas größter Besitz, wirklich eine Erstausgabe ist. Mama lässt es niemanden anfassen, aber aus der Ferne sieht das Buch sehr alt aus – und Oma hat bestätigt, dass es schon seit ein paar Generationen in unserer Familie ist. Aber eine echte Erstausgabe kostet fast so viel wie ein Porsche, also denke ich, dass Mama sie schon längst verkauft hätte.

»Oh«, sagt Mary. »Das ändert alles. Ich denke, Glückwünsche sind angebracht.«

»Danke.« Ich zerzause ihr Haar.

»Hast du es Oma erzählt?«, fragt Mary.

»Sie weiß von ihrem Freund«, sagt Mama. »Aber nicht, dass er mir einen Antrag gemacht hat.«

»Rufen wir sie an.« Mary holt ihr Telefon heraus und beginnt zu wählen, bevor Mom oder ich vorschlagen können, dies am Morgen zu tun – denn jetzt ist es gefährlich kurz vor Omas Schlafenszeit.

»Hallo?« Oma schreit so laut, dass ihre Stimme auch ohne Telefon von Florida aus New York erreichen könnte.

»Hallo, Mama«, sagt Mama.

»Georgiana, bist du das?«, ruft Großmutter noch lauter.

Anders als alle anderen in diesem Jahrhundert benutzt Oma ein uraltes Festnetztelefon ohne Anruferkennung oder Anklopfen – eine Sache, die Mary, die zu jung ist, um zu wissen, was ein Besetztzeichen ist, verwirrt.

»Mama, mach bitte deine Hörgeräte an.«

Ja. Sie muss sie vor dem Schlafengehen herausgenommen haben.

»Mary?«, sagt Oma. »Jane?«

»Ich bin auch hier«, sage ich.

»Und ich«, sagt Mary.

»Wartet mal«, sagt Oma, und es klappert etwas, was hoffentlich darauf hinweist, dass sie die Hörgeräte tatsächlich einschaltet.

»Kannst du mich jetzt hören?«, schreit Mama.

»Warum schreist du?«, fragt Oma. »Ich kann sehr gut hören.«

Richtig. Und Adrian ist ein Pfadfinder.

»Wir haben Neuigkeiten«, sagt Mama. »Erinnerst du dich an Janes Freund?«

»Janes Joint?«, fragt Oma.

»Nein, Freund«, sagt Mama.

»Du rauchst Joints?«, flüstert Mary.

»Für Adrian vielleicht«, flüstert Mama zurück.

»Igitt«, zischt Mary. »Ekelhaft.«

Wie zum Teufel kann eine Zehnjährige diesen Witz verstehen?

»Ah«, sagt Oma. »Ja. Derjenige, der Jane entjungfert hat?«

»Igitt, schon wieder«, flüstert Mary.

Und wie zum Teufel kann eine Zehnjährige schon wissen, was *das* bedeutet?

»Ja, der«, sagt Mama. »Er ist jetzt Janes Verlobter.«

»Er hat Jane was verboten?«

Will sie uns nur auf den Arm nehmen?

Mom schnappt sich das Telefon und hält es ganz nah an ihren Mund. »Sie werden heiraten. Er hat *heute* einen Antrag gemacht.«

»Oh, du meine Güte!«, ruft die Großmutter aus. »Was für eine wunderbare Überraschung! Ich schätze, dass sie manchmal trotzdem die Kuh kaufen, auch wenn sie die ganze Milch umsonst bekommen.«

»Iiih?«, flüstert Mary.

»Ich liebe es, mit einer Kuh verglichen zu werden, Oma, danke«, sage ich mit einem Augenzwinkern. »Oder ist es Milch?«

»Sei nicht so schnippisch zu mir!«, schreit Oma.

»Georgiana hat sie verschenkt, und schau, was passiert ist. Zweimal. Du und Mary solltet es besser wissen.«

Mom sieht aus, als hätte sie eine Ohrfeige bekommen, und ich widerstehe dem Drang, das Telefon in Stücke zu schlagen. Oma ist normalerweise freundlich, weshalb es umso schockierender ist, wenn sie so etwas laut sagt – vor allem, weil es im Fall von Jack, Marys Vater, nicht einmal wahr ist. Er und Mama *haben* geheiratet, aber nach einem Jahr haben sie sich wieder scheiden lassen. Um das schreckliche Sprichwort zu benutzen: Jack hat die Kuh gekauft, sie dann aber zurückgegeben und das Geld zurückverlangt – trotz der vielen Milch.

»Nun«, sagt Mama mit übertrieben fröhlicher Stimme. »Wir sollten besser gehen. Es gibt Pläne, die wir machen müssen.«

»Wartet, wann ist die Hochzeit?«, will Oma wissen.

»Wir haben uns heute erst verlobt«, sage ich. »Wir haben noch nicht über das Hochzeitsdatum gesprochen.«

»Gut«, sagt Oma. »Das heißt, du bist nicht schwanger.«

Miss Miller dankt Gott, dass zwei Damen an diesem Austausch beteiligt sind, sonst würde es im Morgengrauen Pistolen geben.

»Okay«, sagt Mama. »Schönen Abend noch.« Und damit legt sie auf.

Mary seufzt und sieht Mama an. »Wie lange dauert es, bis du auch senil wirst?«

Ich kneife sie. »Oma ist nicht senil. Sie ist ungehobelt.«

»Sag so etwas nicht«, sagt Mama streng. »Nur ich darf mich beschweren.«

»Gut«, sagen Mary und ich mürrisch und unisono.

»Und jetzt«, sagt Mama, »lasst uns Janes Verlobung feiern.«

KAPITEL 14
Adrian

A uf meinem Telefon erscheint eine Benachrichtigung für einen Videoanruf.

Es ist Sydney, also gehe ich sofort dran, denn das ist normalerweise meine Chance, Piper zu sehen, auch wenn ich dafür mit ihrer Mutter interagieren muss.

Piper erscheint zuerst auf dem Bildschirm, und wie immer, wenn ich mein kleines Mädchen sehe, spüre ich, wie sich meine Brust schmerzhaft zusammenzieht und sich gleichzeitig mit Freude füllt. Es ist etwas mit den kleinen Zehen und Fingern. Und den Pausbäckchen.

Sydney zieht sie zurück und lächelt, was dem Moment etwas von seiner Freude nimmt.

Wenn ich meine Ex-Affäre sehe, möchte ich am liebsten zusammenzucken, aber ich bleibe freundlich. Sydney hat ihr barbieähnliches Aussehen von zwei Generationen von Trophäenfrauen geerbt, und obendrein kümmert sie sich mit einer von Eitelkeit getriebenen Besessenheit um sich selbst. Sie hat die ganzen Schwangerschaftspfunde schneller verloren, als man es für möglich gehalten hätte, und hat jetzt etwas, was nach Lippeninjektionen aussieht, was wahrscheinlich erklärt, warum sie in der letzten Woche eine Amme eingestellt hat. Objektiv betrachtet sieht sie gut aus. Leider ist sie zu oberflächlich, um zu verstehen, dass es nicht ihr Äußeres ist, was ich unheiratbar finde – es ist der Rest von ihr.

»Hi, Daddy«, sagt sie süß und macht sich über das lustig, was ich mit Leo mache.

»Hi«, sage ich, entschlossen, freundlich zu bleiben.

»Wegen des Besuchs an diesem Wochenende«, sagt sie. »Ich bin mir nicht sicher, ob ich es schaffen kann. Können wir ihn auf Montag verschieben?«

Mein Kiefer kribbelt. »Das ist in Ordnung.«

In Wirklichkeit ist jede Verzögerung wie ein Messerstich, aber im Moment muss ich mir meine Schlachten aussuchen.

»Toll«, sagt sie. »Gehst du zum Ball?«

Das ist also der wahre Grund für ihren Anruf. »Den hätte ich fast vergessen, aber ja. Ich werde dort sein.« Nicht, dass das etwas ändern würde. Egal, wie oft Sydney sich in meiner Nähe aufhält, ich werde nie den Wunsch verspüren, sie zu heiraten. Das Gegenteil ist der Fall.

»Dann ist das ein Date«, sagt sie, und bevor ich antworten kann, legt sie auf.

Ich atme müde aus.

Wenn Jane absagt, muss ich jemand anderen finden, der mit mir zu der Veranstaltung geht, sonst ist Sydney noch sicherer, dass es ein Date ist.

Leo kommt ins Zimmer, wedelt mit dem Schwanz und zeigt mit der Nase auf den leeren Wassernapf.

»Tut mir leid.« Ich gieße ihm etwas Wasser in den Napf, als mein Telefon klingelt.

Als ich die Benachrichtigungen überprüfe, schießt mein Herzschlag in die Höhe.

»Sie hat es getan. Sie hat alles unterschrieben«, erzähle ich Leo aufgeregt.

Er schaut von seinem Wassernapf auf, sein ganzes Gesicht ist durchnässt, wie immer.

Siehst du? Du hast das unter Kontrolle. Schnüffel einfach ganz sanft an ihrem Hintern, wenn du sie das nächste Mal siehst, und alles ist verziehen und vergessen.

Mein Hochgefühl hält während meines abendlichen Spaziergangs mit Leo im Park an. Nach Janes Zusage und dem erfolgreichen Abschluss der Internet-Säuberung kann ich es wagen zu hoffen, dass die Anhörung tatsächlich in meinem Sinne ausgeht und ich an Pipers Leben teilhaben darf.

Nur eine Sache verdirbt mir die Laune. Ich kann Janes Gesichtsausdruck nicht vergessen, als sie diese blöden Nacktbilder in der Galerie gesehen hat.

Hmm. Wenn Jane eine negative Reaktion hatte, könnte sie auch jemand anderes haben. Ein prüder Richter zum Beispiel.

Scheiße. Könnte die Galerie mich zu Fall bringen?

Sydney weiß nichts über die Kunst, aber viele Leute

wissen davon, also könnten sie oder ihre Anwälte es herausfinden. Ganz zu schweigen davon, dass Sydney Zugang zu meinem Gebäude hat, um Pipers Besuche zu erleichtern. Sie könnte also theoretisch über die Galerie stolpern, wie Jane eine meiner Zielpersonen erkennen, ein paar Fotos machen und sie ihren Anwälten geben.

Nein. Was Piper angeht, gehe ich kein Risiko ein – und außerdem kann Jane auf diese Weise in die Galerie zurückkehren, ohne sich aufzuregen.

Kurz entschlossen setze ich mich mit ein paar Leuten in Verbindung, bis ich den sichersten und privatesten Aufbewahrungsort für die Kunstwerke gefunden und einen Umzug arrangiert habe. In ein paar Jahren gebe ich die Stücke vielleicht an die Frauen zurück, die für sie Modell gestanden haben, aber für den Moment ist es besser, wenn sie außer Sichtweite bleiben.

Aber auch danach fühle ich mich noch unwohl, denn ich glaube nicht, dass ich das gelöst habe, was Jane am meisten gestört hat: die Tatsache, dass meine ehemaligen Affären für mich arbeiten.

Könnten Sydneys Anwälte *das* gegen mich verwenden? Die Dinge so verdrehen, dass es so aussieht, als hätte ich mit einigen der Frauen geschlafen, während sie für mich arbeiteten oder im Austausch für ihre Jobs?

Nein. Das Risiko kann ich auch nicht eingehen. Ich komme mir sogar dumm vor, weil ich nicht früher daran gedacht habe.

Ich setze mich auf eine Bank, tippe eine E-Mail an Caroline und rufe sie dann an. Sie ist eine weitere Person, deren Gemälde ich einlagern werde, und zufällig ist sie auch die talentierteste Headhunterin in New York.

»Du musst für ein paar Leute neue Jobs finden«, sage ich. »Besser bezahlte als die, die sie jetzt haben.«

»Für wen?«, fragt Caroline.

»Die Links zu ihren LinkedIn-Profilen sind in deinem Posteingang«, sage ich.

Ich warte, bis sie sie alle überprüft hat.

»Eine Hundeausführerin?«, ruft sie aus. »Du weißt, dass ich normalerweise Führungskräfte der C-Ebene vermittele.«

»Ich weiß, dass du normalerweise einen Prozentsatz des Gehalts bekommst, aber ich bezahle dich direkt für einige dieser ungewöhnlichen Vermittlungen«, sage ich. »Oh, und du musst Ersatz für sie finden, wofür ich wiederum eine Gebühr zahle.«

»Was für eine Gebühr?«, fragt sie.

»Nenn eine Summe.«

Das tut sie.

»Ich gebe dir das Doppelte«, sage ich. »Und da ist noch etwas, wofür ich eine Null anhänge.«

Ihre Stimme wird atemlos. »Was?«

»Du musst mir einen Headhunter empfehlen«, sage ich. »Im Idealfall jemanden, der so gut ist wie du.«

»Keiner ist so gut wie ich«, sagt sie selbstbewusst. »Aber ich kann mein Bestes tun, wenn du mir sagst, warum.«

Ich erzähle von der Anhörung und wie mein früherer Ruf zur Sprache kommen könnte.

»Oh«, sagt Caroline. »Ich sage es noch mal: Piper ist ein glückliches Mädchen.«

»Danke. Du und ich können natürlich weiterhin Freunde sein, und vielleicht können wir in Zukunft wieder zusammenarbeiten.«

»Bis dahin werde ich meine eigene Firma haben«, sagt sie. »Und ich werde mir überlegen, ob ich dich als Kunden annehme – oder nicht, je nachdem, wie wohltätig ich mich fühle.«

»Das ist ein Deal«, sage ich. »Und ich werde dich einigen Leuten empfehlen, die dich in der Zwischenzeit sehr gut beschäftigen werden.«

Sie dankt mir und ich lege auf. Ich führe ein ähnliches Gespräch mit den Leuten, die bald eine andere Arbeit finden werden, und alle scheinen damit einverstanden zu sein, außer vielleicht Susan, deren Mann auch für mich arbeitet.

»Wie wäre es, wenn ich für dich und deinen Mann zusammen einen Job suche?«, biete ich an.

»Glaubst du, dass du das kannst?«, fragt Susan.

»Natürlich.«

Das scheint sie zu beruhigen und ich sage Caroline, dass sie einen weiteren Kandidaten auf die Liste setzen soll.

Okay, ich sollte mich jetzt ruhiger fühlen, aber das tue ich nicht.

Ich glaube, die Aussicht, Jane zu heiraten, ist wie ein Schuss Espresso.

Apropos Jane: Sobald ich wieder zu Hause bin, schnappe ich mir meinen Kindle und kaufe das erste der Bridgerton-Bücher, um meine baldige Braut besser zu verstehen.

Zu meiner großen Überraschung werde ich süchtig nach dem Roman und kann nicht aufhören zu lesen, bis er fertig ist. Wow. Er hat mir wirklich gut gefallen, obwohl die Zielgruppe für dieses Genre anscheinend Frauen sind und ich wusste, was passieren würde, da die erste Staffel der Serie dem Buch treu geblieben ist.

Nun, ziemlich treu. Das Buch war humorvoller, was einer der Gründe ist, warum ich es der Serie vorziehe.

Am Ende kaufe ich die Fortsetzung, fange sie aber nicht an, weil es schon spät ist. Stattdessen dusche ich und putze meine Zähne, bevor ich ins Bett springe.

Zeit für Yodas tägliches Krafttraining – oder das Schlagen des Bischofs, wie man es in viktorianischen Zeiten wahrscheinlich nannte.

Dank der vielen Erektionen, die Jane mir verpasst hat, sollte das rekordverdächtig schnell gehen.

Scheiße.

Ich sollte nicht an Jane denken, wenn ich das tue. Ich habe ihr versprochen, dass es zwischen uns platonisch zugeht, und das verstößt gegen dieses Versprechen, genauso wie alle Fantasien, in denen ich in sie stoße.

Ich leere meinen Geist und stelle mir einfach anonyme Brüste und Hintern vor.

Nein.

Das Gesicht, an dem sie hängen, ist Janes.

Scheiße. Mir ist auch klar, dass ich Jane vielleicht angelogen habe, als ich gesagt habe, dass ich enthaltsam lebe. Ist man noch enthaltsam, wenn man sich einen runterholt?

Wie auch immer. Auch meine erkenntnistheoretischen Überlegungen haben mit Jane zu tun.

Ich muss an körperlose Brüste denken. Und Hintern.

Ich scheitere erneut, weil mir ein Bild von Janes ach so küssbaren Lippen in den Sinn kommt – und sie sind fest um meinen Schwanz gewickelt.

Und einfach so komme ich.

KAPITEL 15
Jane

Ich wache groggy auf und bin mir ziemlich sicher, dass ich davon geträumt habe, dass Adrian mich nackt gemalt hat, während ich mit Schlagsahne bedeckt war. Oder war es, dass er mich mit Schlagsahne angemalt hat? Nein, jetzt weiß ich es. Er hat eine Statue von mir gemacht ... aus Marshmallows.

Was könnte das wohl bedeuten? Ich schätze, das hängt davon ab, ob er die Statue danach gegessen oder ob er sie zu S'mores weiterverarbeitet hat.

»Aufwachen!«, schreit Mary und klopft an meine Tür. »Das musst du sehen!«

»Geh weg!«, rufe ich zurück.

»Das ist verrückt«, sagt sie. »Komm schon.«

»Gut.« Ich ziehe mich an und stolpere aus meinem Zimmer.

»Wohnzimmer«, sagt Mary.

Ich lasse mich von ihr nach unten führen, wo ich

Mom begrüße und fast über eine Vase voller Blumen stolpere.

Moment einmal. Überall stehen Vasen mit Blumen: auf dem Küchentisch, auf dem Boden und sogar in der Mikrowelle.

»Was zum Teufel …?«, frage ich.

Mama strahlt mich an. »Jetzt, wo eure Beziehung kein Geheimnis mehr ist, scheint Adrian dir auf einen Schlag alle Blumen zu schicken, die er dir schon immer schicken wollte.«

Ja. Wie sich herausstellt, ist das Wohnzimmer nur die Spitze des Blumen-Eisbergs. Unsere ganze Einfahrt ist damit übersät.

»Kannst du ein paar davon an die Nachbarn verschenken?«, frage ich. »Ich glaube nicht, dass wir sie drinnen unterbringen können, selbst wenn wir jeden Zentimeter ausnutzen würden.«

»Ja«, sagt Mama. »Er weiß wohl nicht, wie klein unser Haus ist. Aber wenn du ihn hierher eingeladen hättest …«

Dann würde es in der Hölle arktisch kalt sein.

»Ich gehe mir die Zähne putzen«, verkünde ich. »Wenn jemand meinen Stuhl und den Platz für einen Teller auf dem Tisch frei machen könnte, wäre ich sehr dankbar.«

Ich tue, was ich gesagt habe, und wasche auch mein Gesicht.

Beim Frühstück löchert mich Mom mit Fragen über Adrian, auf die ich keine Antwort weiß.

Gerade als ich fertig bin, klingelt mein Telefon.

»Ist er das?«, fragt Mama.

Ich rolle mit den Augen und nehme mein Telefon, während ich in mein Zimmer gehe und die Tür abschließe.

»Hallo«, sagt Adrian.

»Hi«, sage ich und meine Wirbelsäule kribbelt beim Klang seiner tiefen Stimme. »Wir haben gerade die Blumenlawine bekommen.«

»Ah, gut«, sagt Adrian. »Magst du sie?«

»Es gibt eine Menge zu mögen. Wie viele Blumenläden hast du leergekauft?«

»Was meinst du?«, fragt er.

Ich atme frustriert aus. »Hier gibt es genug Blumen für zwei Hochzeiten und eine Beerdigung.«

»Oh«, sagt er. »Es tut mir leid, wenn ich zu viele habe. Ich habe noch nie persönlich Blumen bestellt. Normalerweise kümmert sich meine Assistentin darum.«

»Ah, du hast also den Blumenladen angerufen und gesagt: ›Geben Sie mir eine Million Blumen‹?«

»Nein. Ich habe angerufen, und sie haben gefragt, ob mein Budget wie üblich sei, und ich wollte wissen, ob sie mit diesem Budget etwas Schönes machen könnten. Sie haben mir versichert, dass sie das tun könnten.«

Wenn sie mit *schön* gemeint haben, dass sie genug hätten, um mein Haus mit Blumen zu überschwemmen, dann hatten sie recht.

Ich zucke bereits zusammen, als ich frage: »Wie hoch war das Budget?«

»Ich glaube nicht, dass es stilvoll wäre, wenn ich das sagen würde.«

»Tausend?«, frage ich. »Zwei? Drei?«

»Wie viel wäre zu viel?«, fragt er und klingt verlegen.

»Oh Gott, du hast mehr als das ausgegeben?«

»Fünf«, sagt er. »Aber wie gesagt, das ist das Standardbudget meiner Assistentin für den Floristen.«

»Liefert er Blumen für Hochzeiten?«, frage ich spitz.

»Normalerweise sind sie für Spendenaktionen. Apropos, darüber wollte ich mit dir reden.«

»Spendenaktionen?«, frage ich und merke, dass er gekonnt das Thema gewechselt hat.

»Eine Spendenaktion, Einzahl. Es ist ein großes gesellschaftliches Ereignis. Sie nennen es ›Der Ball‹.«

»Noch nie davon gehört.« Aber es klingt schick.

»Nun, ich würde gerne mit dir zusammen gehen«, sagt er. »Es wäre ein tolles Ereignis, um zusammen gesehen zu werden.«

»Ich kann nicht zu etwas gehen, das *Der Ball* heißt. Ich habe nichts zum Anziehen.«

»Das kann ein Modist leicht beheben«, sagt er.

Meine Augen wölben sich. »Woher kennst du das Wort?«

Er lacht. »Bridgerton. Ich habe das erste Buch gestern Abend spontan gelesen und mir schon die Fortsetzung gekauft.«

Was? Jetzt will ich ihn wirklich heiraten, was nicht gut ist.

»Wann ist die Veranstaltung?«, frage ich und versuche dabei, nicht atemlos zu klingen.

»Morgen. Tut mir leid, dass ich es nicht früher erwähnt habe. Ich …«

»Wir kennen uns erst seit gestern«, sage ich. »Das muss dir nicht leidtun.«

Erst seit gestern. Ich kann es nicht glauben. Es fühlt sich an, als wäre ich schon seit Wochen auf dieser verrückten Reise mit ihm.

»Heißt das, du kommst mit?«, fragt er.

Ich beiße mir auf die Lippe. »Ich bin mir nicht sicher. Ich müsste mich schminken und frisieren und …«

»Ich werde ein Team von Fachleuten damit beauftragen, das alles für dich zu erledigen. Sag Ja.«

»Vergiss nicht, ihn hierher einzuladen«, ruft Mama hinter der Tür.

Verdammt. Hat sie die ganze Zeit mitgehört?

»Hat jemand etwas von einer Einladung gesagt?«, fragt Adrian.

»Das war meine Mutter«, sage ich mit einem Augenrollen. »Ich habe ihr erzählt, was los ist, also ist sie natürlich neugierig auf meinen Verlobten. Meine Schwester will dich auch unbedingt kennenlernen.«

»Ich würde sehr gerne vorbeikommen«, sagt Adrian. »Wie wäre es in einer Stunde? Ich kann dir helfen, mit der Überfülle an Blumen fertigzuwerden.«

Mein Puls beschleunigt sich und mein Gesicht fühlt sich an, als würde es gleich in Flammen aufgehen. »Das ist eine schlechte Idee.«

»Nein, ist es nicht!«, ruft Mama hinter der Tür.

Wie hat sie mitbekommen, was Adrian gesagt hat? Oder hat sie es erraten?

Ich kaue auf der Innenseite meiner Wange. »Wenn du hierherkommst, überlegst du dir vielleicht, ob du mich heiraten willst.«

»Das werde ich nicht«, sagt er mit großer Zuversicht.

»Gut. Komm vorbei«, sage ich zähneknirschend. »Aber ich habe dich gewarnt.«

Mama quiekt hinter der Tür.

Miss Miller hätte nie gedacht, dass sie diese Meinung einmal äußern müsste, aber Quieken ist nicht damenhaft, genauso wenig wie andere typische Geräusche von Nutztieren.

»Kann ich Leo mitbringen?«, fragt Adrian. »Ich habe im Moment keinen Sitter.«

»Was ist mit Tiffany passiert?«, frage ich und gebe mein Bestes, um nicht eifersüchtig zu klingen, was mir wahrscheinlich nicht gelingt.

»Lange Geschichte«, sagt er. »Die Gemälde und Statuen, über die wir gestern gesprochen haben, sind jetzt aus der Galerie verschwunden, und ihre Vorlagen haben neue Jobs. Hmm. Ich denke, das ist keine so lange Geschichte.«

»Warum?« Auf keinen Fall meinetwegen.

»Mir war klar, dass die Kunstwerke bei der Anhörung als Waffe gegen mich eingesetzt werden könnten. Und die Tatsache, dass ihre Modelle für mich arbeiten, auch«, sagt er. »Ich muss dir danken, dass du mich dazu gebracht hast, das zu erkennen und etwas dagegen zu unternehmen.«

Wie ich mir dachte, nicht meinetwegen. »Gern geschehen?«

»Im Ernst, danke«, sagt er.

»Gern geschehen.« Je schneller ich die Frauen vergessen kann, mit denen er zusammen war, desto glücklicher wird unsere *Ehe*, sein. »Schnapp dir Leo und komm rüber.«

»Wer ist Leo?«, ruft Mama hinter der Tür.

»Bis gleich«, sagt Adrian und legt auf.

Ich verlasse mein Zimmer und werfe Mom einen finsteren Blick zu. »Leo ist sein Hund.«

»Ah, toll. Wann kommen die beiden?«

»In einer Stunde.« In Gedanken katalogisiere ich alle meine Outfits und versuche verzweifelt herauszufinden, was ich anziehen soll.

Mama erblasst. »In einer Stunde? Aber das Haus ist so unordentlich!«

Unglaublich. »Ihn einzuladen war deine Idee.«

»Mach dich vorzeigbar«, befiehlt Mom und eilt davon, wobei sie Mary unterwegs Befehle erteilt.

Ich schaue in den Badezimmerspiegel. Bin ich *nicht* vorzeigbar? Nein. Nicht im Vergleich zu den Frauen in der Galerie.

Grrr. Ich probiere ein paar Outfits an, bis mir eines gut gefällt, und dann schminke und frisiere ich mich, so gut ich kann – obwohl ich bei Letzterem auch Mama hätte um Hilfe bitten können, da sie in einem

Friseursalon arbeitet. Aber nein. Nicht, wenn sie im Aufräumfieber ist.

Als ich mich für einigermaßen vorzeigbar halte, klingelt es an der Haustür, und ich bekomme auch noch eine SMS von Adrian:

Ich bin hier.

Ich fliege aus meinem Zimmer und kann meinen Augen nicht trauen. Erstens sind die Blumen jetzt nur noch ein großer und schöner Strauß, aber noch unverständlicher ist, dass der Ort makellos ist, so sauber wie ich ihn noch nie gesehen habe.

»Wer ist da?«, höre ich Mama von unten rufen.

»Wartet auf mich!«, rufe ich und falle fast die Treppe hinunter, als ich zu Mom und Mary hinunterlaufe.

»Ich bin's, Adrian«, sagt er hinter der Tür. »Und Leo.«

Ich öffne.

Adrian blendet uns alle mit seinem Lächeln.

Mein meuterndes Herz setzt ein paar Schläge aus, als ich sein glattrasiertes Gesicht und seine silbernen Augen betrachte und …

»Hallo«, sagt Mama kokett. »Ich bin Georgiana, Janes nicht viel ältere Schwester.«

Sollte der Typ nicht diesen abgedroschenen Witz machen?

»Freut mich, dich kennenzulernen.« Adrian nimmt Moms Hand und drückt sie an seine Lippen.

Wow. Habe ich das mit den roten Wangen von Mama? Ihr Gesicht sieht aus wie der Hintern einer

Paviandame. Wenn sie läufig ist. Die Paviandame, meine ich.

Als sie Moms Reaktion bemerkt, rollt Mary so gekonnt mit den Augen, dass ich schmerzlich daran erinnert werde, dass sie kurz davor ist, ein Teenager zu werden, mit all den Ängsten und SMS, die das mit sich bringen kann … es sei denn, sie ist wie ich, dann wird sie jede Menge Bücher lesen und genauso viel masturbieren.

Hmm. Es scheint, als ob sich mein jetziges Leben gar nicht so sehr von dem meiner Teenagerjahre unterscheidet.

»Und wie heißt du?«, fragt Adrian meine kleine Schwester.

»Mary«, sagt sie ein bisschen schüchtern.

Offensichtlich unter dem Einfluss der historischen Liebesromane, die er gelesen hat, verbeugt sich Adrian vor ihr und tut so, als würde er einen nicht vorhandenen Hut lüften. »Schön, dich kennenzulernen, Mary.«

Jetzt errötet auch Mary – was seltsam ist, wenn man bedenkt, dass sie kein Interesse an den Männern unserer Spezies hat. Noch seltsamer ist der anbetende Ausdruck in ihrem Gesicht.

Vielleicht überdenkt da jemand das ganze Jungs-sind-eklig-Paradigma.

»Lasst mich auch Leo vorstellen«, sagt Adrian und tritt zur Seite, um seinen schafähnlichen Begleiter zu zeigen, dessen Schwanz Hubschrauberblätter imitiert.

»Sei brav«, sagt Adrian streng und zieht Leo näher heran, bevor er meine Mutter umstoßen kann.

»Er ist so süß«, quietscht Mary.

»Redet sie von dem Hund?«, flüstert Mama mir zu.

Ich weiß es auch nicht.

»Komm rein.« Ich deute ins Innere. »Bitte.«

Adrian sieht sich um. »Werden wir nicht von einer Blumenlawine zertrampelt?«

Das Kichern meiner Mutter ist beunruhigend. »Ich habe ein paar Gefälligkeiten bei den Nachbarn eingefordert«, trällert sie. »Und sie haben sie mitgenommen.«

So schnell? Waren es sexuelle Gefälligkeiten?

»Ich schulde dir was«, sagt Adrian und tritt mit Leo im Schlepptau ein.

»Kommt in die Küche«, sagt Mama und führt unsere Gäste die Treppe hinauf.

Mary und ich folgen, wobei ich Adrians Hintern bewundere und Mary hoffentlich an etwas anderes denkt.

»Das ist für dich.« Adrian reicht Mary eine Schachtel mit Süßigkeiten, die ich gar nicht bemerkt hatte.

Mary hält die Schachtel wie einen Schatz und murmelt ein schüchternes »Danke« vor sich hin – ein merkwürdiges Verhalten für das aufgeschlossenste Kind der Welt.

»Hast du die gemacht?«, frage ich, als die Schachtel geöffnet wird und wunderschöne Schokolade zum Vorschein kommt. Die Schachtel und die Süßigkeiten sehen zu schick aus, um selbstgemacht zu sein, aber bei Adrian weiß man nie.

»Nein«, sagt er. »Das ist Schokolade von To'ak. Eine meiner liebsten.«

»Ich sollte Tee machen«, sagt Mama. »Oder Kaffee.«

»Ich bevorzuge Kaffee«, sagt Adrian. »Danke.«

»Tee für mich«, sage ich.

»Ich nehme auch einen Kaffee«, sagt Mary.

Mama und ich sehen sie an, als wären ihr Kaffeebohnen auf den Augäpfeln gewachsen. Als sie vor einem Jahr Kaffee probierte, sagte sie, und ich zitiere: »Warum sind alle so besessen von einer so bitteren und ekligen Substanz?«

Während Mama den Kaffee aufbrüht und den Tee kocht, sitzt Mary am Küchentisch und wirft Adrian heimliche Blicke zu, wenn sie denkt, dass niemand zuschaut.

Es ist amtlich. Sie hat sich verknallt. Aber muss es mein Verlobter sein?

Zu Marys Verteidigung sei gesagt, dass Adrian ein sehr zermürbender Mann ist.

»Soll ich ein paar Kerzen aufstellen?«, platzt es aus Mary heraus.

»Wie romantisch«, sagt Mama. »Bitte tu das, Schatz.«

Als Mary weggeht, frage ich: »Sollten wir Leo etwas geben?«

Adrian sieht seinen pelzigen Freund mit einem

Grinsen an. »Er hat schon gefressen, aber zu mehr sagt er nie Nein.«

Ich gehe zum Kühlschrank und suche nach etwas, was ein Hund mögen könnte, als ich es schließlich entdecke. »Erdnussbutter?«

Leos Ohren spitzen sich, aber aus irgendeinem Grund steht er mit dem Rücken zu uns.

»Erdnussbutter ist das Elixier der Hundegötter«, sagt Adrian mit Leos Stimme.

Ich nehme die Erdnussbutter heraus und streiche sie auf einen Pappteller.

»Hier.« Ich stelle den Teller neben Adrian auf den Tisch. »Dein Hund, du gibst sie ihm.«

»Ah, ja, meine Lieblingsleckerei, geliefert von meinem Lieblingsmenschen«, sagt Leo aufgeregt.

Bevor Adrian den Teller auf den Boden stellen kann, kommt Mary mit den Kerzen zurück in den Raum. Sie sieht sich die Schnauze des Hundes mit einem schockierten Blick an.

»Das war Adrian, der für Leo gesprochen hat«, erkläre ich. »Du halluzinierst nicht.«

»Das ist es nicht«, sagt Mary. »Er frisst eine von Mamas Orchideen.«

Als wir alle zu ihm schauen, ist es zu spät. Die Topfpflanze wurde zerkaut und verschluckt.

Wow. Er weidet sogar wie ein Schaf.

»Wird er krank werden?«, fragt Mama Adrian besorgt.

Adrian holt sein Handy heraus und fragt: »Was für eine Orchidee war das?«

»Motte«, sagt Mama.

Er sucht kurz und atmet erleichtert aus. »Sie ist für Hunde und Katzen gleichermaßen sicher.« Mit einem Blick auf Leo fügt er hinzu: »Aber du bist trotzdem ein böser Hund.«

Der Ausdruck auf Leos Gesicht könnte im Wörterbuch unter *unschuldig* stehen.

»Ich werde dir eine Ersatzorchidee besorgen«, sagt Adrian zu Mama.

»Nur keine Million«, mische ich mich ein.

»Das ist nicht nötig«, sagt Mama zur gleichen Zeit. »Dank deines Hundes habt ihr euch getroffen, Jane und du. Eine Orchidee ist ein kleiner Preis für zukünftige Enkelkinder.«

Ich hatte mich gefragt, wie lange es dauern würde, bis meine Familie mich dazu bringen würde, durch den Boden fallen zu wollen. Wie sich jetzt herausgestellt hat, hat es nur wenige Minuten gedauert.

Adrians hübsches Gesicht nimmt einen warmen Ausdruck an. »Es ist Monate her, dass wir uns getroffen haben, aber ich erinnere mich daran, als wäre es gestern gewesen.«

Er ist so gut im Lügen. Man könnte meinen, dass es Monate her ist, dass wir uns kennengelernt haben, aber in Wirklichkeit war es gestern.

Der Teekessel pfeift.

Adrian geht zurück zu seinem Platz und beginnt, etwas auf seinem Handy zu überprüfen. Mary zündet die Kerzen auf dem Herd an, während ich Mom die Schachtel mit den Teebeuteln gebe und anfange,

Wasser in den Kessel zu gießen – was dank unserer beschissenen Wasserleitungen ewig dauert.

Ein weißer Fleck erregt meine Aufmerksamkeit, also drehe ich mich zum Tisch – und staune, denn viele Dinge passieren schneller, als ich blinzeln kann.

Leo stürmt nach vorn und hat es offensichtlich auf den Teller mit Erdnussbutter abgesehen, den wir bei der Orchideen-Aktion vergessen haben.

Genau zur gleichen Zeit kommt Mary mit der brennenden Kerze auf Leo und Adrian zu.

Oh nein! In seiner Eile, den perfekten Raub auszuführen, stößt der Hund mit Mary zusammen, so dass sie den Halt verliert und die Kerze mit Adrians Haar in Berührung kommt.

Töte mich jetzt. Der Geruch, der an verbranntes Huhn erinnert, sagt mir, dass ich nicht halluziniert habe, was ich gerade gesehen habe.

»Oh mein Gott!«, schreit Mary.

»Scheiße!«, schreit Mama.

Ja, das sind alles sehr vernünftige Einschätzungen der Situation.

Es ist erstaunlich, dass der Mann trotz brennender Haare immer noch in sein Telefon versunken ist.

»Adrian!« Ich schütte das ganze Wasser, das es in den Kessel geschafft hat, auf einen ekligen Lappen, den Mama benutzt, um Papierhandtücher zu sparen. »Du brennst!«

Adrian wendet sich schließlich von seinem Telefon ab, und seine Augen weiten sich.

Ich schließe die Lücke zwischen uns mit einem

Sprung und schlage mit dem nassen Lappen auf sein brennendes Haar.

Das Feuer scheint gestoppt zu sein, aber ich schlage Adrian noch einmal mit dem nassen Lappen, nur um sicherzugehen.

»Geht es dir gut?«, frage ich Adrian, der fassungslos aussieht.

»Ich glaube schon.« Er berührt die Stelle, die eben noch brannte. »Was ist passiert?«

Ich starre den Hund an, der die Erdnussbutter bereits verschlungen hat und auf dem Pappteller herumkaut. »Jemand war ein böser Hund.«

»Es war meine Schuld«, sagt Mary verlegen. »Ich hätte dir mit der Kerze nicht so nahe kommen dürfen.«

»Hey«, sage ich. »Ich war diejenige, die den Hund mit der Erdnussbutter in Versuchung geführt hat.«

»Es ist okay«, sagt Adrian. »Mir geht es hervorragend.«

Ich wette, das ist eine weitere Lüge, die genauso gekonnt ausgesprochen wird wie die vorherige. Ja. Es wäre ironisch gewesen, wenn statt seiner Haare seine Hose in Flammen gestanden hätte.

»Es tut mir so leid«, murmelt Mary wehmütig.

Leo schluckt das letzte Stück des Tellers hinunter und bemerkt schließlich die Spannung im Raum und winselt.

»Ich kann das in Ordnung bringen.« Mom richtet sich auf und untersucht den verkohlten Teil von Adrians Haar, so wie Superman ein abstürzendes

Flugzeug untersuchen würde. »Du wirst am Ende nur eine kürzere Frisur haben.«

Bevor irgendjemand auch nur ein Wort sagen kann, treibt Mama Adrian ins Badezimmer, lässt ihn auf dem geschlossenen Toilettensitz sitzen und holt ihre Schere und ihren Langhaarschneider heraus.

»Du solltest vielleicht dein Hemd ausziehen«, sagt Mama. »Sonst juckt dein Kragen.«

Ernsthaft? Es ist unmöglich, dass er ...

Adrian knöpft sein Hemd auf und zieht es aus, als ob es nichts wäre.

Darunter hat er natürlich nichts an und so erfreuen sich meine Augen an seiner harten muskulösen Brust, seinem Sixpack und seinen ach so leckeren Armen.

Gott steh mir bei. Ich brauche vielleicht einen neuen Slip.

In der Nähe ertönt ein Keuchen.

Oh Mist. Mary schaut auf die gleichen leckeren Muskeln wie ich.

»Geh und pass auf den Hund auf«, sage ich zu ihr und stelle mich dann in die Tür, um ihr die Sicht zu versperren. Eine Zehnjährige ist viel zu unschuldig, um so etwas ausgesetzt zu werden. Sie wird für alle anderen Männer verdorben sein.

Himmel. Miss Miller spürt eine skandalöse weibliche Verdichtung in dem Teil ihrer Anatomie, an den eine unverheiratete Dame nicht einmal denken sollte.

Mama schaltet den Langhaarschneider ein und das surrende Geräusch dämpft meine Libido ... ein wenig.

»Das erinnert mich an diese schreckliche Szene in

Thor: Tag der Entscheidung«, flüstert Mary hinter mir. »Als sie Chris Hemsworths Haare mit einem Gerät schnitten, das aussah wie die Klingen eines Mixers.«

Ich ignoriere Mary, weil es mich ärgert, wie nah Mom meinem angeblichen Verlobten kommt. *Muss* sie ihre Brüste in sein Gesicht halten, wenn sie die Haare oben auf seinem Kopf trimmt? Warum schneidet sie dort überhaupt? Die verbrannten Haare befanden sich auf der Rückseite.

Wie auch immer.

Nach fünfzehn Minuten, die sich wie ein Monat anfühlen, hört das Summen auf.

»Sieh es dir an«, sagt sie.

Ich weiß, dass sie mit Adrian redet, aber ich bin auch nur ein Mensch, also schaue ich ihm nach und atme genervt aus.

Wenn jemand *meine* Haare verbrennen und dann schneiden würde, sähe ich sicher hässlich aus. Aber bei Adrian sehen seine ohnehin schon scharfen Wangenknochen jetzt so aus, als könnten sie Stahl schneiden, und die Kantigkeit seines Gesichts ist irgendwie noch kantiger geworden und fordert mich geradezu heraus, mit meiner Zunge über seine Züge zu fahren.

»Toll, danke«, sagt Adrian und wirft nur einen Blick in den Spiegel.

»Das war's?«, frage ich. »Du machst dir nicht einmal die Mühe, nach einem weiteren Spiegel zu fragen, damit du sehen kannst, wie es von hinten aussieht?«

Es sieht natürlich toll aus, aber das weiß er nicht.

»Ich vertraue Georgiana.« Adrian deutet auf die nahe Dusche. »Kann ich mir die Haare abwaschen?«

»Natürlich«, sagt Mama atemlos, bewegt sich aber nicht. Ich mich auch nicht.

Nachdem er ein paar Takte gewartet hat, lächelt Adrian. »Ich bräuchte vielleicht etwas mehr Privatsphäre, wenn es dir nichts ausmacht.«

Mit roten Wangen drückt Mama ihm ein großes Handtuch in die Hand und stürmt aus dem Bad, wobei sie mich fast zertrampelt.

Adrian schließt die Tür mit einem Klicken ab, was gut ist, denn als das Wasser in der Dusche zu laufen beginnt, bin ich sehr versucht, hineinzugehen – falls er Hilfe beim Einseifen braucht.

»Wie sieht es aus?«, fragt uns Mary mit dem gleichen Tonfall, mit dem sie Dinge wie »Glaubst du, dass die weltweite nukleare Abrüstung noch zu meinen Lebzeiten stattfinden wird?«, wissen will.

»Wie wäre es, wenn wir am Tisch warten?«, schlage ich vor.

Sie und Mama nicken beide und wir setzen uns hin. Der Tee und der Kaffee sind inzwischen abgekühlt, also wärmt Mama sie in der Mikrowelle auf. Endlich öffnet sich die Badezimmertür, und Adrian kommt zu uns. Er riecht frisch und sieht aus, als hätte sein Haarschnitt einen Tausender gekostet.

»Nochmals danke, Georgiana«, sagt er, während er sich setzt. »Mit dem neuen Look und meiner schönen Verlobten werden alle auf dem Ball vor Neid sterben.«

Hilfe! Ich schmelze.

KAPITEL 16
Adrian

Jane greift nach einem Stück Schokolade, und ich tue mein Bestes, um sie nicht anzustarren, als sie sie in den Mund steckt. Es ist ein Kind anwesend, also muss sich Yoda von seiner besten Seite zeigen.

Jane stöhnt vor Genuss.

Verdammt. Wie kann ich so kurz nach dem Anzünden meiner Haare derart erregt sein?

Als sie Janes Reaktion sehen, tauschen Georgiana und Mary Blicke aus und nehmen sich ebenfalls jeweils ein Stück.

»Die ist unglaublich«, sagt Georgiana, nachdem sie ihre probiert hat. »Besser als Se…«, sie blickt zu Mary, »Senfeier.«

»Senfeier?«, ruft Mary aus. »Das ist sogar besser als der Geruch von alten Büchern.«

»Jetzt mal langsam.« Jane schnappt sich ein weiteres Stück. »Sie ist gut, aber nicht so gut wie der Geruch von alten Büchern.« Sie macht auf Leo vor der Erdnussbutter, während sie das nächste Stück Schokolade in ihren Mund schiebt und dann wieder stöhnt.

Yoda leidet im Stillen.

»Diese Schokolade wurde aus Nacional hergestellt, einer seltenen Kakaosorte«, sage ich und versuche verzweifelt, mich auf etwas anderes zu konzentrieren als auf Janes Genussgeräusche. »Sie wurde viele Jahre in einem Holzfass gelagert – daher die subtilen Noten, die du wahrscheinlich schmeckst.«

Jane hält sich selbst davon ab, nach einem weiteren Stück zu greifen. »Willst du uns wie ein Drogendealer von einer super teuren Schokolade süchtig machen?«

Schulterzuckend nehme ich ein Stück. »Ich mag es nicht, mich mit Optionen herumzuschlagen, also entscheide ich mich für das, was als das Beste angesehen wird.«

»Richtig«, sagt Jane mit einem leichten Augenrollen. »Wir würden nicht erwarten, dass du dich erniedrigst, einen Hershey's-Riegel zu essen.«

Ich zwinkere ihr zu. »Ich würde einen dieser Hershey's Kisses nehmen.«

Ihre Mutter sagt: »Aww«, und Jane wird wieder ganz rot.

Mary nimmt einen Schluck von ihrem Kaffee und zuckt zusammen, so wie ich damals, als meine Mutter mich Fischöl trinken ließ. »Wie kommt es, dass Jane zum ersten Mal deine Lieblingsschokolade probiert?«, fragt sie, nachdem sie ihre Grimasse gezogen hat.

Scheiße. Dies ist ein Beispiel dafür, was uns bei der Anhörung zum Verhängnis werden könnte.

»Er ist ein Gesundheitsfanatiker«, sagt Jane. »Deshalb isst er sehr selten Schokolade – und ich wollte ihn nicht ärgern, indem ich sie esse.«

Ach ja? »Und vergiss nicht, dass Jane immer auf das Geld achtet«, sage ich mit Nachdruck. »Deshalb habe ich nach einem Weg gesucht, diese überteuerte Schokolade unter ihrem Radar hindurchzuschmuggeln – und ich habe eindeutig versagt.«

»Das Wort, das du suchst, ist Geizhals«, sagt Georgiana mit einem Grinsen.

»Ich bin nicht geizig«, schimpft Jane. »Ich bin sparsam – das habe ich von dir gelernt, Mrs. Nimm-den-Lappen-statt-der-Papierhandtücher.«

»Das ist zum Schutz der Bäume«, sagt Georgiana abwehrend. »Wenn ich jemals sparsam war, dann nur aus der Not heraus.«

Die besagte Not ist vorbei, jetzt, wo ich in ihrem Leben bin – selbst wenn Jane mich nicht heiraten würde – aber das sage ich nicht laut.

Marys Augen sind immer noch misstrauisch verengt. »Welches war euer verrücktestes Date?«

Scheiße. Dies ist ein Test. Ich muss also schnell denken und so tun, als wäre das die Anhörung.

»Bei unserem zweiten Date waren wir auf einer Katzenbeerdigung«, platze ich damit heraus. »Sie gehörte dem Geschäftsführer eines meiner

Unternehmen, also musste ich meine Unterstützung zeigen.«

Das war schlecht, aber hey, jetzt habe ich etwas vorbereitet, falls sie das bei der Anhörung fragen.

»Oh ja«, sagt Jane, »das war diese böse Katze.«

Marys Augen werden zu Schlitzen. »Wenn die Katze tot war, woher weißt du dann, dass sie böse war?«

Ich glaube, ich könnte ein besserer Lügner sein als Jane.

Jane zuckt mit den Schultern. »Ich nehme es einfach an. Ihr Name war Purrtin.«

Oder vielleicht ist sie doch nicht so schlecht, auch wenn ich mich für etwas wie Kitler entschieden hätte.

»Der ist wirklich ziemlich schräg«, sagt Mary, und ihr Misstrauen scheint sich zu legen. »Ist bei einem eurer Dates etwas Lustiges passiert?«

»Jane wurde von einem Schwan angegriffen«, sage ich. »Aber ich habe sie beschützt.«

»Was für ein Schwan?«, fragt Mary.

»Whooper«, sage ich. »Ich erinnere mich, weil ich einen Witz darüber gemacht habe, dass aus ihm Schwanenburger werden würden, aber Jane hat ihn nicht verstanden.«

»Oh, das habe ich«, sagt Jane. »Aber du hast vergessen, zu erwähnen, dass du mich beschützt hast, indem du dich von dem Schwan in den Po beißen lassen hast.«

Ich lache. »Und Jane hat sich darüber aufgeregt, wie teuer die ruinierten Jeans waren.«

Jane sieht mich stirnrunzelnd an. »Vielleicht sollten wir allen erzählen, wie du von einer Kuh gebissen wurdest, als wir in einen Streichelzoo gegangen sind?«

Touché. »Vielleicht sollte ich allen erzählen, wie du dich an Halloween als aufblasbares Einhorn verkleidet hast und das Kostüm wie ein Luftballon geplatzt ist?«

»Wenigstens bin ich noch nie in einem Giftefeu auf die Toilette gegangen«, sagt Jane.

Und das ist ein Bild, das Yodas Aufregung ziemlich effektiv unterdrückt. Es sei denn … meinte sie, dass es mein Hintern war, der mit dem imaginären Giftefeu in Berührung kam? Wir müssen solche Details so schnell wie möglich klären.

Plötzlich quiekt Mary wie ein kleines Mädchen. Sie dreht sich um und atmet aus. »Es war wieder der Hund«, sagt sie. »Seine feuchte Nase hat meine Haut berührt.«

»Er bettelt um Schokolade«, erkläre ich. »Aber gib ihm nichts. Sie ist giftig für Hunde. Außerdem sind Weintrauben giftig – genauso wie ihre verschrumpelten Nebenprodukte, die Rosinen, aber um die bettelt er auch.«

»Hier.« Jane schnappt sich die Erdnussbutter von vorhin, steckt ihren Finger in das Glas und streckt ihn dann Leo entgegen.

Der Leckerbissen ist in einer Millisekunde weg und Leo leckt sich zufrieden das Maul.

»Du könntest jetzt mein Lieblingsmensch sein«, sage ich mit seiner Stimme. »Es ist in Ordnung, dass du meinen ehemaligen Liebling heiratest.«

Mama grinst Leo an. »Sobald sie ein Baby haben, sollte das dein Lieblingsmensch sein.«

»Mama!«, sagt Jane streng und verfärbt sich köstlich rot. »Wir sind noch nicht einmal verheiratet.«

Hmm. Ein Baby mit Jane. Ich bin mir nicht sicher, was ich von diesem Witz halte – aber ich weiß, dass es mir lieber wäre, wenn Jane nicht so tun würde, als wäre das das Ende der Zivilisation, wie wir sie kennen.

»Kannst du aufhören, eklige Sachen zu sagen, damit wir zu ihren Geschichten zurückkehren können?«, sagt Mary genervt zu Georgiana. Sie wendet sich an mich und fragt: »Was ist das schickste Restaurant, in das du Jane jemals ausgeführt hast?«

Das ist einfach, also erzählen Jane und ich ihnen abwechselnd von unserem Sushi-Erlebnis gestern Abend und dass wir jetzt Hausverbot haben.

Marys Verhöre – ich meine, freundliche Fragen – gehen weiter.

Sie will immer mehr undurchsichtige Details über unser imaginäres Liebeswerben wissen, und wir denken sie uns nach und nach aus.

Jane scheint ein bisschen genervt zu sein, als sie ihrer kleinen Schwester antwortet, aber ich bin dankbar. So kann uns niemand mehr auf die gleiche Art und Weise überrumpeln. Die verrückten Geschichten, die wir uns ausdenken, sind sehr einprägsam.

Ich bin gerade mitten in der Geschichte, wie Jane bei einem schief gelaufenen Versteckspiel bei mir in der Waschmaschine stecken geblieben ist, als ich eine SMS bekomme.

»Ah«, sage ich und schaue vom Telefon auf. »Janes Modistin ist auf dem Weg zu mir.«

Mary neigt ihren Kopf. »Heißt das, ihr müsst gehen?«

»Tut mir leid«, sage ich.

Mary seufzt. »Du musst unbedingt wiederkommen. Ich habe noch so viele Fragen.«

Hat sie die? Das Einzige, was sie noch nicht weiß, sind meine Sozialversicherungsnummer, meine Cholesterinwerte und die Stellung des Merkurs, als Jane und ich uns zum ersten Mal geküsst haben – und das ist eher fiktiv.

»Vielleicht kommt er zurück, vielleicht auch nicht«, sagt Jane. »Du kannst auch mir immer alle Fragen stellen.«

Mary rollt mit den Augen. »Du erzählst mir nur die Geschichten, die dich gut aussehen lassen.«

Jane wirft mir einen leidenden Blick zu, der zu sagen scheint: »Siehst du, womit ich zu kämpfen habe?«

Georgiana springt auf. »Vielen Dank, dass du hierhergekommen bist, um uns kennenzulernen.«

»Das Vergnügen war ganz meinerseits.« Ich fange Leo ein, befestige seine Leine wieder an seinem Halsband und frage Jane: »Wie lange brauchst du, um dich fertig zu machen?«

»Ich kann sofort los«, sagt Jane. »Vor allem, wenn

man bedenkt, dass ich ein neues Outfit bekommen werde.«

Georgiana und Mary löchern uns die ganze Treppe hinunter, und während wir zur Limousine gehen, mit Fragen über die Veranstaltung heute Abend.

Als wir endlich allein sind, sagt Jane: »Das tut mir alles leid.«

»Mir nicht. Ich liebe deine Familie.« Das ist wahr – und nicht nur, weil ich selbst keine habe. Sie lieben sich offensichtlich innig und genießen die Gesellschaft der anderen, was in meiner Familie nicht der Fall war, als meine Eltern noch lebten.

Jane legt eine Hand auf meinen Oberschenkel. »Wie lange ist es her ... seit dem Unfall?«

»Bin ich so durchschaubar?«, frage ich und ziehe eine Grimasse.

»Du musst es mir nicht sagen, wenn es zu privat ist«, sagt sie.

Ich seufze. »Wenn wir heiraten wollen, solltest du solche Sachen wissen. Ich hasse es einfach, darüber zu reden.«

Sie drückt meinen Oberschenkel. »Es tut mir leid, dass ich es erwähnt habe.«

»Nein. Ich bin froh, dass du das getan hast. Es ist jetzt fünf Jahre her. Ich vermisse sie immer noch schrecklich, aber ich habe ein schlechtes Gewissen, weil ich Mama viel mehr vermisse. Mein Vater und ich hatten eine komplizierte Beziehung.«

Aber ist es kompliziert, wenn man von jemandem enttäuscht ist, oder ist es tragisch einfach? Im

Gegensatz zu Papa war Mama stolz auf all die verschiedenen Dinge, für die ich mich interessiere, ohne dass ich ein Meister in einem bestimmten Beruf werden musste.

»Kein Grund, sich schuldig zu fühlen«, sagt Jane leise. »Ich kenne meinen Vater gar nicht, also interessiert mich nur, was mit meiner Mutter passiert.«

Ich zwinge mich zu einem Lächeln – wenn auch zu einem schwachen. »Mit dem hier und den Fragen deiner Schwester, denke ich, dass wir damit durchkommen könnten, sechs Monate zusammen zu sein.«

Sie zieht ihre Hand weg. »Auf jeden Fall! Wir müssen nur noch die Sachen proben, die wir uns für Mary ausgedacht haben, dann sind wir perfekt.«

Genau das tun wir für den Rest der Fahrt.

Als wir an meinem Gebäude ankommen, betrachte ich Janes Gesichtsausdruck, als wir an der Sicherheitskontrolle vorbeigehen, denn obwohl Susan nicht mehr da ist, arbeiten dort immer noch eine Reihe attraktiver Frauen, mit denen ich nie eine Beziehung hatte.

Hmm. Abgesehen vom Erröten wäre Jane eine großartige Pokerspielerin. Ihre Gedanken, während wir zu meiner Wohnung fahren, sind nicht zu erahnen.

Als wir aus dem Aufzug steigen, schaut sich Jane in der Eingangshalle um. »Ist die Modistin schon da?«

Ich checke mein Handy. »Nein. Mrs. Dubois wird in etwa zehn Minuten hier sein, der Rest etwas später.«

Jane zieht eine Augenbraue in die Höhe. »Die Modistin hat sogar einen französischen Nachnamen?«

»Und einen Akzent, der dazu passt«, sage ich grinsend. »Ich dachte, du würdest das zu schätzen wissen.«

Sie schüttelt den Kopf. »Ich will gar nicht wissen, wie viel extra du für die französische Version bezahlen musstest.«

»Während wir auf Mrs. Dubois warten, möchtest du eine Führung durch das Penthouse?«

Hoppla. Das Wort Führung scheint ein Auslöser für das Debakel in der Galerie zu sein, denn ich kann sehen, wie Jane zusammenzuckt, bevor sie ihr Pokerface wieder aufsetzt.

»Klar«, sagt sie, wenn auch ein bisschen zögerlich. »Ich weiß, dass du es kaum erwarten kannst, mit allem zu prahlen.«

KAPITEL 17

Jane

Gerade als ich angefangen habe, mich wieder in seiner Gegenwart zu entspannen, erinnere ich mich an die dumme Galerie und die Frauen dort, und das grüne Monster in mir erwacht wieder.

Das ist dumm, denn er ist die Bilder und ihre Musen schon losgeworden, was will ich also noch? Eine sexistische Einstellungspolitik für Sicherheitskräfte, die keine attraktiven Frauen zulässt? Dass Adrian einen Sack über dem Kopf tragen muss, damit die Frauen nicht mit ihm flirten? Aber wenn man bedenkt, wie gut er in Form ist, könnten sie trotz des Sacks mit ihm flirten.

»Das ist das Wohnzimmer«, sagt Adrian.

»Was du nicht sagst.«

Er hat einen Fernseher, der so groß ist, dass er eine Kinoleinwand ersetzen könnte. Er steht der bequemsten Couch gegenüber, die ich je gesehen habe, sowie einer Armee von super teuren, hochwertigen Massagesesseln und -liegen. Außerdem gibt es Spielkonsolen, einen Tischtennis- und einen Billardtisch, eine Bar und unzählige andere Möglichkeiten für das, was in meinen Liebesromanen *männliche Vergnügen* heißt.

Ich entdecke ein Bücherregal und kann nicht anders, als es mir anzuschauen. Es stellt sich heraus, dass es nicht nur Bücher enthält. Es gibt auch Filme, Comics und Videospiele.

Ich überfliege sie alle mit meinem bibliothekarischen Blick. Viele der Medien handeln von Da Vinci, aber es gibt genauso viele Marvel-Filme, Spiele und Comics mit Iron Man.

Hmm. An der Wand hängt auch ein Iron-Man-Poster – signiert von Robert Downey Jr.

»Tony Stark ist meine Lieblingsfigur in der Belletristik«, sagt Adrian, der meinem Blick folgt.

»Weil er so ein eitler Angeber ist wie du?«

Adrians Grinsen ist jetzt wirklich geradezu eingebildet. »Hast du vergessen, dass er auch arrogant, überheblich und narzisstisch ist?«

»Warum ein totes Pferd erschlagen?«, frage ich todernst.

»Tony Stark ist in vielen Dingen gut«, sagt Adrian. »Und er hat etwas gefunden, worauf er sich konzentrieren konnte: Iron Man zu sein. Meine Version davon muss ich noch finden.«

Sein Ausdruck, eine Mischung aus Sehnsucht und

selbstironischem Humor, zerrt an meiner Brust und ich gehe näher an ihn heran.

Miss Miller findet, dass eine anständige Dame Abstand halten sollte, besonders in Gesellschaft eines Schürzenjägers.

»Findest du das nicht undankbar?«, frage ich. »Die Leute würden ihre Seelen an den Teufel verkaufen, um so gut zu malen wie du, oder solche Musik zu schreiben – und so weiter.«

Er zuckt mit den Schultern. »Ich würde alles eintauschen, wenn ich dafür so etwas wie deine Leidenschaft für Bücher finden könnte. Oder sind es Bibliotheken?«

»Bücher«, sage ich nachdrücklich. »Hast du darüber nachgedacht, etwas Multidisziplinäres zu machen?«

Seine Augen leuchten. »Zum Beispiel?«

»Vielleicht ein Journalist werden, der über viele Themen berichtet? Oder ein Software-Ingenieur, der Apps für verschiedene Bereiche schreibt? Oder ein Lehrer für viele Fächer?«

Adrians Aufregung lässt nach. »Nichts davon klingt gut für mich. Wenn ich schreibe, dann schreibe ich nur Belletristik. Wenn ich programmiere, dann nur als Mittel zum Zweck für ein Projekt. Ich habe nie versucht, zu unterrichten, aber ich glaube, das ist nichts für mich. Außerdem braucht man dafür einen höheren Abschluss, während ich in den meisten Bereichen, für die ich mich interessiere, Autodidakt bin.«

»Du schreibst?«, rufe ich aus und halte mich an dem fest, was mir am wichtigsten ist. »Welches Genre?«

Er zwinkert mir zu. »Nicht historischer Liebesroman, tut mir leid.«

»Ich würde nicht erwarten, dass du so etwas schreibst. Ich glaube nicht, dass du das könntest, selbst wenn du es wolltest.«

Er neigt seinen Kopf. »Das klingt nach einer Herausforderung.«

Ich rolle mit den Augen. »Weichst du meiner Frage absichtlich aus?«

»Ich schreibe ein Kinderbuch«, gibt er zu. »Für Piper.«

»Wirklich?« Bin ich kurz davor, in Ohnmacht zu fallen, oder sind das die berüchtigten Schwindelgefühle? »Das ist unglaublich.«

»Findest du?« Seine Augen schimmern heller als sonst. »Ich habe mir überlegt, dass ich, wenn das gut läuft, auch einen Zeichentrickfilm davon machen würde – und alles dafür selbst beisteuern würde: die Musik, die Geschichte, die handgezeichneten Animationen und die CGI.«

»Da hast du es«, sage ich. »Wenn das Projekt gut läuft, könnte das vielleicht dein Ding sein. Du könntest mit Zeichentrickfilmen anfangen und es dann mit nicht animierten Filmen versuchen. Der Himmel wäre die Grenze und alles ist extrem multidisziplinär.«

Adrian reibt sich nachdenklich das Kinn. »Ich finde die Idee nicht schlecht.«

Sein Telefon klingelt.

»Ah«, sagt er, nachdem er darauf geschaut hat. »Die Modistin ist unten.«

Ich grinse. »Es sieht so aus, als ob die Tour noch einmal verschoben werden muss.«

»Aber ich will so gerne angeben«, sagt Adrian. »Vielleicht können wir eine Blitz-Version machen?« Er streckt mir seine Hand entgegen, und sein Blick ist teuflisch.

Ich nehme seine Hand, und meine Finger kribbeln. Was habe ich zu verlieren?

Miss Miller könnte ein paar Dinge nennen, die eine Dame unter solchen Umständen verlieren könnte: Tugend, Ehre, Würde und ihren gesunden Menschenverstand.

Grinsend läuft Adrian einen Flur entlang und rasselt die Namen der Zimmer herunter. Die Hälfte davon hört sich an, als würde er sich Klischees über reiche Leute ausdenken, wie den Poolraum, den Weinkeller, das Fitnessstudio, das Spa und so weiter.

Als er »die Bibliothek« sagt, bleibe ich stehen und überprüfe, ob er die Wahrheit sagt. Immerhin standen schon Bücher im Wohnzimmer.

»Oh mein Gott«, keuche ich, als ich durch die Doppeltür schaue.

Es ist eine Bibliothek, die größer ist als unser ganzes Haus – eine, die die Bibliothek von *Die Schöne und das Biest* zweimal enthalten könnte.

»Ich bin sicher, du wirst viel Zeit dort verbringen«, sagt Adrian und drückt sanft meine Hand. »Immerhin ziehst du morgen ein…«

KAPITEL 18
Adrian

Jane dreht sich in meine Richtung, ihre Wimpern flattern wie Kolibri-Flügel. »Morgen?«

»Wenn dir das recht ist«, sage ich.

Ursprünglich wollte ich es ein bisschen langsamer angehen lassen, aber jetzt, wo ich sehe, wie perfekt sie ist, will ich keine Sekunde mehr verschwenden.

Perfekt für die Anhörung natürlich.

Sie runzelt die Stirn und zuckt dann mit den Schultern. »Es ist deine Show. Bist du sicher, dass du nicht erst sicherstellen willst, dass ich auf dem Ball gut abschneide?«

»Nein. Das ist nur eine dumme Party.« Apropos … Ich klopfe mir scherzhaft auf die Stirn. »Wir haben Mrs. Dubois völlig vergessen.«

Jane grinst, und wir sprinten zum Aufzug, wo die in pfauenblau gekleidete Modistin schon wartet, zusammen mit den Make-up- und Haar-Teams.

»Hallo«, sagt Mrs. Dubois missbilligend mit einem starken französischen Akzent in der Stimme. »Habe ich die Uhrzeit des Termins verwechselt?«

»Es tut mir leid«, sagt Jane und sieht seltsam niedergeschlagen aus – vielleicht, weil dies eine unwillkommene Erinnerung an das gestrige Gespräch ist.

Mrs. Dubois mustert sie von oben bis unten. »Das tut Ihnen nicht so leid, wie es dieses Outfit verlangt.«

Was soll der Scheiß? Denkt sie, dass sie so gut in ihrem Job ist, dass sie unhöflich zu einem Kunden sein kann? Ich bin versucht, sie auf der Stelle zu feuern, aber wir sind zu kurz vor dem Ereignis, also muss ich mich damit begnügen, sie in die Schranken zu weisen, was nicht schwer ist, da ich nur meinen verstorbenen Vater nachahmen muss.

»Ich dachte, ich bezahle Ihre Arbeitgeber für Ihre Zeit«, sage ich herrisch. »Täusche ich mich darin etwa? Beinhaltet das nicht auch Wartezeit?«

Mrs. Dubois' Augen weiten sich, als sie nickt.

»Dann sollten Sie sich der Tatsache bewusst sein, dass ich Sie, wenn ich wollte, für ein Jahr bezahlen und Sie einfach die ganze Zeit neben diesem Aufzug warten lassen könnte.«

Mrs. Dubois macht einen Schritt zurück. »Ich wollte nicht respektlos sein«, sagt sie, während ihr französischer Akzent verblasst und sich ein Bostoner Akzent einschleicht.

»Perfekt«, sage ich. »Geben Sie Ihr Bestes für meine Verlobte, dann wird alles gut.«

»Verlobte?« Mrs. Dubois schaut Jane erneut an, und dieses Mal liegt unbestreitbar Respekt in ihrem Blick. »Sie wird glänzen, ich schwöre es.«

Ich schaue zu den anderen. »Das gilt auch für Sie, richtig?«

Sie stimmen alle voll und ganz zu, und einer von ihnen salutiert sogar.

Papa wäre stolz, also fühle ich mich beschissen.

»Richten Sie sich im Wohnzimmer ein«, sage ich in einem freundlicheren Ton. »Jane kennt den Weg.« Ich zwinkere ihr zu. »In der Zwischenzeit kümmere ich mich um ein paar Dinge.«

Sie gehen alle ins Wohnzimmer, und ich verschwinde in mein Atelier, wo ich an einem neuen Projekt arbeite – einem Animationsfilm für Piper, wenn sie alt genug ist, um sich so etwas anzusehen.

Und ja, ich gebe es zu, ich habe mich von dem Gespräch mit Jane inspirieren lassen. Die Handlung des Films wird eine Anlehnung an *Freaky Friday*, *Big* und andere Body-Swap-Filme sein, nur dass die Heldin in dieser Version kein Mensch, sondern ein Hund sein wird. Während ich das Drehbuch tippe und ein paar Skizzen der Figuren zeichne, gerate ich in einen Zustand, in dem die Zeit vergeht und die Außenwelt zu verschwinden scheint. Die Heldin heißt natürlich Piper und der Hund Leo, was das Zeichnen leicht macht: Ich stelle mir meine Tochter einfach ein paar Jahre älter und als Cartoon vor, und meinen Hund genau so, wie er ist.

Ich bin so vertieft in die Arbeit, dass ich, als mein

Telefon klingelt, eine Sekunde lang verwirrt darauf starre, bevor ich antworte.

»Ich bin bereit«, sagt Jane.

Scheiße. Wir müssen bald los.

»Ich bin gleich da«, sage ich und danke dem Himmel, dass ich bei Jane die Haare geschnitten und geduscht habe, so dass ich nur noch einen Anzug anziehen muss.

Ich eile in mein Schlafzimmer und schlendere durch meinen Kleiderschrank, bis ich zu der Abteilung für Anzüge komme, die sich in der hintersten Ecke befindet, weil meine Assistentin alles nach Häufigkeit des Tragens geordnet hat.

Sobald ich angezogen bin, mache ich mich auf den Weg in die Bibliothek, aber als ich an der Küche vorbeikomme, trottet Leo schwanzwedelnd auf mich zu.

»Hey, Kumpel«, sage ich. »Hast du Hunger?«

Er wedelt noch stärker mit dem Schwanz.

Wenn ich diese Frage jemals mit Nein beantworte, spiele ich Tauziehen mit einem Löwen, falle auf ein Schwert oder esse eine schokoladenüberzogene Rosine – je nachdem, wie es gerade am besten passt.

Ich füttere ihn und schaue auf meinem Handy nach, wann der neu eingestellte Hundesitter kommt. Es stellt sich heraus, dass er schon seit einer Stunde hier ist und am Aufzug wartet.

Ich bringe ihm ein Leckerli, damit er und Leo sich vertragen, bevor ich in die Bibliothek gehe.

Als ich eintrete, merke ich, dass ich vielleicht zu

lange an dem Trickfilm gearbeitet habe, denn als ich Jane sehe, fühle ich mich, als würde ich mich in einen Cartoon-Wolf verwandeln – meine Kinnlade fällt herunter, meine Augen staunen, meine Zunge hängt heraus und Yoda ist steinhart.

Als Jane mich entdeckt, errötet sie. »Was denkst du?«

Oh fuck. Ich starre sie die ganze Zeit wortlos an. »Du siehst großartig aus«, sage ich und habe immer noch das Gefühl, dass das eine Untertreibung ist.

Das schwarze Kleid, das sie trägt, schmiegt sich an jede Kurve, und die ausgefallene Frisur verleitet mich dazu, alles zu entwirren und mit den Fingern durch die seidigen braunen Strähnen fahren zu wollen, während ich ...

»Du siehst wie ein Schürzenjäger aus«, sagt Jane, aber ich glaube nicht, dass es dieses Mal eine Beleidigung ist. »Und du hörst dich auch so an.«

Ah, also vielleicht doch ein bisschen eine Beleidigung.

Einer der Haarleute kommt auf mich zu und sieht verlegen aus. »Soll ich Ihnen die Haare stylen, Sir?«

Ich schaue fragend zu Jane.

»Er weiß, wovon er spricht«, sagt sie.

Ich wende mich an den Mann. »Machen Sie es schnell.«

Während er sein Ding durchzieht, fragt er mich, ob mein Anzug von Ermenegildo Zegna und meine Schuhe von Scafora sind, und ich sage ihm, dass ich das ehrlich gesagt nicht weiß. Ich weiß nur, dass sie für mich gemacht wurden, was eine lästige Zeitverschwendung mit dem ganzen Abmessen war. Seitdem kaufe ich immer den gleichen Anzug und die gleichen Schuhe, damit sich so etwas nicht wiederholt.

»Okay, fertig«, sagt der Typ nach ein paar Minuten.

Als ich in den Spiegel schaue, sehe ich nicht wirklich einen Unterschied, aber ich bin kein großer Experte in solchen Dingen.

»Was denkst du?«, frage ich Jane.

»Noch schürzenjägeriger«, sagt sie mit einem Seufzer.

»Großartig. Wir sollten uns beeilen.« Ich wende mich an die Crew und sage: »Gute Arbeit«, und die Modistin frage ich: »Können wir die Unannehmlichkeiten von vorhin vergessen?«

»Welche Unannehmlichkeiten?«, fragt sie mit französischem Akzent.

Mit einem Lächeln ergreife ich Janes Hand und ziehe sie zur Limousine, obwohl mein Schlafzimmer ein viel verlockenderes Ziel zu sein scheint.

»Ist es weit von hier?«, fragt Jane, als wir mit dem Aufzug nach unten fahren.

Ich reiße meinen Blick von ihrem Dekolleté los. »Wir könnten zu Fuß gehen. Aber da du hohe Absatzschuhe trägst, nehmen wir die Limousine.«

Apropos Absätze: Mir ist noch nie aufgefallen, wie besonders sexy die Hintern von Frauen aussehen, wenn sie diese Dinger tragen, oder wie viel …

»Eine Limousine?« Jane wischt imaginären Staub

von meiner Schulter. »Warum willst du nicht den Hubschrauber nehmen?«

Ich zucke mit den Schultern. »Der Veranstaltungsort hat keinen Hubschrauberlandeplatz?«

Sie schnaubt. »Das Beängstigende ist, dass ich mir nicht sicher bin, ob du Witze machst.«

»Das war ein Witz. Aber es gibt einen Hubschrauberlandeplatz auf meinem Dach, und ich habe einen Hubschrauber – und ich weiß sogar, wie man ihn fliegt.«

Der Aufzug hält an, und ich bedeute Jane mit einer Geste, auszusteigen, bevor sie mich noch mehr dafür rügen kann, dass ich ein reiches Klischee bin.

»Du hast gesagt, dass dieser Ball eine Spendenaktion ist«, sagt Jane, als die Limousine wegfährt. »Wofür?«

»WSW«, sage ich.

Sie runzelt die Stirn. »Bitte sag mir, dass du nicht für World Series Wrestling spendest.«

»Was? Nein. WSW steht für Whales Save Whales – Wale retten Wale. Sehr reiche Spender, die auch Wale genannt werden, spenden ihr Geld, um die Wale im Meer zu retten.«

»Boah«, sagt sie. »Ich mag Wale. Die im Meer.«

Die Limousine hält an.

Jane sieht mich fragend an. »Sind wir schon da?«

Ich nicke.

Sie grinst. »Wir waren wirklich einen Spaziergang entfernt.«

Mit einem Achselzucken steige ich aus und halte ihr die Tür auf.

Als sie aussteigt, rieche ich den Duft von Guave mit einem Hauch von Begonie. Ich habe keine Ahnung, ob das etwas ist, was das Make-up-Team auf sie gesprüht hat, oder ob es Jane selbst ist.

»Hier entlang.« Ich biete ihr meinen rechten Arm an.

»Wie gentlemanlike.« Sie schiebt ihre Hand durch meine Ellenbeuge.

Als wir an meinen Wal-Kollegen im Eingangsbereich vorbeikommen, beginne ich etwas zu verstehen, was ich früher verabscheut habe – schüchterne Milliardäre, die sich Trophäenfrauen zulegen. Jane ist so schön, dass ich stolz bin, sie an meinem Arm herumzuführen, auch wenn ich diesen Stolz nicht verdiene. Andererseits ist eine Trophäenfrau hier vielleicht eine schlechte Analogie. Die Leute denken stereotypisch, dass es ihnen an Intelligenz mangelt – obwohl ich weiß, dass das nicht immer stimmt – ein Beispiel dafür war meine Mutter –, aber im Fall von Jane ist sie der klügste Mensch, den ich kenne, und diese Tatsache macht mich noch stolzer, sie zu heiraten ... oder, besser gesagt, eine Scheinehe mit ihr zu führen.

»Oh mein Gott«, keucht Jane, als wir den großen Saal betreten. »Das ist das, was einem Ball aus meinen Romanen am nächsten kommt.«

KAPITEL 19
Jane

Ich schaue mir meine Umgebung staunend an.

Wenn der palastähnliche Veranstaltungsort ein Thema hätte, wäre es so etwas wie *blaues Blut*, denn sogar der Parkwächter und die Kellner sehen edler aus als ihre üblichen Gegenstücke. Die echten Wale strahlen geradezu Reichtum aus und machen mir klar, dass Adrian in dieser Hinsicht ziemlich bodenständig ist ... im Vergleich zu seinen Mitstreitern natürlich.

»Was denkst du?«, flüstert Adrian.

»Das ist im Grunde die Oberschicht«, flüstere ich zurück. »Und ich bin eine Milchmagd.«

Er rollt mit den Augen. »Du bist ein Diamant ersten Ranges.«

»Ersten Wassers, heißt es«, sage ich, während Schmetterlinge in meinem Bauch Purzelbäume schlagen.

»Wasser?«, fragt er mit einer hochgezogenen

Augenbraue.

»Den Glanz eines Diamanten nennt man sein Wasser.«

Bevor er etwas erwidern kann, runzelt Adrian die Stirn über etwas hinter mir. Als ich mich umdrehe, sehe ich eine Frau, die uns anlächelt wie ein Hai.

Mit ihren bernsteinfarbenen Augen, dem seidigen schwarzen Haar und dem kleinen Gesicht erinnert sie mich daran, wie ich hätte aussehen können, wenn ich vom Kindergarten an den ganzen Tag Kaviar gegessen hätte, seit der Grundschule einen Personal Trainer gehabt hätte und von Geburt an in einem Pool voller Goldmünzen geschwommen wäre.

Aber nein. In keinem alternativen Universum könnte ich so hochmütig aussehen. Wenn es stimmt, dass man zehntausend Stunden braucht, um eine Aufgabe zu meistern, dann muss sie so lange die Leute anstarren, um so gut darin zu werden.

»Adrian«, sagt sie, und ihre Stimme trieft vor Hochmut. »Warum bringst du deine Assistentin mit zum Ball?«

Seine Assistentin? Hey, sie hätte mich auch seine Putzfrau nennen können.

Miss Miller findet den Begriff »Putzfrau« ziemlich irreführend – Mägde putzen, Frauen führen den Haushalt. Noch unpassender wäre allerdings der Begriff Putzmann. Oh, und wenn wir schon beim Thema sind: Der Begriff verrückte Katzenlady wirft auch eine Menge Fragen auf, zum Beispiel: Warum ist sie nicht im Irrenhaus oder auf einem Dachboden eingesperrt? Sind die Katzen dazu da, um sie von den Mäusen auf dem Dachboden zu befreien, oder ist sie so verrückt, dass sie die Mäuse als Proteinquelle benutzt?

»Jane, das ist Sydney«, sagt Adrian und klingt dabei so förmlich, wie ich ihn noch nie gehört habe. »Sydney, das ist Jane.« Er dreht sich zu mir um. »Sydney ist Pipers Mutter.«

Oh Mist.

Er wendet sich an Sydney. »Jane und ich haben uns in den letzten sechs Monaten heimlich getroffen und seit gestern sind wir verlobt.«

Doppelter Mist.

Bis zu diesem Moment hatte Sydney mich nicht wirklich angeschaut, aber jetzt, wo sie mir diese intensiven bernsteinfarbenen Augen zugewandt hat, würde ich lieber zu den guten alten Zeiten zurückkehren, als sie mich nicht für würdig hielt, mich zu beachten.

Sie dreht sich zu Adrian um, und ihr falsches Lachen erinnert mich an die Zeit, als Mom versucht hat, Lachyoga zu praktizieren – was sich sehr nach Jack Nicholsons Darstellung des Jokers angehört hat. »Ich hoffe, unsere Tochter erbt deinen wunderbaren Sinn für Humor.«

Adrian seufzt. »Warum sollte ich darüber Witze machen?«

Ich fühle mich ein bisschen niedergemacht, also zeige ich Sydney den Ring an meinem Finger.

Ihre vorgetäuschte Fröhlichkeit ist spurlos verschwunden. »Du wirst heiraten«, sagt sie und spricht jedes Wort deutlich aus.

Adrian verschränkt seine Arme vor der Brust. »Heiraten ist ein üblicher Schritt nach der Verlobung.«

Ihre Augen verengen sich. »Also bist du jetzt in der Lage, zu heiraten?«

Will sie, dass er ihr offen sagt, dass er mit einer Heirat einverstanden ist, nur nicht mit ihr?

Stirnrunzelnd dreht sich Adrian in meine Richtung. »Sydney und ich werden uns kurz unter vier Augen unterhalten.«

Ich nicke, denn, was kann ich sonst tun? Selbst wenn das, was Adrian und ich haben, echt wäre, würde Sydney für immer in seinem Leben bleiben, oder zumindest bis ihre Tochter auszieht. Er muss mit dieser Frau im Gespräch bleiben, und das sollte ich in den nächsten drei Jahren auch.

Gerade als sie weggehen, kommt ein unbekannter Mann mittleren Alters mit einer Sektflöte in der Hand auf mich zu.

»Hallo.« Er hebt die Flöte. »Ich bin Tristan Astor.« Mit diesen Worten streckt er mir seine Hand entgegen.

Ich schüttele die dargebotene Hand. »Ich bin Jane Miller. Es tut mir leid ... So wie Sie Ihren Namen gesagt haben, hörte es sich an, als sollte ich ihn kennen, aber das ist nicht der Fall.«

»Oh.« Seine Wangen erröten. »Ich bin Sydneys Vater.«

Ah. Jetzt, wo er es sagt, erkenne ich eine gewisse Ähnlichkeit – sein Haar hat denselben schwarzen Farbton und seine Augen sind bernsteinfarben. Sydneys Nachname ist also Astor. Das könnte praktisch sein, wenn ich sie im Internet stalken möchte.

»Ich habe Sie vorhin mit ihr reden sehen«, fährt er fort. »Deshalb nahm ich an, dass Sie zum selben Kreis gehören.«

Er denkt, ich gehöre zur Oberschicht? Ich fasse das als Kompliment auf.

»Ich gehöre nicht zu ihrem Kreis«, sage ich. »Aber da Sie Pipers Großvater sind, könnten sich unsere Wege wieder kreuzen, also sollten wir uns kennenlernen.«

Er sieht verwirrt aus. »Wie sind Sie mit Piper verbunden?«

Bevor ich antworten kann, sagt eine Stimme, die noch lauter ist als Sydneys: »Tristan, Schatz, ist das eine Anwärterin auf Ehefrau Nummer vier? Oder ist es fünf?«

Ich drehe mich um und schaue mir die Sprecherin an, eine Frau mittleren Alters, die aussieht, als hätte sie ein Team von Schönheitschirurgen auf Kurzwahl. Sie könnte auch problemlos eine böse Baroness in einer Serie über das viktorianische England spielen.

»Juliet«, sagt Tristan durch zusammengebissene Zähne. »Hast du schon genug von deinem Boytoy?«

Juliet wirft einen Blick auf einen Jungen in Adrians Alter und dreht sich dann wieder zu Tristan um. »Ich bin eigentlich nicht hier, um zu streiten.« Sie zeigt auf Adrian und Sydney in der Ferne. »Glaubst du, dass sie sich wieder versöhnen?«

Tristan zuckt mit den Schultern und macht eine Geste zu mir. »Vielleicht hat Jane eine Idee?«

Juliet sieht mich an und formt eine ihrer perfekt gestylten Augenbrauen zu einem Fragezeichen. »Sie kennen meine Tochter?«

Ah. Das ist also Sydneys Mutter und es scheint, dass sie und Tristan nicht zusammen sind. Wahrscheinlich, weil sie nicht Isolde heißt und er nicht Romeo.

»Ich habe Sydney erst vor einer Sekunde kennengelernt«, sage ich und füge nicht hinzu, dass es nicht im Geringsten ein Vergnügen war. »Ich bin mit Adrian gekommen.«

»Oh«, sagen beide Elternteile von Sydney unisono und betrachten mich, als wäre ich eine Bakterie und sie hätten gerade das Mikroskop erfunden.

»Sie sind mit Adrian gekommen?« Juliet starrt mich weiterhin an. »Als Date?«

»Ich bin seine Verlobte«, sage ich und denke mir, dass es am besten ist, das Ganze wie das Abreißen eines Pflasters zu behandeln.

Beide starren mich schockiert an, besonders Juliet.

»Ich dachte, es wäre nur eine Frage der Zeit, bis er aufwacht und Sydney heiratet«, sagt Juliet, mehr zu Tristan als zu mir.

»Und ich dachte, er wolle sie nicht heiraten, weil er Angst vor der Verpflichtung hatte«, sagt Tristan. »Aber er heiratet eine andere?«

Muss ich an diesem Gespräch teilnehmen?

Juliets Augen richten sich auf mich. »Haben Sie auch ein Kind mit ihm?«

»Nicht, dass ich wüsste.« Grrr. Was soll das überhaupt bedeuten?

»Warum dann?«, fragen sie unisono.

»Das müssen Sie Adrian fragen«, sage ich und danke meinen Glückssternen, denn in diesem Moment sehe ich ihn auf uns zukommen.

Der arme Kerl.

Er ist gerade Sydneys heißem Öl entkommen, nur um in das Feuer von Tristan und Juliet geworfen zu werden.

KAPITEL 20

Adrian

»Was zum Teufel …?«, fragt Sydney, sobald wir gerade so aus Janes Hörweite sind.

»Wie bitte? Ist das etwas, was ich beantworten können sollte?«

»Willst du mich verhöhnen?«, fragt sie.

»Ich weiß wieder nicht, wovon du redest«, sage ich.

Sie sieht aus, als würde sie mit ihren Augen Blitze schießen. »Ich lade dich zu einer Party ein, und du bringst irgendjemanden mit.«

Ich seufze. »Jane ist kein Irgendjemand. Wie ich dir schon sagte, sind wir seit sechs Monaten zusammen.«

»Blödsinn. Ich wüsste es, wenn das der Fall wäre.«

»Woher, von deinen übersinnlichen Kräften?«

Sie verengt ihre Augen zu kleinen Schlitzen. »Du weißt, dass ich eine Intuitive bin.«

»Intuitiv ist kein Substantiv.« Wenn sie überhaupt eine Intuition hätte, würde sie ihr sagen, wie furchtbar unser Eheleben sein würde. Und dass Kristalle nicht funktionieren.

Sie holt tief Luft. »Es ist nicht wichtig, wann du sie kennengelernt hast. Wichtig ist, dass wir zusammen ein Baby haben.«

Ich tue mein Bestes, um mich ebenfalls zu beruhigen. Um Piper willen müssen wir beide lernen, miteinander auszukommen ... irgendwie. »Sie will nicht, dass wir heiraten. Vertrau mir.«

Sydney macht einen Schritt auf mich zu, und ihre Augen glänzen. »Eine Mama und einen Papa zu haben ist das, was sie sich am meisten wünscht. Du kennst es gar nicht anders, weil deine Eltern zusammengeblieben sind. Meine haben sich getrennt, als ich fünf Jahre alt wurde. Es war schrecklich.«

Dieses Gespräch hatten wir schon eine Million Mal. Sydney hat wirklich gelitten, als Tristan und Juliet sich scheiden ließen, aber es ist ihr egal, wenn ich ihr sage, dass meine Situation genau das Gegenteil war. Meine Mutter hätte meinen Vater verlassen sollen, und alle wären glücklicher gewesen, aber sie tat es nicht.

»Piper wird sowohl eine Mama als auch einen Papa haben«, sage ich versöhnlich. »Ich habe vor, in ihrem Leben zu sein. Das ist der Sinn der Sache ...«

»Nein«, zischt Sydney. »Es ist besser für sie, wenn sie nicht einmal deinen Namen kennt.«

Damit stampft sie wütend davon.

Scheiße. Ein Teil von mir hatte gehofft, dass Sydney, wenn sie erfährt, dass ich weitergezogen bin, dasselbe tun und ihre Illusionen, mich zu heiraten, aufgeben würde. Und natürlich damit aufhört, sich mit mir um das Sorgerecht zu streiten. Ich glaube, das wäre zu einfach gewesen.

Wie auch immer, ich habe Jane viel zu lange allein gelassen. Ich drehe mich wieder zu ihr um und traue meinen Augen nicht. Sydneys Eltern haben sie in die Enge getrieben wie ein Rudel tollwütiger Hyänen.

Als ich zu ihr eile, erhellt sich Janes Gesicht vor Erleichterung, und ich weiß, dass ich gerade noch rechtzeitig komme.

»Ihr habt euch nicht versöhnt, stimmt's?«, fragt Tristan und überspringt die üblichen Höflichkeiten.

Von den beiden mag ich Tristan lieber, also wähle ich meine Worte sorgfältig. »Ich fürchte, deine Tochter und ich haben unüberbrückbare Differenzen.«

So. Das ist viel besser, als zu sagen, dass seine Tochter fade, oberflächlich und eitel ist – und dass er und seine Ex-Frau sie so sehr verkorkst haben, dass sie Piper lieber ihren Vater vorenthalten würde, als eine einvernehmliche Sorgerechtsregelung zu treffen.

»Wie schade«, sagt Tristan. »Wenn du nie wieder die Chance bekommst, mit Piper zu sprechen, wirst du es bereuen.«

Meine Hände ballen sich zu Fäusten, und ich mache ohne es zu wollen einen Schritt nach vorn. »War das eine Drohung?«

Tristan macht einen Schritt zurück. »Eine Feststellung von Tatsachen. Es gibt keine Garantie dafür, dass du das Sorgerecht bekommst.«

Ich entspanne meine Hände. Das Letzte, was ich

will, ist, Pipers Großvater zu schlagen. So etwas würde den Sorgerechtsfall mit Sicherheit besiegeln. »Ich werde das Sorgerecht bekommen«, sage ich ruhig. »Der Richter wird sehen, dass ich das Beste für Piper will.«

»Nein, das wirst du nicht«, sagt Juliet bösartig. »Die Richter bevorzugen immer die Mutter.«

Damit hat sie recht. Auch wenn sie beide Elternteile gleichberechtigt berücksichtigen sollten, sind die Richter menschlich und haben menschliche Vorurteile, so dass sie oft die Mutter bevorzugen, obwohl es anders im Gesetz steht.

Ich atme tief durch, als Jane mir eine beruhigende Hand auf die Schulter legt. Ihre Berührung hilft ungemein. Mein Tonfall ist fast freundlich, als ich mich an Sydneys Eltern wende. »Könnt ihr Sydney helfen zu erkennen, dass es das Beste für Piper ist, wenn sie ihren Vater kennt?«

Juliet schnaubt. »Nach dieser Beleidigung wird dir nichts mehr helfen.« Sie wirft einen Blick auf Jane.

Das ist nur ein kleiner Vorgeschmack darauf, warum Tristan vor ihr weggelaufen sein muss.

»Ich verstehe nicht, was du meinst«, sage ich frostig. »Und es ist mir auch egal.«

Juliet legt ihre Hände auf ihre Hüften. »Die Beleidigung besteht darin, dass du ankündigst, dass du eine Frau heiraten wirst, die wie eine billige Imitation der Frau aussieht, die dir ein Kind geboren hat.«

»Jane könnte sich nicht mehr von Sydney, unterscheiden, wenn jemand sie genetisch so verändert hätte, um es zu sein«, sage ich. An Jane gewandt, füge ich hinzu: »Das ist ein Kompliment.«

Jane errötet, während Juliets Augen laserartig werden. Ja, von ihr hat Sydney das geerbt.

Ich erwidere Ihren Blick. »Jetzt müsst ihr uns entschuldigen.« Ich wende mich an Jane und reiche ihr die Hand. »Darf ich diesen Tanz haben?«

Jane ist sichtlich froh, aus dieser unangenehmen Situation befreit zu werden, und strahlt mich an. »Sehr gerne.«

Als ich sie wegführe, flüstert sie: »Ein Tanz ohne Musik?«

Ich zwinkere ihr zu und gehe zum Tisch des DJs, stecke ihm ein paar Hunderter und eine Datei zu und gehe dann wieder zu Jane.

»Das Musikproblem ist gelöst«, sage ich. »Der DJ wollte sowieso in einer halben Stunde oder so anfangen, also habe ich die Dinge nur beschleunigt.«

Die Musik beginnt zu spielen.

Janes Augen weiten sich. »Ist das ein Remix des Titelsongs von Bridgerton?«

Ich lächele. »Nicht ganz. Es ist etwas, was ich geschrieben habe – sehr stark davon inspiriert.«

Sie beißt sich auf die Lippe. »Du hast das geschrieben?«

»Ich hatte das Gefühl, dass du gerne dazu tanzen würdest.« Und im Moment habe ich das Gefühl, dass es sehr viel Spaß machen würde, an ihren prallen, saftigen Lippen zu knabbern.

»Genau.« Sie schaut sich bei ein paar Leuten um,

die bereits mit uns auf der Tanzfläche sind. »Wollen wir?«

Scheiße. Durch das Lippenbeißen und weil wir uns so nahe gekommen sind, ist Yodas Lichtschwert ausgefahren. Andererseits müssen wir als Paar gesehen werden, und Tanzen spricht Bände.

Ich nehme ihre Hände in meine und fange an, Walzer zu tanzen, aber ich bleibe auf Abstand, damit sie nicht spürt, welche Wirkung sie auf mich hat.

Das nächste Lied ist schneller, also tanzen wir getrennt voneinander und ich kann zusehen, wie sie die Hüften schwingt und ihre perfekten runden Brüste im Takt der Musik auf und ab wippen – mit anderen Worten, keine Verbesserung gegenüber zu viel Nähe, was unangemessene Gedanken und Triebe angeht.

Bei Lied fünf ist es amtlich.

Wenn ich weiter mit Jane tanze, werden meine Eier so blau sein wie die von Rotkehlchen.

KAPITEL 21

Jane

Ich glaube nicht, dass die Spanische Fliege ein Aphrodisiakum ist, das Frauen in Nymphomaninnen verwandelt, aber wenn es so wäre, würde es sich ähnlich anfühlen wie mit Adrian zu tanzen. Ich weiß nicht, ob es die Nähe, sein maßgeschneiderter Anzug oder die Intensität in seinen silbernen Augen ist, aber meine Brille beschlägt immer wieder, genauso wie mein Slip. Außerdem bewegt er sich mit so viel Rhythmus und Präzision, dass er *Tänzer* zu seiner ohnehin schon langen Liste von Dingen hinzufügen kann, in denen er erstaunlich gut ist.

Miss Miller ist der Meinung, dass tanzen im Allgemeinen – und der Walzer im Besonderen – nichts ist, was eine unverheiratete Dame tun sollte. Eine Dame sollte auch nicht so viele Male hintereinander mit demselben Herrn tanzen. Oder ...

Die Musik hört auf. Ich unterdrücke meine tiefe Enttäuschung. Es stellt sich heraus, dass ich zu den

Mädchen gehöre, die die ganze Nacht durchtanzen können – wer hätte das gedacht?

»Jetzt versprechen alle ihre Spenden«, erklärt Adrian. »Es wird eine Menge Angeberei geben.«

Ich nicke wissend. »Das bedeutet, dass du dort sein musst.«

Er grinst. »Eigentlich habe ich schon online gespendet.«

»Ich denke, wenn du reich genug bist und jeder es weiß, musst du deinen Reichtum nicht öffentlich zur Schau stellen. Du hast nichts zu beweisen.«

Sein Grinsen wird breiter. »Lass dich nicht von den anderen Mitgliedern des einen Prozents hören – du könntest einen neuen Trend auslösen.«

Warum fühlt sich meine Brust so leicht an? »Das bleibt unter uns«, sage ich verschwörerisch. »Was machen wir jetzt?«

Zum Beispiel: In einen Club gehen, um zu tanzen.

»Wollen wir uns im Loungebereich unterhalten?« Er streckt seinen Arm nach mir aus.

Da ich nicht mutig genug bin, um ihn zum Tanzen zu drängen, nehme ich seinen Arm, und wir schlendern zu dem besagten Bereich, wo uns ein Kellner mit einem Tablett Champagner empfängt.

Adrian schnappt sich einen Drink und ich folge seinem Beispiel.

»Was hältst du bisher von der Veranstaltung?«, fragt Adrian.

Ich nippe an dem Champagner – und er ist

natürlich göttlich. »In meinen Lieblingsbüchern würde man es den Höhepunkt der Saison nennen.«

Er lacht. »Das klingt, als wäre das Jahr schon gelaufen.«

Ich nehme noch einen Schluck Champagner und schockiere mich selbst, indem ich frage: »Also, was ist mit dir und Sydney?«

Warum heiratest du sie nicht wirklich? Sie ist attraktiv und reich und nur ein bisschen zickig.

Adrian atmet tief durch. »Sie und ich waren zusammen auf der Vorbereitungsschule – füg hier einen Witz über verwöhnte reiche Kinder ein.«

Ich schnaube. »Wenn sich jemand über Privatschulen lustig macht, dann nur, weil er neidisch ist, dass er seine Kinder oder sich selbst nicht dorthin bringen konnte. Entweder das – oder sie haben zu viel Gossip Girl geschaut.«

»Okay«, sagt er. »Sydney war eines der gemeinen Mädchen in der Schule, was ich damals verabscheute – und meine Meinung darüber hat sich im Laufe der Jahre nur verschlechtert. Wir waren beide beliebte Kinder, also hat sie beschlossen, dass sie mich als Feder in ihrem Hut haben will, aber ich war nicht interessiert, also hat sie die Verfolgung aufgegeben.« Er seufzt. »Vor etwa einem Jahr war ich in einer Phase meines Lebens, in der ich zu viel feierte. Ich war in einem Club auf Molly – der Droge, nicht der Frau –, und stieß mit Sydney zusammen. Es fing damit an, dass wir uns gegenseitig fragten, was mit dem und dem aus unserer Schulzeit passiert ist, und der

Rest spielte sich ab wie eine Sag-einfach-Nein-Werbung: Ich habe eine Frau gefickt, die ich verachte, habe sie geschwängert … und jetzt sind wir hier.«

Mir dreht sich der Kopf, und das nicht nur wegen des herrlichen Champagners. Er hat mir erzählt, dass sie gelogen hat, als sie sagte, dass sie eine Spirale hat – und vielleicht ein Loch in das Kondom gestochen hat, das sie benutzt haben, was bedeutet, dass sie ihre Ambitionen aus der Schule nie aufgegeben hat.

Ich lege eine Hand auf sein Bein – eine beruhigende Geste, die nichts damit zu tun hat, dass ich den starken Muskel unter meinen Fingerspitzen spüren will. »Ich verstehe, warum du sie nicht heiraten willst.«

»Wenn ich denken würde, dass eine Heirat mit ihr für Piper von Vorteil wäre, würde ich dieses Opfer bringen«, sagt er. »Aber das würde unserer Tochter nur schaden. Selbst Ehen, die auf Liebe basieren, enden in der Hälfte der Fälle mit einer Scheidung. Also welche Chance hätte ich mit einer Frau, die wie das Öl zu meinem Wasser ist?«

Ich drücke sein Bein – abermals nicht, weil ich eine Perverse wäre. »Ich habe dich nicht dafür verurteilt, dass du es nicht willst.«

»Das Verrückte ist: Selbst wenn es eine Zeitmaschine gäbe, würde ich diese Nacht nicht ändern – nicht, seit ich Piper gesehen habe.«

»Ich verstehe«, sage ich, während sich mein Herz in meiner Brust zusammenzieht.

Ich bin froh, dass Piper einen Vater hat, der sie so

sehr liebt, aber ich bin auch eifersüchtig und neugierig darauf, wie das sein muss.

Adrian bedeckt meine Hand mit seiner. »Wir beide kennen uns erst seit zwei Tagen, aber ich bin zuversichtlich, dass wir, wenn unsere Ehe echt wäre, viel bessere Chancen hätten als ich und die Mutter meines Kindes. Wie traurig ist das denn?«

Ich starre ihn an, mein Herz flattert jetzt irgendwo um mein Gaumenzäpfchen herum. Hat er gerade gesagt, dass wir wirklich gut zusammenpassen würden? Nein, das kann nicht sein. Er vergleicht mich nur mit der Frau, die er verachtet, und so gehe ich natürlich als Siegerin hervor.

Ich ziehe meine Hand von seiner weg, kippe meinen Champagner herunter und spüre, wie die Bläschen in meine Nase steigen.

»Tut mir leid«, sagt er und winkt dem Kellner in der Nähe, mir eine weitere Flöte zu bringen. »Ich will dich nicht herunterziehen.«

»Das tust du nicht«, sage ich und nehme das Getränk an. »Außerdem war ich diejenige, die gefragt hat.«

»Das stimmt«, sagt er. »Das heißt, jetzt bist du dran.«

»Womit?«

Seine silbernen Augen scheinen in meine Seele und bis hinunter zu meinem Steißbein zu dringen, als er sagt: »Erzähl mir von dir. Was magst du?«

Ich neige meinen Kopf. »Du meinst außer Büchern?«

Er nippt an seinem Getränk und nickt.

»Ich mag klassische Musik.« Ich schiebe meine Brille höher auf meine Nase. »Und du weißt bereits, dass ich mit meiner Mutter Filme schaue und …«

»Nein«, sagt er mit einem Kopfschütteln. »Erzähl mir etwas Intimeres.«

Röte breitet sich auf meinen Wangen aus. »Wenn du frühere Beziehungen meinst, gibt es nicht viel zu erzählen. Damals in der Highschool hatte ich ein paar Dates, aber im College war ich zu sehr mit dem Studium beschäftigt. Mein Plan war es, auf so etwas wie Tinder zu gehen, sobald ich Bibliothekarin bin.« Dann hätte ich meine GE – aber das werde ich auf keinen Fall wieder erwähnen, vor allem nicht, wenn der Champagner mir das Gefühl gibt, dass ich Adrian diese Aufgabe überlassen möchte.

»Es tut mir leid, dass du in den nächsten Jahren keine Gelegenheit haben wirst, dich zu verabreden«, sagt er, aber er sieht nicht so aus, als ob er es ernst meint.

Wenn überhaupt, dann ist da ein fast zufriedenes Funkeln in seinen silbernen Augen.

Ich runzele die Stirn und entscheide dann, dass ich es mir nur einbilde. »Es ist in Ordnung. Mich auf Tinder anzumelden bedeutet nicht, dass ich tatsächlich jemanden treffen würde.«

Er rollt mit den Augen. »Du müsstest die Männer mit einem Stock verjagen. Vertrau mir.«

Sind es wieder die Champagnerblasen oder habe ich betrunkene Schmetterlinge im Bauch?

»Erzähl mir ein peinliches Geheimnis«, sagt er.

Ich lächele schwach. »Du meinst abgesehen davon, dass ich noch Jungfrau bin?«

»Nein, das ist nicht im Geringsten peinlich.«

»Gut«, sage ich – und kann nicht glauben, dass ich das hier jetzt zugeben werde. »Ich denke oft in der dritten Person über mich selbst nach, aus der Sichtweise einer fiktiven viktorianischen Dame namens Miss Miller.« Er grinst bereits, aber ich fahre fort: »Ich verkleide mich auch immer als Miss Miller zu Halloween und habe mehr Korsetts als eine Domina.«

Sein Grinsen wird teuflisch. »Nur an Halloween? Sei ehrlich.«

Mein Gesicht ist so heiß, dass es eine Farbe hat, die nur Bienen sehen können. »Manchmal ziehe ich mich so an, um mich aufzumuntern.«

Seine Augenlider werden schwer. »Wenn du morgen einziehst, kannst du jederzeit verkleidet durch meine Wohnung schlendern. Ich zahle dir sogar eine Million Dollar extra, wenn du das tust.«

»Oh Gott. Ich habe den Umzug völlig vergessen.«

Er winkt mit einer Hand ab. »Ich habe die besten Umzugshelfer engagiert, die man für Geld kaufen kann. Sie werden sich um alles kümmern. Du brauchst dir keine Sorgen zu machen.«

Ja, nein. Die Logistik des Umzugs ist nicht das, worüber ich mir Sorgen mache. Es ist das Leben mit dem sprichwörtlichen Sex am Stiel.

Miss Miller wird von nun an auf alles verzichten, was

am Stiel gegessen wird, einschließlich, aber nicht beschränkt auf: Eis, Kebab und – nur für den Fall – ein Sandwich, wenn es mit einem Zahnstocher zusammengehalten wird.

»Ich glaube, du versuchst, mich auszutricksen«, sage ich, um das Thema auf etwas weniger Errötendes zu lenken. »Ich habe dir mein peinliches Geheimnis erzählt. Du musst mir deins sagen.«

»Okay«, sagt er. »Aber bevor ich das tue, muss ich dich an die Verschwiegenheitserklärung erinnern.«

Ich beiße mir auf die Lippe. »Das hört sich nach etwas Großem an.«

Er atmet tief ein und sagt dann: »Ich kann nicht schwimmen.«

Ich warte auf eine Pointe, aber die kommt nie. »Du kannst nicht schwimmen?«

»Ich weiß, wie man es tut. Ich kann es einfach nicht.«

»Das ergibt keinen Sinn.« Ich kippe mein Getränk herunter, aber das macht die ganze Sache nur noch undurchsichtiger.

Miss Miller glaubt nicht, dass die Konversationsfähigkeiten einer Dame verbessert werden, wenn sie sich mit Champagner betrinkt.

Adrian zuckt mit den Schultern. »Katzen können instinktiv schwimmen, aber nur wenige werden gerne nass.«

»Aber du hast doch einen Pool in deiner Wohnung«, sage ich. »Oder war das ein Scherz?«

»Oh, ich habe einen Pool«, sagt er. »Aber seit der Sache mit meinen Eltern gehe ich nicht mehr in Pools oder andere Gewässer, die größer als eine Badewanne sind. Außerdem gehe ich nicht auf Poolmatratzen, Boote, Kreuzfahrtschiffe, Fähren, riesige Enten – oder irgendetwas anderes, was über die Wasseroberfläche fährt.«

Ich wollte ihn gerade gnadenlos damit aufziehen, aber wenn es mit dem Tod seiner Eltern zu tun hat, werde ich nicht einmal lächeln.

»Der Pool ist jetzt ein Bällebad«, fährt er fort. »Aber der Name des Zimmers ist irgendwie hängen geblieben.«

Jetzt grinse ich. »Du hast eine Ballgrube in Poolgröße?«

»Es macht wirklich Spaß und ich bin sicher, dass Piper es lieben wird, wenn sie älter ist.«

Ich spüre wieder diesen Sog zu ihm. Ich glaube, es ist die Art, wie seine Augen aufleuchteten, als er den Namen seiner Tochter erwähnte. Er muss es auch spüren, denn seine Augen flackern und verfinstern sich, und er beugt sich zu mir.

Himmel. Unsere Lippen sind nah beieinander. So nah, dass ich die Hitze spüre, die von ihm ausgeht.

Und dann geht die verdammte Musik wieder an.

Adrian reißt sich von dem Zauber los, der sich über uns gelegt hatte, und richtet sich auf. »Es sieht so aus, als ob das Bieten erledigt ist. Hast du Lust, zu tanzen?«

Das habe ich, aber ich sollte es nicht. Das fühlt sich schon zu sehr nach einem Date an. Wenn wir noch länger tanzen, wird mein Herz noch mehr durcheinandergeraten.

Ich schiebe mich von ihm weg. »Ich gehe besser nach Hause, damit ich heute Nacht gut schlafen kann. Vor dem Umzug und so.«

»Ah. Natürlich. Ich fahre dich.«

Sollte ich mich geschmeichelt fühlen, wie enttäuscht er aussieht und klingt?

»Die Limousine kann mich fahren«, sage ich und fühle mich wie ein Feigling. »Es gibt keinen Grund für dich, persönlich nach Staten Island und zurück zu pendeln.«

Sein Gesicht ist schwer zu lesen. »Wenn es das ist, was du willst.«

»Ja«, lüge ich.

Als er aufsteht, bietet er mir wieder seinen Ellenbogen an und wir gehen zum Auto. Als wir uns ihm nähern, steigt mein Herzschlag rapide an. Der Abend hat sich so sehr wie ein Date angefühlt, dass es mich nicht im Geringsten überraschen würde, wenn er versuchen würde, mich am Ende zu küssen. Es würde mir Herzklopfen verursachen, mich aber nicht überraschen.

Er öffnet die Tür. »Gute Fahrt!«

Er beugt sich vor.

Ich bekomme fast einen Herzinfarkt.

Er küsst mich auf die Stirn – natürlich tut er das.

Ich steige ins Auto, und meine Wangen sind so heiß, dass man ein Omelett darauf braten könnte.

Auf der Rückfahrt lasse ich alles Revue passieren, was passiert ist, seit ich Adrian getroffen habe, und es fühlt sich an wie ein Traum.

Und morgen werde ich bei ihm einziehen. Es fällt mir schwer, diese Tatsache zu begreifen – aber ich versuche es, während der ganzen Fahrt nach Hause.

Als ich das Haus betrete, wollen Mom und Mary jedes Detail wissen, also erzähle ich es ihnen, und als ich fertig bin, fange ich an zu gähnen.

»Geh schlafen«, sagt Mama, als Mary mein Gähnen mit ihrem eigenen beantwortet.

Gute Idee. Ich mache mich fertig und lege mich ins Bett – und dann ist an Schlaf nicht mehr zu denken.

Gut. Es scheint, als wäre ich zu aufgedreht und hätte zu viel Adrian in meinem geschäftigen Kopf.

So soll es sein. Ich fange einen neuen Roman an und lese so lange, bis ich zu der sehr sexy Szene komme, in der der verwegene Herzog der Heldin das Mieder aufreißt.

Ich schließe das Buch.

Ich habe eine Idee, wie ich mich schläfrig machen und die Anspannung lösen kann, die Adrian verursacht hat.

Miss Miller ahnt, was auf sie zukommt, und muss prophylaktisch zum Riechsalz greifen.

Ja. Nur weil ich noch Jungfrau bin, heißt das nicht, dass ich nicht masturbiere – und das ist genau das, was ich brauche, um heute Nacht schlafen zu können.

Ich greife unter die Decke und fange an, mit meinen Fingern über meine Klitoris zu streichen – und während ich das tue, stelle ich mir Adrian als den Herzog aus dem Buch vor und mich als die vom Korsett befreite Dame.

Bumm. Der Orgasmus schießt durch mich hindurch wie ein Korken aus einer gut geschüttelten Champagnerflasche.

Endlich zufrieden, schlafe ich ein und Adrian erscheint in meinem Traum, nackt und hart. Natürlich entjungfert er mich, und es gibt nur ein Wort, das diesen Akt beschreiben kann.

Groß.

KAPITEL 22
Adrian

Ich wache auf und habe nur einen einzigen Gedanken im Kopf: Jane wird in wenigen Stunden einziehen.

Zusammen mit meiner Putzfrau sorge ich dafür, dass das Haus blitzblank ist, vor allem das größere der beiden Gästezimmer, das fortan Janes Zimmer sein wird.

Deine Umzugshelfer sind da, informiert mich Jane per SMS. *Hast du sie extra bezahlt, um sicherzustellen, dass ich keinen Finger rühre? Weil ich das nicht tun muss.*

Ich grinse.

Nein, aber ich werde sie jetzt extra bezahlen. Mir gefällt der Gedanke, dass der Umzug für dich einfach sein wird.

So schreiben wir uns für die Dauer ihres Umzugs, und dann fallen die Umzugshelfer über meine Wohnung her wie eine Plage von sehr höflichen und fleißigen Heuschrecken.

Sie bringen nicht nur die Sachen herein, sondern

fragen Jane auch, wo sie alles haben möchte, und dann machen sie das, was sie sagt, und zwar so ordentlich, dass sogar Marie Kondo zufrieden sein würde.

»Nun«, sage ich zu Jane, als die Invasion vorbei ist. »Ich möchte dich offiziell in meiner bescheidenen Hütte willkommen heißen.«

Sie sieht sich in ihrem neuen Zimmer um, das etwa so groß ist wie ihr Stadthaus auf Staten Island. »Bescheiden. Klar.«

Leo trabt herein und fängt an, an Janes Sachen zu schnüffeln.

»Siehst du?«, sage ich mit seiner Stimme. »Als ich über die gut riechende Dame gestolpert bin, wusste ich, was ich tat.«

Jane lacht und zerwuschelt das Fell auf Leos Kopf.

»Ich zeige dir alles«, sage ich. »Ich glaube, die meisten Räume hast du bei der früheren Tour nicht betreten.«

Sie willigt ein, und ich führe sie in alle Räume, zuletzt in den Pool- und Ballspielbereich.

»Es ist genau so, wie ich es mir vorgestellt habe«, sagt sie, nachdem sie die Millionen bunten Kugeln betrachtet hat. »Und es riecht immer noch ein bisschen nach Chlor.«

Ich sehe Leo mit zusammengekniffenen Augen an. »Jemand sabbert exzessiv über die Bälle, wenn er in der Grube spielt, so dass die Reinigungskräfte gezwungen sind, den Platz von Zeit zu Zeit mit Chlor zu desinfizieren.«

Ich bin mir nicht sicher, was Leo denkt, was ich

gerade zu ihm gesagt habe, aber aus welchem Grund auch immer, er stürzt sich auf mich und wedelt wie verrückt mit dem Schwanz.

Es ist mir egal, was du sagst – du bist der Beste. Und du riechst gut. Und …

Scheiße. Ich stehe am Rand der Grube, fuchtele mit den Armen herum wie eine Vogelscheuche in einem Wirbelsturm und bete, dass es mir hilft, mein Gleichgewicht wiederzufinden.

Jane springt auf mich zu und ergreift meine Hand.

Aber alles, was sie erreicht, ist, dass sie sich mit mir nach unten ziehen lässt, als ich schließlich falle.

Plopp.

Der Sturz tut natürlich nicht weh. Er macht sogar Spaß – vor allem der Teil, in dem Jane auf mir landet, mit rasendem Atem und aufgerissenen Augen.

»Es tut mir so leid«, sage ich, sobald ich wieder Luft bekomme.

»Mir nicht«, sagt sie, rollt sich von mir herunter und taucht in die Bälle ein.

Grinsend tauche ich ebenfalls hinein, und Leo uns hinterher.

Die nächsten zehn Minuten sind die Art von Spaß, die man nur in der Kindheit haben kann. Wir lachen so sehr, dass mir der Kiefer wehtut, und Janes Make-up zerläuft vor Glückstränen. Für Leo ist das natürlich ein ganz normaler Montag.

»Sobald Piper alt genug ist, musst du sie das machen lassen«, sagt Jane, nachdem wir ausgestiegen sind und uns auf den Liegestühlen in der Nähe ausruhen.

»Auf jeden Fall«, sage ich und spüre einen Anflug von Angst bei der Erinnerung daran, dass ich meinen Kampf um das Sorgerecht verlieren könnte und niemals die Chance bekommen würde, mit Piper zu spielen, weder hier noch irgendwo anders.

Leo klettert mit einem gelben Ball im Maul aus der Ballgrube – das ist seine Lieblingsfarbe.

»Ich spiele auch gerne mit Piper«, sagt Leo. »Und beschnuppere sie. Und lecke über sie. Sie ist Adrian in jeder Hinsicht überlegen.«

Jane lacht, und dann knurrt ihr Magen, woraufhin sie noch röter wird als alle anderen Bälle in der Grube.

»Tut mir leid«, sagt sie. »Ich glaube, ich bin ein bisschen hungrig.«

Ich bringe sie in die Küche und serviere ihr ein Krabbenkuchensandwich aus angeblichen Resten. In Wirklichkeit habe ich heute Morgen alles frisch für sie gemacht.

Als sie einen Bissen zu sich nimmt, rollen ihre Augen in den Kopf zurück – was in meiner Yoda-Region für Aufregung sorgt, denn so sieht Janes O-Gesicht wahrscheinlich aus.

Yoda geht es nicht besser, als sie schluckt.

Oder einen weiteren Bissen nimmt.

Und noch einen.

Selbst als sie einen Schluck Wasser trinkt, lässt sie es irgendwie erotisch aussehen.

»Also«, sagt sie, als das Sandwich aufgegessen ist. »Was hast du heute vor?«

Ah. Richtig. Die Rückkehr zum Alltag ist ein guter Weg, um die Libido zu beruhigen.

Hoffe ich.

»Piper kommt morgen zu Besuch«, sage ich. »Ich habe mir überlegt, ihr Kinderzimmer noch mehr zu dekorieren.«

Jane verengt theatralisch ihre Augen. »Du hast mir das Kinderzimmer nicht gezeigt.«

»Es ist eine große Wohnung«, sage ich und gebe mein Bestes, um nicht zu schuldbewusst zu klingen. Die Wahrheit ist, dass ich mich von all meinen aktuellen Projekten am unsichersten fühle, wenn es um das Kinderzimmer geht. Ich bin ein Mann und Piper ist mein erstes Baby. Was weiß ich also schon darüber, wie man ein Zimmer für ein Kleinkind einrichtet, geschweige denn für ein kleines Mädchen?

Jane springt auf. »Zeig es mir. Jetzt.«

KAPITEL 23
Jane

Als wir das Kinderzimmer betreten, vergesse ich vor lauter Ehrfurcht für eine Sekunde zu atmen.

Der Raum ist auf eine niedliche, bezaubernde und übertriebene Weise großartig.

Anstelle einer normalen Decke gibt es eine Kuppel, die an ein Planetarium erinnert, mit Sternen und einem Mond, die realistischer aussehen als alles, was man am New Yorker Himmel sehen kann. Es gibt auch Planeten, die herumfliegen, und sie sehen so dreidimensional aus, dass ich Adrian frage, ob sie Hologramme sind.

»Sie sind Nachbildungen aus Papier, die an sehr dünnen Drähten hängen«, erklärt er. »Ich habe ein mechanisches Flaschenzugsystem eingerichtet, damit sie sich genauso bewegen wie in der echten Welt.«

»Natürlich hast du das«, sage ich und schaue mich noch ein bisschen um. Die Südwand des Raumes ist

194

mit echten Schmetterlingen aller erdenklichen Arten und Farben bedeckt. Oh, und sie schlagen natürlich mit den Flügeln. Auch an der Nordwand wimmelt es von Vögeln, an der Westwand gibt es Tiere – mit Soundeffekten – und an der Ostwand blühen mehr Blumen als in einem botanischen Garten.

»Wie?«, frage ich und zeige auf die Wände.

»High-End-Bildschirme«, sagt er. »Ich habe einige der Erfindungen in diesem Raum patentieren lassen, damit andere Eltern sie in ein paar Jahren auch nutzen können.«

»Wow.« Ich schaue auf ein stylisches, futuristisches Irgendwas in der Ecke. »Ist das die Krippe?«

Er nickt. »Sie ist intelligent, das heißt, sie überwacht alle ihre Vitalwerte und passt Dinge wie die Temperatur im Zimmer und die Härte der Matratze an, damit sie sich wohl fühlt. Außerdem wiegt sie sie automatisch in den Schlaf, wenn sie nachts aufwacht.«

Ich habe noch nie eine so krasse körperliche Manifestation der elterlichen Liebe gesehen.

»Piper ist ein glückliches Baby«, sage ich ehrfürchtig.

Er dreht sich mit leuchtenden Augen zu mir um. »Denkst du das wirklich? Ich fühle mich schrecklich, dass sie zwischen Sydney und mir hin- und herpendeln wird.«

»Sie ist ein Kind«, sage ich. »Es könnte tatsächlich ein lustiges Abenteuer sein, hier und dort Zeit zu verbringen. Als Kind bin ich gerne zu meinen Großeltern gefahren. Das wird bei ihr ähnlich sein.«

»Ich hoffe, du hast recht«, sagt er.

»Das wird ihr gefallen«, sage ich zuversichtlich. »Schau dich einfach um.«

Er tut es, und seine Augen leuchten. »Ich hatte gerade eine Idee. Ich werde dem Himmel Sternschnuppen hinzufügen, damit sie sich etwas wünschen kann.«

Ich grinse. »Wie wäre es, wenn du das umsetzt, und ich mich derweil in meinem Zimmer einrichte.«

»Tolle Idee«, sagt er und eilt davon.

Ich schaue mich noch einmal im Kinderzimmer um, seufze und schlendere hinüber in mein Zimmer.

Auf dem Weg entdecke ich eine Tür zu einem Raum, den er mir nie gezeigt hat.

Ich schaue hinein.

Ah. Es ist sein Schlafzimmer.

Wie falsch wäre es, wenn ich hineingehe, einen Blick in die Schubladen werfe und – obwohl ich mir nicht sicher bin, warum – an seinem Kissen rieche?

Miss Miller hält diese – hoffentlich rhetorische – Frage aus vielen Gründen für verwerflich, wobei die Moral nur der Gipfel davon ist.

Mein Telefon klingelt.

Es ist Mary.

»Hi, Schwesterherz«, sage ich.

Sie verzichtet auf jegliche Höflichkeit und bombardiert meine Ohren mit einer Lawine von Fragen, von denen ich nur eine mitbekomme: »Wie gefällt dir die Wohnung? Ist sie umwerfend? Hast du schon alle deine Sachen ausgepackt?«

»Langsam«, sage ich und beginne zu antworten, so gut ich kann. Sobald ich einige der Fragen beantwortet habe, produziert Mary einen weiteren Haufen.

Auf halbem Weg bekomme ich einen weiteren Anruf.

Es ist Mama.

»Hey«, sage ich zu Mary. »Ich rufe dich gleich zurück.«

Als ich Mamas Anruf entgegennehme, stellt sie mir fast die gleichen Fragen, aber mit mehr Anspielungen, oder zumindest nehme ich an, dass sie deshalb fragt: »Wie sieht es mit der Größe aus?«

»Stell mich auf Lautsprecher, damit ich mich nicht für Mary wiederholen muss«, brumme ich.

»Ich bin im Moment nicht in ihrer Nähe«, sagt Mama.

Ich rolle mit den Augen. »Kann das dann warten, bis du es bist?«

»Keine Chance«, sagt Mama. »Jetzt spuck es aus«

Gut. Ich lasse die Befragung zu. Kaum habe ich aufgelegt, klingelt mein Telefon wieder.

Das muss Mary sein. Ich habe vergessen, sie zurückzurufen. Völlig verärgert nehme ich den Anruf an und sage in meinem genervtesten Ton: »Wenn du so weitermachst, wirst du als Erwachsene eine noch größere Klatschtante sein als deine Mutter.«

Jemand, der nicht wie Mary klingt, räuspert sich in der anderen Leitung. »Meine Mutter ist verstorben, und leider bin ich schon seit vielen Jahren nicht mehr gewachsen.«

Oh Scheiße.

Warum kommt mir diese Stimme bekannt vor?

»Also«, fährt der Sprecher fort, »habe ich die falsche Nummer gewählt – oder haben Sie gedacht, ich sei jemand anderes?«

Endlich erkenne ich, wer da spricht, und meine Füße bleiben auf dem Boden stehen. »Mrs. Corsica?« Die Frau aus der Horrorshow, die mein Bibliotheksinterview war?

»Ah, Sie sind also Jane Miller«, sagt Mrs. Corsica mit einem kühlen Ton, der perfekt zu meiner Fußsituation passt.

»Es tut mir so leid«, sage ich. »Ich dachte, Sie seien meine jüngere Schwester, und habe den Anruf angenommen, ohne hinzusehen.«

»Verstehe«, sagt sie, und ihr Tonfall wird kein bisschen freundlicher. »Das würde das erklären, was Sie gesagt haben – vorausgesetzt, Ihre Mutter ist eine Klatschtante.«

»Nochmal, es tut mir leid«, sage ich, während mir eine Frage durch den Kopf schwirrt.

Warum ruft mich Mrs. Corsica überhaupt an?

Dafür kann es nur eine Erklärung geben. Obwohl ich beim Vorstellungsgespräch so schlecht abgeschnitten hatte, will sie mir meinen Traumjob anbieten. Wollte – Vergangenheitsform –, denn nach dem, was ich gerade gesagt habe, muss das Angebot hinfällig sein.

»Meine verstorbene Mutter war auch eine Klatschtante.« Mrs. Corsica überrascht mich mit diesen Worten. »Lange bevor es Facebook gab, musste ich, wenn ich etwas über jemanden wissen wollte, ihn nur in ihrer Nähe erwähnen. Sie hatte immer den neuesten Stand ihrer Beziehung und andere pikante Neuigkeiten.«

Ich nehme das Telefon vom Ohr, um sicherzugehen, dass es sich nicht um einen Scherz handelt. Nein. Die Bibliothek wird als Anrufer angezeigt, was bedeutet, dass die Eiskönigin selbst mir gerade etwas Persönliches über sich erzählt hat.

»Sie müssen sie vermissen«, sage ich behutsam.

»Sehr sogar«, sagt Mrs. Corsica in einem Ton, der nur knapp über dem von Frostbeulen liegt. »Wie auch immer ...« Sie räuspert sich noch einmal. »Lassen Sie uns auf den Grund meines Anrufs zurückkommen.«

Darf ich hoffen? Nach alledem?

»Wir haben Ihre Bewerbung sorgfältig geprüft«, sagt Mrs. Corsica steif. »Und wir haben beschlossen, Ihnen ein Jobangebot zu machen.«

Ich weiß, dass ich wahrscheinlich schon wieder den Job riskiere, aber ich kreische wie ein Teenager, wenn er sein Boyband-Idol sieht.

Mrs. Corsica seufzt mürrisch. »Ihre große Begeisterung für den Job war tatsächlich einer der entscheidenden Faktoren. Aber bedenken Sie bitte, dass von Ihnen erwartet wird, dass Sie sich in der Öffentlichkeit anständig und souverän verhalten.«

Mrs. Corsica wäre die ideale Anstandsdame für Miss Miller oder jede andere junge Dame mit guter Erziehung und vornehmer Gesinnung.

Ich richte meine Wirbelsäule auf und beiße mir auf die Zunge, um ein weiteres Quieken zu verhindern. »Natürlich. Anstand wird mein Motto sein. Auch die Haltung.«

»Gut«, sagt sie. »Wann können Sie anfangen?«

»Morgen«, platzte ich aufgeregt damit heraus. In einem viel ruhigeren Tonfall füge ich hinzu: »Oder wann immer es Ihnen passt.«

»Morgen ist gut«, sagt sie. »Jetzt kommen wir zur Bezahlung.«

»Sicher.«

Sie nennt ein Gehalt, und ich tue etwas, was alle Selbsthilfebücher zur Jobsuche *nicht* empfehlen – ich nehme das Angebot sofort an. Und hey, warum nicht? Dank meiner bevorstehenden Scheinehe muss ich mir keine Sorgen um das Bezahlen meiner Rechnungen machen.

»Ich bin froh, dass wir eine für beide Seiten akzeptable Vereinbarung getroffen haben«, sagt Mrs. Corsica. »Kommen Sie morgen für Ihren ersten Tag, dann können Sie gleich den ganzen Papierkram unterschreiben.«

»Ich werde da sein.« Auch wenn Mrs. Corsica mich nicht sehen kann, salutiere ich vor ihr, wie ein Soldat vor einem General.

»Oh, und ich weiß, dass es an dieser Stelle selbstverständlich ist, aber denken Sie daran, dass Pünktlichkeit für den Job extrem wichtig ist«, sagt Mrs. Corsica. »Genauso wie vorzeigbar auszusehen.«

»Ich werde früh da sein«, sage ich feierlich. »Und

ein Ersatz-Outfit mitnehmen, falls mich ein anderer Hund in den Schlamm stößt.«

»Es ist möglich, dass Sie mich dazu bringen, diese Entscheidung nicht zu bereuen«, sagt Mrs. Corsica. »Wir sehen uns morgen.«

Während ich der Stille in der Leitung lausche, frage ich mich, was für ein großes Kompliment es für Mrs. Corsica sein muss, jemandem zu sagen, dass sie es vielleicht nicht bereuen wird, mich eingestellt zu haben.

Wenn das von einem solchen Drachen kommt, ist das für Miss Miller ein großes Lob.

Vor lauter Aufregung lasse ich mich von meinen Füßen in die Küche tragen, wo ich Leo treffe, der gerade Wasser aus seinem Napf trinkt.

»Ich habe den Job«, sage ich dem Hund. »Kannst du das glauben?«

Leo wackelt mit dem Kopf und wedelt mit dem Schwanz.

»Wo ist Adrian? Oder siehst du ihn als Papa?«

Leos Ohren spitzen sich und er rennt aus der Küche. Ich folge ihm. Als wir den Aufzug erreichen, beobachte ich fasziniert, wie Leo mit seiner pelzigen Pfote auf den Aufzugsknopf schlägt.

Hm. Diese schafähnliche Kreatur ist schlauer, als ich gedacht hätte.

Als der Aufzug ankommt, springt Leo hinein und drückt den Knopf für Adrians Atelier.

Richtig schlau.

Sobald wir unser Ziel erreicht haben, wedelt Leo

mit dem Schwanz und rennt in den Flur. Ich eile ihm hinterher. Bald erreichen wir den Raum, in dem Adrian an etwas arbeitet.

»Entschuldige die Störung«, sage ich, als Adrian seine Kopfhörer abnimmt.

»Ich war fast fertig«, sagt er. »Was ist passiert? Du glühst ja förmlich.«

»Ich habe den Job«, platze ich damit heraus. Dann, überwältigt von positiven Gefühlen, laufe ich auf meinen zukünftigen Mann zu und küsse ihn auf die Wange.

Adrian hält sich die Wange, als ob ich sie verbrannt oder geohrfeigt hätte. »Welchen Job?«

Mist. Ich hätte nicht so in seinen persönlichen Raum eindringen dürfen.

»Die Bibliothek hat angerufen«, sage ich und mein Gesicht ist zweifelsohne rot. »Und hat mir ein Angebot gemacht.«

Er runzelt die Stirn. »Der Job, den Leo angeblich für dich ruiniert hat?«

Ich sträube das Fell auf dem Kopf des Hundes. »Ich schätze, er hat ihn doch nicht ruiniert. Tut mir leid deswegen.«

Adrians Stirnrunzeln verschwindet und er lächelt breit. »Das ist wunderbar.«

»Ja!« Ich widerstehe dem Drang, ihn wieder zu küssen … oder mehr.

»Wir müssen feiern«, sagt Adrian.

Ich nicke mit dem Kopf. »Definitiv. Aber nicht zu sehr – morgen ist mein erster Tag.«

Er zeigt seine weißen Zähnen, als er grinst. »Wir machen alles, was du willst.«

Oh, die Bilder. Im Nu sehe ich, wie wir im Bett feiern, mit Kerzen um uns herum und wie er jede meiner Fantasien wahr werden lässt.

Er legt den Kopf schief, ein bisschen wie ein Löwe. »Du hast etwas Bestimmtes im Sinn, nicht wahr?«

»Ja.« Mein Gesicht fühlt sich jetzt an, als hätte eine der imaginären Kerzen es in Brand gesteckt.

Er sieht besonders schelmisch aus, als er fragt: »Was würdest du gerne tun?«

»Bridgerton«, sage ich.

Natürlich würde ich ihm auf keinen Fall sagen, dass ich gerade erkannt habe, was ich *wirklich will*.

Ich will, dass er mir hilft, meine Jungfräulichkeit loszuwerden.

Genauer gesagt möchte ich, dass er derjenige ist, der die GE ausführt.

KAPITEL 24
Adrian

»Bridgerton?« Ich starre Jane verwirrt an.

»Ja.«

»Aber ... was ist damit?« Ich erinnere mich zu Yodas Entsetzen an ihr Geständnis, dass sie Korsetts besitzt und trägt.

»Ich will es sehen«, stellt sie klar.

»Du willst Netflix schauen«, sage ich langsam. »Zum Feiern?«

Da sie noch Jungfrau ist, bezweifele ich, dass sie überhaupt von Netflix und Chillen weiß, geschweige denn, dass sie das als Feier ihrer Wahl wählt.

Sie stemmt die Hände in die Hüften. »Warum denn nicht?«

»Weil du es schon gesehen hast?« Und weil es unendlich viele Aktivitäten gibt, die feierlicher sind, wie Kuchen, Hummer oder Janes süße Muschi zu essen.

»Ich habe die zweite Staffel nur viermal gesehen«,

sagt Jane. »Um an die erste Staffel heranzukommen, muss ich sie noch fünfmal schauen.«

Ich kratze mich am Kopf. »Wenn es das ist, was du willst. Wollen wir eine Flasche Wein dazu öffnen?«

Ich glaube, ich habe genau den richtigen Jahrgang für so einen besonderen Anlass.

»Wein wäre schön«, sagt sie. »Und vielleicht eine Käseplatte.«

»Ich werde dir einen Teller machen«, sage ich. »Das einzige Problem ist, dass ich zurzeit keinen Käse aus Kuhmilch habe.«

»Nein? Von welchem Tier stammt dein Käse?«

»Esel, Elch und Wasserbüffel. Alles lecker.«

»Oh, sicher. Sie klingen alle sehr appetitlich.« Sie wirft einen Blick auf Leo. »Was ist mit Schafskäse?«

»Du meinst Feta-Käse?«

Sie blinzelt mir zu. »Ist der daraus gemacht?«

Ich nicke. »Die besten haben siebzig Prozent Schafsmilch und den Rest Ziegenmilch.«

»Eigentlich eklig.« Sie zieht eine Grimasse. »Ich frage mich, wer auf die Idee gekommen ist, beliebige Tiere zu melken und dann die Milch zu trinken.«

Ich lächele. »Und, nicht zu vergessen, beim Käse darauf zu warten, dass die Milch gerinnt. Das klingt noch verrückter.«

Sie grinst. »Ich wette, das war jemand wie du.«

»Das nehme ich als Kompliment«, sage ich, obwohl ich nicht sicher bin, ob ich das sollte. »Gehen wir.«

Wir schauen im Weinkeller vorbei und holen die Flasche, an die ich gedacht hatte.

»Romanée-Conti«, liest Jane von der Flasche ab. »Ist er teuer?«

»Nicht für mich«, sage ich mit einer Handbewegung und gehe zum Kühlschrank.

Wie sich herausstellt, haben wir Glück. Ich habe nicht nur die erwähnten Käsesorten, sondern auch ein kleines Stück Käse auf Kuhbasis von Pearl Hyman, einer talentierten lokalen Käserin.

Wir setzen uns mit den Weingläsern in der Hand auf die Couch, und ich schalte den Fernseher ein.

Jane nimmt einen Schluck von ihrem Wein und keucht. »Der ist so gut! Wie kann Wein so gut sein?«

»Probier den Käse.« Oder nicht. Wenn das sexy Keuchen so weitergeht, könnte Yoda einfach durchdrehen.

Jane nimmt vorsichtig ein Stück Käse in die Hand und stöhnt genussvoll – wie ich es befürchtet hatte.

»Wow«, sagt sie. »Es ist mir egal, ob sie U-Bahn-Ratten melken mussten, um den zu machen. Er ist köstlich.«

Sie probiert einen anderen Käse und stöhnt auch bei diesem.

Für Yoda ist das Stöhnen beunruhigend.

Um es zu übertönen, stelle ich die Serie an.

Es hilft nicht. In der ersten Hälfte der ersten Folge hält mich Janes Genuss von Wein und Käse in einem ständigen Zustand der Erregung. Als das Essen verschwunden ist, bekomme ich auch keine Pause. Sie rückt näher an mich heran, nah genug, dass ich sie riechen kann, und dann schiebt sie ihre kleinen Füße unter ihren wohlgeformten Hintern.

Oh, und habe ich schon erwähnt, wie sie ihre Lippen befeuchtet, wenn auf dem Bildschirm geküsst wird? Oder wie warm sich ihre zierliche Schulter anfühlt, wenn sie meine berührt?

Als ich es keine Minute mehr aushalte, pausiere ich die Sendung. »Es ist schon spät.«

Noch immer an mich gekuschelt, dreht Jane ihren Kopf, und sogar ihre Augen sehen sexy aus – die Pupillen geweitet, die Lider schwer. »Ich muss an meinem ersten Tag im neuen Job früh aufstehen.«

»Da hast du's«, sage ich, und bevor ich etwas tue, was ich später bereue, springe ich auf – ein Fehler, was Yoda betrifft.

Wenn Jane bemerkt, dass meine Hose spannt, zeigt sie es nicht. Stattdessen wünscht sie mir eine gute Nacht und geht mit wahnsinnig schwingenden Hüften davon.

Ich zähle bis hundert und renne dann in mein Schlafzimmer, wo ich Yoda kräftig hinter den Ohren kraule.

KAPITEL 25

KAPITEL 25

Jane

I n historischen Liebesromanen spüren die Heldinnen manchmal ein Pochen in ihrem Schoß, was ich immer für eine fantasievolle Umschreibung für *geil* hielt. Heute Abend, auf der Couch, ist mir genau das passiert. Das – und meine Brüste fühlten sich empfindlich an und in meinem Inneren herrschte eine nagende Leere.

Am Ende der ersten Folge habe ich Adrian fast angefleht, meine GE vorzunehmen, aber ich habe offensichtlich gekniffen.

Aber es gibt immer ein Morgen. Oder den Tag danach.

Ich weiß nur, dass Adrian ein Mann zu sein scheint, der weiß, was er tut, und ich habe schon immer davon geträumt, beim ersten Mal einen Orgasmus zu haben, was wahrscheinlich wegen der Schmerzen und des Unbehagens, die normalerweise mit diesem Akt verbunden sind, schwierig sein wird. Ich dachte mir, da ich Adrian ohnehin für den Rest meines Lebens als den Mann in Erinnerung behalten werde, der mir finanzielle Sicherheit gegeben hat, warum sollte ich mich nicht auch an diese zusätzliche Tatsache erinnern – dass er mein Entjungferer war? Ich wette, das wird eine Erinnerung sein, die ich nie vergessen werde.

Je mehr ich darüber nachdenke, desto weniger verrückt erscheint mir die Idee.

Gleichermaßen aufgeregt und verunsichert, gehe ich ins Bett. Natürlich kommt der Schlaf nicht. Mit dem neuen Bett, dem neuen Job und Adrian bin ich voller Adrenalin.

Deshalb muss ich mir selbst drei Orgasmen verpassen, um auch nur die geringste Chance auf Schlaf zu haben.

~

Ich hüpfe wie ein Kind auf meinem Arbeitsweg, der dank meines neuen Wohnsitzes aus einem fünfminütigen Spaziergang besteht. Wenn ich von Staten Island käme, wäre es eine zweistündige Tortur mit Bus, Fähre und mehreren Zügen.

Zu meinem Entsetzen lächelt Mrs. Corsica mich an, als sie mich begrüßt. Zugegeben, es ist nur für eine Millisekunde und nur mit den Augenwinkeln, aber trotzdem … ein Wunder.

Sie lässt mich mit langweiliger Bürokratie anfangen, aber als ich damit fertig bin, verläuft mein erster Arbeitstag so wunderbar, dass ich mich fast kneifen möchte. Vor allem, wenn sie mich die Sammlung historischer Liebesromane sortieren lässt, die mein Interesse an dieser Bibliothek überhaupt erst geweckt hat.

Als sich mein Arbeitstag dem Ende zuneigt, möchte ich fast nicht gehen.

Wann sollte ich gehen?

Ich warte, bis alle anderen weg sind, bevor ich zu Mrs. Corsicas Büro, dessen Tür gerade angelehnt ist, laufe.

Mrs. Corsica ist ganz auf ihren Bildschirm konzentriert.

Das ist wahrscheinlich ein schlechter Zeitpunkt.

Ich wende mich zum Gehen, aber sie räuspert sich.

»Hallo«, sage ich schuldbewusst und drehe mich um. »Ich habe mich gefragt, ob ich noch etwas tun muss?

»Nein. Sie können nach Hause gehen. Gut gemacht.«

Ich gehe nicht einfach nach Hause – ich schwebe dorthin, beschwingt von diesem *gut gemacht*.

Als ich Adrians Penthouse betrete – ich korrigiere: *unser* Penthouse –, fällt mir ein, dass ich heute zum ersten Mal Piper sehen werde. Das bedeutet, dass ich ihn wahrscheinlich noch nicht nach meiner GE fragen sollte.

Seine Pflichten als Vater scheinen wichtiger zu sein.

»Hey«, sagt Adrian und kommt um die Ecke. »Wie war es?«

»Toll«, sage ich. »Wo ist Piper?«

Er schaut auf sein Telefon. »Sydney ist spät dran, wie immer.«

Ich merke, dass ihn das viel mehr stört, als er zugibt.

Der arme Kerl.

Um ihn abzulenken, schlage ich vor, dass wir zusammen zu Abend essen, und sobald wir am Küchentisch sitzen, erzähle ich ihm von meinem neuen Job.

»Was ist mit dir?«, frage ich und schiebe mir den letzten Rest der Jakobsmuscheln in den Mund. »Was hast du gemacht?«

»Ich habe angefangen, einige der Zimmer kindersicher zu machen«, sagt er und schaut wieder auf sein Handy.

Ich grinse. »Krabbelt Piper schon?«

»Noch nicht, aber ich wollte einen Vorsprung haben.«

Adrians Telefon klingelt. Er schaut darauf und sieht erleichtert aus. »Sydney hat gerade eine SMS geschrieben«, sagt er. »Sie sind hier.«

Er eilt zum Aufzug und ich weiß nicht, ob ich ihm folgen soll, aber Leo treibt mich wie ein Schaf an, also habe ich keine andere Wahl.

Als wir unser Ziel erreichen, lächelt Sydney Adrian kokett an. Als sie mich entdeckt, verengen sich ihre

Augen, und ihre Lippen verziehen sich zu einem finsteren Blick.

»Was macht sie hier?«, fragt sie.

Adrian seufzt. »Das haben wir schon besprochen. Jane ist meine Verlobte. Offensichtlich leben wir zusammen.«

Sydney umfasst den Lenker des Kinderwagens so fest, dass ihre Knöchel weiß werden. »Wenn sie in der Nähe meiner Tochter sein wird, muss ich eine Hintergrundüberprüfung durchführen.«

»Unserer Tochter«, sagt Adrian, während er sein Handy zückt und ein paar Wischbewegungen macht. Er schaut Sydney wieder an und sagt: »Ich habe Jane überprüft, nachdem es mit uns ernst wurde. Die Ergebnisse sind in deinem Posteingang. Sonst noch etwas?«

Sie liest, was er ihr geschickt hat, und murmelt etwas davon, dass sie ihre eigenen Nachforschungen anstellen wird, sobald sie die Chance dazu hat, aber ihre Hände lockern ihren tödlichen Griff um den Kinderwagen.

»Hier.« Sie nimmt einen Rucksack ab und reicht ihn Adrian so, dass sich ihre Finger berühren.

Sagen Hintergrundchecks etwas über die Mordlust aus, die man manchmal bekommt, wenn eine Baby-Mama den falschen Verlobten berührt?

»Hier drin ist Muttermilch«, sagt Sydney. »Erwärm sie genau auf 36,6 Grad und pass auf, dass sie nicht zu heiß ist.«

Zum ersten Mal bricht Adrians kühle Fassade.

»Mach dir keine Sorgen, Syd«, sagt er beschwichtigend. »Piper ging es das letzte Mal gut bei mir und es wird ihr auch heute gut gehen. Ich weiß, was ich tue. Ich habe alle Bücher gelesen und alle Kurse besucht. Entspann dich einfach.«

Sydneys Augen werden eisig. »Sag mir nicht, was ich fühlen soll. Du bist keine Mutter. Du hast keine Ahnung, wie es ist, sich von seinem Baby zu trennen.«

Adrians Kinnlade klappt nach unten. »Ich habe eine Laborausrüstung für die Milch, die sie auf 36,6 Grad Celsius erwärmt – genau die normale Körpertemperatur. Willst du sie inspizieren? Ausprobieren?«

»Nein«, sagt sie. »Aber versprich mir, dass du mich anrufst, wenn etwas passiert.«

»Es wird nichts passieren«, sagt Adrian. »Aber wenn etwas passiert, erfährst du es als Erste.«

»Tschüss, Süße«, sagt Sydney so zärtlich in den Kinderwagen hinein, dass ich ihr die Bösartigkeit von vorhin verzeihe … aber nicht, dass sie Adrian angefasst hat. Ich bin keine Heilige.

Ein Teil von mir war besorgt, dass Sydney das Baby nur als Mittel sah, um Adrian in die Falle zu locken. Jetzt scheint es, als ob Sydney ihre Tochter liebt, wie es sich für eine Mutter gehört, auch wenn das nicht der Ausgangspunkt war.

Als Sydney vom Kinderwagen aufblickt, ist ihr Blick wieder eisig. »Tschüss«, sagt sie zu Adrian. Sie hat sich nicht einmal dazu herabgelassen, etwas zu mir zu sagen, was auch in Ordnung ist.

Sie dreht sich auf dem Absatz um und schreitet in den Aufzug.

Als sich die Türen hinter ihr schließen, entspannt sich Adrian sichtlich. Er tritt an den Kinderwagen heran, und als er Piper ansieht, ist sein Gesichtsausdruck fast schon anbetend.

Dieses Mal bin ich nicht eifersüchtig auf das Baby. Ich bin froh, dass es so viel Liebe in ihrem Leben hat.

Außerdem bin ich sehr neugierig, also schleiche ich mich auf Zehenspitzen heran und werfe einen Blick über Adrians Schulter auf sie.

»Sie ist wunderschön, nicht wahr?«, flüstert er.

»Oh, das kann man wohl sagen.« Ich grinse über die Pausbäckchen. »Sie ist so niedlich, wie man sie in Werbungen für Windeln und Babynahrung sieht.«

»Ich bringe sie ins Kinderzimmer«, flüstert Adrian und schiebt langsam den Kinderwagen.

Gerade als wir das Kinderzimmer betreten, öffnet Piper die Augen und fängt an zu wimmern.

»Es ist okay«, trällert Adrian. »Papa ist hier.«

Ich spüre einen Druck in meiner Brust, und meine Augen werden plötzlich wässrig.

Währenddessen nimmt Adrian Piper aus dem Kinderwagen, wiegt sie hin und her und flüstert ihr beruhigende Worte zu.

Kann ich die Hersteller meiner Spirale verklagen, wenn ich einen Eisprung habe?

»Willst du sie halten?«, fragt Adrian auf eine Art und Weise, die mich daran erinnert, wenn Mary sagt, dass sie das letzte Schokoladeneis teilen möchte.

»Nur für eine Sekunde«, sage ich und nehme das Baby sanft an mich.

Vergiss die Sekunde. Sie ist so verflixt süß und riecht so verflixt gut. Ich habe schon das Gefühl, dass ich ihrem zahnlosen Charme verfallen bin. Wie verrückt ist das denn? Das einzige Mal, dass ich so viel für ein Baby empfunden habe, war, als meine Schwester geboren wurde.

Es ist, als ob ein Teil meines Gehirns sie bereits als Familie ansieht. Vielleicht liegt es daran, dass Adrian mein zukünftiger Ehemann ist. Warum auch immer, mein sechster Sinn ist vollkommen durcheinander und erkennt nicht, dass diese Ehe nicht echt ist.

Adrian holt die Milch aus dem Rucksack, wärmt sie auf und bringt sie herüber.

Piper fängt wieder an, sich zu beschweren.

»Ich glaube, sie will dich«, sage ich.

Und wer kann es ihr verdenken, oder?

»Ich glaube, sie will die Milch«, sagt Adrian, während er seine Tochter eifrig zurücknimmt.

Mit einem zärtlichen Lächeln küsst er Pipers pausbäckige kleine Wange, was sie sofort beruhigt.

Kannst du es ihr verübeln? Ist es möglich, eine Überdosis an Niedlichkeit zu bekommen?

Er setzt sich in den in der Nähe stehenden Schaukelstuhl und setzt die Flasche an Pipers kleine Lippen.

Ja, eine Überdosis an Niedlichkeit steht mir bevor – vor allem, als er dem kleinen Wesen beim Bäuerchen hilft.

»Kannst du mir helfen, sie zu waschen?«, fragt mich Adrian, als das Essen vorbei ist.

»Natürlich.« Das Angebot erfüllt mich mit so viel Stolz, dass man meinen könnte, er hätte mich gebeten, ihm beim Bau einer Rakete zum Mars zu helfen.

Als wir ins Badezimmer kommen, zieht Adrian sein Hemd aus.

Normalerweise duldet Miss Miller keine unflätigen Ausdrücke, aber jetzt mal halblang! Ein Gentleman sollte die Selbstbeherrschung einer Dame nicht auf eine so harte Probe stellen.

Ich schlucke einen Überschuss an Speichel herunter. Adrians durchtrainierter Oberkörper macht mich sprachlos und unfähig, schwere Maschinen zu bedienen, was eine Babybadewanne hoffentlich nicht ist.

»Ich mag es, sie vor dem Waschen Haut an Haut zu halten«, erklärt er, als er sieht, dass ich etwas verlegen bin. »Wenn du warten willst, bis …«

»Nein«, schaffe ich irgendwie zu sagen. »Es ist völlig in Ordnung.« Und mit *in Ordnung* meine ich, dass meine Gebärmutter aktiv herausfindet, wie sie die Spirale ausspucken kann.

Zufrieden schmiegt Adrian Pipers kleinen rosa Körper an seine harte Brust.

Es ist offiziell. Jetzt verstehe ich wirklich, was die Begriffe *Ohnmacht* und *Anfall von Schwindelgefühlen* bedeuten. Es gehört schon viel Willenskraft dazu, nicht beiden Zuständen auf einmal zu erliegen.

Als Adrian bereit ist, mit dem Bad zu beginnen,

fühlen sich meine Knie wacklig an, und ich muss scharf einatmen, um mich zusammenzureißen. Damit Piper sicher ist, muss ich in voller Alarmbereitschaft sein.

Das Bad beginnt.

Wie sich herausstellt, hat Adrian eine spezielle Babywanne, die nur gereinigtes Wasser mit einer perfekten Temperatur von 36,6 Grad ausspuckt. Das erleichtert den Prozess etwas, ebenso wie die Tatsache, dass Adrian darin genauso gut ist wie in allem anderen.

Apropos gut: Ist das ein schlechter Zeitpunkt, ihn nach meiner GE zu fragen?

Als Piper angezogen in ihrem Bettchen liegt, fragt Adrian sie, ob sie eine Geschichte hören möchte.

Vielleicht bilde ich mir das nur ein, aber ich glaube, sie lächelt als Antwort. Ja. Sie lächelt definitiv. Es blitzen Grübchen auf und das alles.

Adrian beginnt zu lesen – und es wird klar, dass er diese Geschichte nur für sie geschrieben hat. Eine tolle Geschichte, die ihr sicher noch mehr Spaß machen wird, wenn sie ein bisschen älter ist. Wenn sie so ist, wie Mary in diesem Stadium war, könnte er ihr aus einem Buch über Buchhaltung vorlesen und sie würde es genauso genießen wie das hier.

Bald schläft Piper tief und fest, also holt Adrian sein Handy heraus, stellt es auf lautlos und bedeutet mir, das Gleiche zu tun.

Ich tue, was er sagt, und er schreibt mir eine SMS.

Ich werde den Rest der Nacht hierbleiben.

Er nickt in Richtung des in der Nähe stehenden Bettes in Erwachsenengröße und fügt dann hinzu:

Du kannst gerne dein eigenes Ding machen.

Was ist, wenn es mein Ding ist, ihm beim Schlafen zuzusehen? Oder mit ihm zu schlafen?

Errötend schreibe ich ihm, dass ich seine Bibliothek erkunden werde, falls er mich braucht, und gehe dann.

~

Wow. Wenn mir jemand sagen würde, dass Adrian hundert Millionen Dollar für den Bestand dieser Bibliothek ausgegeben hat, würde ich nicht widersprechen. Auf den ersten Blick entdecke ich Erstausgaben von *Der letzte Mohikaner, Ragged Dick, Kleine Frauen,* und *Früchte des Zorns.*

Leider ist die Auswahl an historischen Liebesromanen verschwindend gering. Es gibt ein paar Klassiker von den größten Autoren, darunter auch die *Bridgerton*-Serie, die er offensichtlich gekauft hat, nachdem wir uns kennengelernt haben.

Aber hey. Das ist ein Anfang.

Ich blättere in einem Liebesroman, an den ich mich nicht erinnern kann. Er kommt mir bekannt vor, also muss ich ihn doch gelesen haben. Es ist die Geschichte, in der der Vicomte herausfindet, dass er ein Bastard ist und deshalb die Heldin nicht heiraten kann – obwohl er sie geschwängert hat.

Als ich mich auf den Weg mache, um meine Abendroutine zu beginnen, denke ich immer wieder darüber nach, Adrian um meine GE zu bitten. Das könnte der Grund sein, warum ich beim Einschlafen von Adrian träume, der genau das tut und mich trotz meiner Spirale schwängert. Seine Spermien sind so stark – eines winkt mir sogar mit dem Schwanz zu.

Das daraus entstandene Baby sieht Piper sehr ähnlich, nur dass es von Geburt an sprechen kann und mit der Stimme von Ellen DeGeneres sagt: »Schwimm einfach weiter.«

»Heißt das, ich soll dich Dori nennen?«, frage ich es.

Bevor es antworten kann, klingelt mein Wecker.

KAPITEL 26

Adrian

Pipers Besuch bei mir ist viel zu schnell vorbei, und sie am Nachmittag wieder Sydney zu geben, ist eine Tortur. Ich wünschte, Jane wäre hier, aber sie ist bei der Arbeit.

Als ob er meine Stimmung spüren würde, kommt Leo ins Wohnzimmer, springt auf die Couch und kuschelt sich an mich.

»Nach der Anhörung wird es viel besser sein«, sage ich ihm. »Piper wird die Hälfte ihrer Zeit hier verbringen.«

Leo gähnt.

Piper riecht sogar noch besser als Speck, und ich mache diesen Vergleich nicht leichtfertig.

Ich umarme ihn und kraule ihn hinter den Ohren, wodurch ich mich etwas besser fühle.

Wir bleiben noch eine Weile so, bis ich eine SMS von Jane bekomme.

Bin gleich auf dem Weg nach Hause. Soll ich unterwegs irgendetwas besorgen?

Ich schaue Leo an. »Willst du spazieren gehen?«

Leos Augen glänzen aufgeregt. Er springt von der Couch auf und läuft zum Aufzug.

Ich sage Jane, dass Leo und ich ihr entgegenkommen werden. Dann packe ich genug Essen für ein kleines Picknick ein, schreibe einem Assistenten eine SMS, um meinen Lieblingsplatz im Park vorzubereiten, und mache mich auf den Weg.

Wie immer markiert Leo die ersten Bäume, als ob das Schicksal der Welt davon abhinge. Von dort aus gehen wir zügig weiter und erwischen Jane gerade, als sie die Bibliothek verlässt.

»Hi«, sagt sie mit einem Lächeln, das meine Stimmung hebt und mich dazu bringt, ihre süß geschwungenen Lippen küssen zu wollen.

Leo wedelt so heftig mit dem Schwanz, dass ich fast erwarte, dass sein Hintern wie ein Hubschrauber vom Asphalt abhebt.

»Ich habe deinen leckeren Geruch vermisst«, sagt Leo zu Jane.

Sie neigt ihren Kopf. »Ist das eine Andeutung? Soll ich mehr Deo benutzen?«

Ich grinse. »Bist du hungrig?« Ich zeige ihr den Korb.

»Ein Picknick?«, ruft sie aus. »Das ist sehr viktorianisch! Ich liebe das.«

Meine Stimmung verbessert sich weiter, und ich

biete ihr meinen Arm an. »Gehen wir. Ich kenne einen tollen Ort.«

Wir gehen gemütlich spazieren, und Jane erzählt mir von ihrem Tag. Als sie nach meinem fragt, spüre ich, wie die Melancholie zurückkommt. »Der Besuch war zu kurz«, sage ich.

Jane drückt meinen Ellenbogen. »Du vermisst sie schrecklich, nicht wahr?«

Ich nicke.

»Nun, sie ist ein besonderes Baby«, sagt Jane. »Ich habe sie gerade erst kennengelernt und vermisse sie auch schon. Wenn es nicht mein zweiter Tag im neuen Job wäre, wäre ich auf jeden Fall bei euch geblieben.«

»Mach dir keine Gedanken darüber«, sage ich. »Aber auch wenn du mir gerade erzählt hast, wie viel du mit deinem neuen Job zu tun hast, wollte ich dich trotzdem fragen, ob du in der Mittagspause für eine Stunde verschwinden könntest …«

»Ich glaube schon«, sagt sie. »Wohin?«

»Zum Rathaus«, sage ich. »Um eine Heiratslizenz zu bekommen, muss das Paar persönlich anwesend sein.«

Sie lässt meinen Arm los und blickt mich mit großen Augen an. »Ist es schon so weit?«

»Das ist nur für die Lizenz, die sechzig Tage lang gültig ist«, erkläre ich. »Auf diese Weise haben wir ein großes Zeitfenster, um es festzumachen.«

Sie sieht überwältigt aus. »Wann willst du den Teil machen?«

»Ich denke, eher früher als später«, sage ich

beruhigend. »Ich warte nur auf den Rat meiner Anwälte und der PR-Firma.«

Sie rollt mit den Augen. »Wie romantisch.«

Das Wort *romantisch* – oder war es *wie?* – löst etwas in Leos Hundehirn aus, und er reißt mit aller Kraft an der Leine, so dass sie mir aus dem Griff rutscht.

»Oh nein!«, ruft Jane aus. »Er wird gleich jemanden in den Schlamm stoßen!«

Scheiße. Nicht das. Ich habe bereits eine Kandidatin für die Ehefrau, Leo muss keine andere auswählen.

Ich beginne, zu rennen, aber Leo wird schneller.

»Stopp!«, rufe ich. »Sitz!«

Der Hund hört entweder nicht auf mich oder ignoriert die Kommandos.

Vielleicht sollte ich in diese unmenschlich aussehenden Hundehalsbänder mit Stacheln investieren? Auf keinen Fall. Aber ich *könnte* ein Team von Hundefängern anheuern – vorausgesetzt, die gibt es wirklich –, damit sie in der Nähe laufen und Leo einfangen können, wenn er solche Dinge tut.

Zumindest ist er auf dem Weg zu meinem gewählten Picknickplatz, nur viel schneller, als es vernünftig ist.

»Wohin will er denn?«, keucht Jane aus etwa einem Meter Entfernung.

Hm. Sie hat mit uns mithalten können? »Ich habe keine Ahnung«, antworte ich über meine Schulter.

Doch schon bald bekomme ich eine Ahnung, und das gefällt mir gar nicht.

In der Ferne geht eine Dame mit einer

Königspudelhündin spazieren. Zumindest vermute ich, dass sie weiblich ist, wenn man das rosafarbene Halsband und die noch rosafarbenere Schleife des Hundes betrachtet. Die Hündin hat vor kurzem einen dieser charakteristischen Pompadour-Haarschnitte bekommen, der den Hintern entblößt, und ich vermute stark, dass dieser Hintern Leos Ziel ist. Nicht, dass ich sagen würde, dass eine Frau mit entblößtem Hintern *es darauf anlegt* oder so etwas. Außerdem wird Leo wahrscheinlich von ihrem Geruch angezogen, nicht von ihrem Aussehen.

»Leo, Platz!«, schreie ich.

Nein.

Er erreicht das Weibchen, ignoriert die lauten Proteste der menschlichen Dame und atmet tief Pudelhintern mit Stammbaum ein.

»Hilfe!«, schreit die Lady.

Ich gebe Gas, denn Leo scheint auch das Interesse der Pudeldame zu wecken – zumindest nehme ich an, dass sie ihm deshalb so demonstrativ ihren Hintern zeigt.

Gerade als Leo aufsteigen will, erreiche ich ihn, ergreife seine Leine und ziehe ihn weg.

Leo wirft mir einen vorwurfsvollen Blick zu, der zu sagen scheint: »Kumpel, bist du eine Anstandsdame?«

Die Pudeldame starrt mich auch an, und ihr Blick bedeutet so ziemlich das Gleiche wie Leos, nur auf Französisch.

Die Frau umklammert ihre Perlen – ja, sie trägt

sie – und schreit Dinge wie »Gräueltat«, »Kranker Köter« und »Ich werde ihn eigenhändig kastrieren!«.

»Niemand kastriert hier irgendjemanden«, sage ich fest. »Leo tut es sehr leid, und mir auch.«

Leo sieht aus, als täte es ihm leid … dass ich rechtzeitig da war, um ihn aufzuhalten.

»Wie bitte?«, ruft die Lady. »Er hat beinahe meine Sisi vergewaltigt.«

Ich schaue Jane hilfesuchend an. Das Letzte, was ich als Mann tun möchte, sind Ausreden zu finden, wenn es um sexuelle Zustimmung geht, selbst wenn es Hunde betrifft.

Jane schaut sich den Pudel an. »Ich glaube, sie ist läufig.«

»Wie können Sie es wagen?«, fährt die Lady sie an.

»Sehen Sie, wie ihr Schwanz zur Seite gebogen ist?« Jane zeigt auf das fragliche Anhängsel. »Bevor Lassie sterilisiert wurde, ist ihr das auch passiert.« Zu mir gewandt, fügt Jane hinzu: »Sie war der Hund, den wir hatten, als ich ein Kind war.«

»Ihr Schwanz macht das bisweilen«, sagt die Dame und klingt unsicher. »Wenn sie ihre Periode hat.«

»Eine, die alle sechs Monate oder so kommt?«, fragt Jane.

Stirnrunzelnd nickt die Dame.

»Ist Sisi sterilisiert?«, fährt Jane fort.

Die Dame hebt ihr Kinn. »Sie ist über solche Dinge erhaben.«

Ich merke, dass es Jane schwerfällt, ihren Gesichtsausdruck neutral zu halten. »Auch wenn Sisi über solche Dinge erhaben ist, ist sie läufig, was bedeutet, dass ihre Pheromone eine Wirkung auf die Rüden haben, mit denen sie in Kontakt kommt.«

Die Dame zieht an Sisis Leine. »Ich werde nicht hier stehen und dieses vulgäre Gespräch fortsetzen.« Damit stolziert sie davon, während Sisi sich gelegentlich umdreht und Leo sehnsüchtige Blicke zuwirft – aber das könnte auch nur meine Einbildung sein.

Leo winselt.

Um ihren nackten Hintern willen, nur einmal schnuppern, bitte. Bitte, bitte.

»Tut mir leid, Kumpel«, sage ich. »Vielleicht fühlst du dich mit Erdnussbutter besser?«

Das Winseln hört auf.

Ich grinse. »Wenn der Teufel jemals die Seelen von Hunden wollte, würde ihn Leos ein Glas Erdnussbutter kosten.«

Jane grinst zurück. »Die der meisten anderen Hunde auch.«

Ich zeige zu meinem Lieblingspicknickplatz. »Was denkst du?«

Jane betrachtet ihn. »Sitzt da nicht schon jemand?«

»Ja. Wir«, sage ich. »Ich habe meinen Assistenten gebeten, alles vorzubereiten.«

Jane eilt sichtlich aufgeregt zu der Decke, während ich zu dem Pfahl im Boden gehe und Leos Leine daran befestige – ich will ihm nicht wieder hinterherjagen müssen.

Sobald Leo in Sicherheit ist, gebe ich ihm sein

Lieblingsspielzeug, das aussieht wie ein ausgehöhlter Buttplug, mit gefrorener Erdnussbutter darin.

»Jetzt hat jeder etwas zu knabbern«, sage ich zu Jane, dann öffne ich den Korb und hole das Essen für uns Menschen heraus.

»Gurkensandwiches?«, ruft Jane aus. »Hast du auch Tee?«

»Was bin ich, ein Barbar?« Ich hole eine Thermoskanne heraus und schenke jedem von uns eine Tasse ein.

Als Jane ihr Essen probiert, bewirkt der glückliche Gesichtsausdruck bei mir das, was die Pudelpheromone bei Leo bewirkt haben müssen – nur dass ich mich besser beherrschen kann.

Glaube ich.

»Sind in diesem Tee Gewürze?«, fragt Jane und leckt sich über die Lippen. »Wie in Chai?«

Ich schüttele den Kopf und versuche, nicht daran zu denken, was diese Zunge stattdessen gerne lecken würde.

»Was ist mit Melasse?«

»Nein.« Meine Stimme ist leicht heiser.

»Was für ein Tee ist es denn?«

Ich versuche, mich zu erinnern. »Da Hong Pao, glaube ich.«

»Ich glaube, das ist jetzt mein neuer Lieblingstee«, sagt sie. »Ich habe noch nie Tee getrunken, der wie eine Orchidee gerochen hat.«

»Es ist ein guter Tee«, sage ich, als ich endlich die Kontrolle über Yoda wiedererlangt habe. Und um besagte Kontrolle zu behalten, füge ich hinzu: »Ich habe auch einen Tee, der mit dem Kot von Pandabären gedüngt wird – aber ich dachte mir, ich warne dich, bevor ich so etwas braue.«

Bitte sehr. Kot ist unsexy, und Pandas weigern sich, ihre Art zu vermehren – ebenfalls ein Stimmungskiller.

Janes Nase rümpft sich. »Warum sollte man das als Dünger verwenden?«

Ich zucke mit den Schultern. »Es heißt, dass die Bären nur dreißig Prozent der Nährstoffe in wildem Bambus verdauen können. Oder vielleicht ist das ein Marketing-Trick.«

»Ein komischer«, sagt Jane, wirft einen Blick auf Leo und wird rot.

Ich prüfe, was das Problem ist.

Nach dem Leckerbissen hat Leo beschlossen, einem bestimmten Teil seiner Anatomie ein Zungenbad zu gönnen, um die Spannung von der ungewohnten Begegnung abzubauen.

Ich räuspere mich. »Ich hoffe, es macht dir nichts aus«, sage ich zu Jane. »Ich will ihn nicht dafür beschämen, dass er das tut.«

»Ist schon gut«, sagt Jane und hält ihren Blick auf alles andere als Leos Zunge gerichtet. »Er tut nur das, wovon alle Männer träumen.«

Ich kann mir nicht helfen. »Meine Fantasien sind andere.«

Wie ich es voraussehen konnte, errötet sie noch mehr. »Hatte Leo eigentlich schon mal Sex?«, fragt

Jane in einem eindeutigen Versuch, das Thema zu wechseln.

Ich schüttele den Kopf, und Yoda ist wieder in Aktion. Natürlich nicht bei dem Gedanken, dass Leo Sex hat, sondern dass ein bestimmtes kleines, süßes Weibchen der menschlichen Spezies ihn hat.

»Warum ist er dann nicht kastriert?«, drängt Jane.

Okay, dieses Thema ist auch ein Stimmungskiller, zum Glück. »Du hast es auch noch nie gemacht, aber niemand schlägt vor, dass du dich sterilisieren lässt, richtig?«

Unmöglich, dass ihre Wangen noch eine Nuance röter werden. »Ich glaube, als meine Mutter mich zu meiner Spirale überredet hat, war die Stimmung ähnlich wie bei Hundebesitzern.«

Ich lache. »Ich weiß, es ist albern, aber ich habe mir immer vorgestellt, wie es wäre, wenn ich mich unters Messer legen würde, und beschlossen, dass ich Leo das nicht antun kann. Aber nach dem heutigen Tag werde ich mir überlegen, ob ich eine Vasektomie bei ihm machen lasse.«

Jane schüttelt den Kopf. »Keine schafähnlichen Welpen für ihn?«

»Nein.« Ich kratze mich am Kopf. »Ich bin mir nicht einmal sicher, ob er jemals Sex haben wird. Ich dachte immer, wenn ich keine Hündin habe, die immer für ihn verfügbar ist, würde es ihn nur unglücklich machen, Sex nur einmal auszuprobieren.«

»Oh?«, sagt Jane. »Spricht da etwa dein selbst erzwungenes Zölibat aus dir?«

»Vielleicht.« Ich seufze. »Aber trotzdem kann man nicht vermissen, was man nie probiert hat.«

Janes Wangen erreichen wieder die Infrarot-Zone. »Ich glaube, man kann ihn vermissen, ohne ihn probiert zu haben.«

Damit hat sie recht. Als ich ein Teenager war, wollte ich unbedingt Sex haben, lange bevor irgendein Mädchen bereit war, es mit mir zu tun. Außerdem sind wir wieder bei dem Thema, bei dem wir eigentlich nicht sein sollten ... wegen Yoda.

»Ich schätze, ich werde Leo eine willige Hündin als Freundin suchen müssen«, sage ich und versuche, zu den Hunden zurückzukehren. »Ich bin mir sicher, dass es Agenturen gibt, die dabei helfen können.«

»Genau«, sagt Jane zögerlich. »Und da wir gerade beim Thema Entjungferung sind, wollte ich dich um einen großen Gefallen bitten ...«

Nein.

Sie kann auf keinen Fall ...

»Adrian«, sagt sie, blickt zu Boden und errötet noch heftiger. »Würdest du mich groß entjungfern?«

KAPITEL 27

Jane

I ch. Kann. Nicht. Glauben. Dass. Ich. Ihn. Das. Gerade. Gefragt. Habe.

Ich mache das Picknick dafür verantwortlich, die romantischste Aktivität, die je erfunden wurde. Oh, und das Laufen vorhin – das hat mein Herz in Schwung gebracht, und mein Gehirn muss Sauerstoffmangel bekommen haben.

Sogar der himmlische Tee ist mitschuldig.

Und die …

Moment einmal. Warum hat Adrian nicht geantwortet?

Du meine Güte! Ein richtiger Gentleman würde eher taub werden – oder zumindest so tun –, als zuzugeben, dass Miss Miller eine solch ungebührliche Frage gestellt hat.

Mit dem Gefühl, dass mir das Herz in den Magen fällt, hebe ich meine Augen und begegne Adrians Blick.

Nein. Er hat mich gehört *und* verstanden. Er denkt gerade über eine Antwort nach.

Warum sind wir nicht in Florida? Ein Loch im Boden wäre jetzt sehr willkommen.

Gerade als ich überlege, ob ich meine Wangen mit den Gurkenscheiben von einem der Sandwiches kühlen soll – oder ob ich mir das ganze Ding in den Hals stopfen soll, damit ich ersticke – öffnet Adrian endlich seinen Mund.

»Ich fühle mich sehr geehrt«, sagt er heiser. »Davon abgesehen … halte ich das für keine gute Idee.«

Seine Worte sind wie ein runder Tritt in die Magengrube.

Irgendwie finde ich mich auf den Beinen wieder.

»Warte«, sagt Adrian.

Das tue ich nicht. Stattdessen laufe ich. Ich weiß nicht, wohin, und ich weiß nicht, warum.

Als ich mich dem nahegelegenen See nähere, ergreift eine Hand meine Schulter.

Ich drehe mich um. »Fass mich nicht an!«

»Tut mir leid«, sagt Adrian und schaut mit großer Sorge auf etwas hinter mir. »Bitte. Tu nichts Unüberlegtes.«

Mein hämmerndes Herz bleibt fast stehen, als ich seinem Blick folge … zu einem Bootsverleih.

Hm? »Du denkst, ich will in den See gehen? Warum? Weil du so viel von dir hältst?«

Er macht einen Schritt zurück. »So viel von mir halte? Was meinst du?«

Ich rolle mit den Augen. »Du denkst, du bist so besonders, dass ich mich bei einer Zurückweisung von dir am liebsten im nächsten Gewässer ertränken würde? Soll ich auch Dächer meiden?«

Er seufzt tief. »Ich dachte nur … Der See ist ein Ort, an den ich dir nicht folgen kann.«

Ah. Richtig. Er hat Probleme mit Wasser. »Ich habe nicht einmal daran gedacht, in die Nähe zu gehen.«

»Gut«, sagt er.

Bedeutet die Erleichterung auf seinem Gesicht, dass es ihm nicht egal ist, was mit mir passiert?

Nein. Er ist nur froh, dass er sich nicht noch eine andere vorgetäuschte Ehefrau suchen muss, nachdem ich ertrunken bin.

»Ich will allein sein«, sage ich. »Ich sollte nicht zum See gehen müssen, um das zu erreichen.«

»Ich habe dir gesagt, dass es mir leidtut«, sagt er. »Ich hatte nicht vor, deine Gefühle zu verletzen. Ich will nur unsere Vereinbarung nicht gefährden. Ich fühle mich auch nicht würdig, das zu tun, worum du mich gebeten hast.«

»Das Letzte hast du richtig verstanden«, sage ich. »Du bist nicht würdig.«

So. Ich drehe mich um und fliehe erneut, und dieses Mal folgt er mir nicht.

Stattdessen ruft er mich an, und ich lasse ihn auf die Mailbox sprechen.

Er schreibt auch etwas, aber ich lese es nicht.

Ich bin immer noch wütend, dass er Nein gesagt hat.

Versteht er nicht, dass es der mutigste Moment in meinem Leben war, ihn zu fragen?

Aber vielleicht hätte ich ihn auch nicht fragen sollen.

Das birgt das Risiko, die Dinge zwischen uns durcheinanderzubringen.

Verdammt, wir haben noch nicht einmal etwas getan, und die Lage ist angespannt.

Während ich laufe, überkommt mich eine Welle von Peinlichkeit, die einen Blobfisch töten könnte. Außerdem fühle ich mich wie ein Blobfisch oder ein Seeteufel – oder etwas anderes, das in den dunkelsten Tiefen des Ozeans lebt und deshalb so hässlich aussehen kann, wie es will.

Mein Telefon klingelt.

Er ist wirklich hartnäckig, nicht wahr?

Ich will den Anruf auf die Mailbox gehen lassen, als ich sehe, dass es meine Mutter ist.

Ich zögere einen Moment, dann gehe ich dran.

»Hallo«, sage ich.

»Was ist passiert?«, fragt Mama besorgt.

Verdammt, sie ist gut. »Was meinst du?«

»Du klingst verärgert«, sagt sie.

»Tue ich das?«, frage ich und zwinge meine Stimme zur Heiterkeit.

»Ja«, sagt Mama. »Wie damals, als dieser Idiot dich nicht zum Abschlussball abgeholt hat.«

Gut. Sie spielt schon seit vielen Jahren die Rolle meiner besten Freundin, also erzähle ich ihr, was passiert ist, auch wenn es mir dabei noch peinlicher ist.

»Das ist ein Dilemma«, sagt Mama, als ich fertig bin.

»Ein Dilemma?«

Sie seufzt. »Es gibt viele Möglichkeiten, die Sache zu betrachten, meine ich.«

»Wie?«

»Erstens ist es nicht cool, so gemein zu sein, wenn jemand keinen Sex mit dir haben will. Wenn Männer das mit mir machen, hasse ich es.«

»Ich habe ihn nicht nur zum Sex aufgefordert«, sage ich beleidigt. »Außerdem, warum bin ich gemein?«

»Du lehnst seine Anrufe ab«, sagt sie. »Und da du maßgeblich an seinen Plänen für seine Tochter beteiligt bist, ist er wahrscheinlich krank vor Sorge.«

Scheiße. Ich hasse es, wenn meine Mutter ein gutes Argument hat.

»Ich schreibe ihm gleich danach zurück«, sage ich. »Und du solltest besser andere Möglichkeiten haben, dieses sogenannte Dilemma zu betrachten.«

»Der Teil, in dem er sagt, dass er sich nicht würdig fühlt«, sagt sie. »So etwas würde nur jemand sagen, der würdig ist … bevor er sich seiner Gefühle für dich sicher ist.«

Ich bekomme eine weitere SMS von Adrian, die die Schuldgefühle, die Mom in mir ausgelöst hat, noch verstärkt.

»Der letzte Teil ergibt keinen Sinn«, sage ich zu Mama. »Aber ich gehe jetzt besser.«

»Denk an das Geld, das auf dem Spiel steht«, ruft sie, bevor ich auflegen kann.

Großartig. Wenn ich jetzt antworte, werde ich das Gefühl haben, dass ich es für das Geld tue.

Trotzdem antworte ich auf seine letzte Nachricht.

Können wir so tun, als hätte ich nie etwas gefragt?

Er antwortet sofort:

Was gefragt?

Seufzend texte ich ihm, dass ich ihn zu Hause sehen werde.

Miss Miller würde dem Herrn mitteilen, dass sie bereit ist, eine richtig formulierte Entschuldigung zu akzeptieren.

Andererseits bin ich mir nach meinem Gespräch mit Mom nicht sicher, ob ich nicht diejenige sein sollte, die sich entschuldigt.

Nicht, dass das jemals passieren würde.

Lieber verliere ich all diese Millionen.

Eine neue SMS kommt an, und sie ist von Mama – obwohl ich mir angesichts dessen, was sie sagt, wünsche, dass der sogenannte Ratschlag, den sie enthält, von jemand anderem käme. Jedem anderen, außer vielleicht Mary.

Zieh dich im Haus nuttig an ist Moms Perle der reifen Weisheit. *Dadurch wird er seine Entscheidung bereuen und möglicherweise seine Meinung ändern.*

Geben die Mütter anderer Leute auch solche Ratschläge? Irgendwie bezweifele ich das. Vielleicht nicht einmal Freunde im eigenen Alter.

Das größte Problem bei Moms Idee ist, dass es Adrian vielleicht egal sein könnte, wenn ich völlig nackt in seiner Wohnung herumtanze. Offensichtlich bin ich für ihn ein geschlechtsloses Requisit, das er vor Gericht präsentieren kann. Etwas, das schreit: »Ich bin so wenig scharf auf Sex, dass ich eine unfickbare Frau geheiratet habe ... seht sie euch nur an.«

Trotzdem. Es ist ja nicht so, dass ich etwas zu verlieren hätte. Er wollte sogar mein viktorianisches Cosplay sehen. Es braucht nicht viel Aufwand, um das Outfit einer Dame in das einer Kurtisane zu verwandeln.

Ja. Es wird ein bisschen wie an Halloween sein, wenn meine Mitfrauen alle möglichen Kostüme sexy machen, von Krankenschwestern bis zu Stinktieren.

Meine Stimmung hebt sich, als ich weiter in diese Richtung denke. Wenn ich nicht gerade Cosplay spiele, kann ich diese Shorts tragen, die ich vor ein paar Jahren als zu klein und zu eng empfunden habe – als mein Hintern einen Wachstumsschub bekam. Ich habe auch jede Menge hübsche Sport-BHs und heiße Yogahosen, die ich anziehen könnte.

Außerdem könnte ich einkaufen gehen. Immerhin habe ich jetzt einen Job und bin dabei, eine Millionärin zu werden.

Also fahre ich mit dem Uber zu Forever 21 und shoppe sexy Outfits. Ich besorge mir sogar Spitzenunterwäsche, falls ich mich traue, *aus Versehen* in Adrian zu laufen, während ich sie trage, zum Beispiel nachts in der Küche.

Das mag kein sehr hilfreicher Gedanke sein, aber Miss Miller würde einige dieser sogenannten Unterkleider nicht einmal für eine Frau mit den lockersten Moralvorstellungen als angemessen betrachten.

Die gute Nachricht ist, dass ich mich fast glücklich

fühle, als ich mit dem Spuk fertig bin. Ist das der Grund, warum Frauen diese Aktivität so lieben? Bisher hat mir Shoppen nur in Buchläden Spaß gemacht.

Bepackt mit Tüten kehre ich zu Adrians Wohnung zurück, wo Leo mir entgegenkommt und an all meinen Tüten schnuppert, als wäre alles, was ich gekauft habe, offensichtlich für ihn. Als ich in mein Zimmer gehe, um die Sachen abzustellen, schnüffelt Leo ständig an mir.

Oh, na gut. Ich schätze, ich ziehe mein nuttiges viktorianisches Lady-Outfit vor dem Hund an.

Es dauert eine Weile, aber Leo schaut mir zu, als wäre ich eine Fernsehsendung.

»Wo ist dein Vater?«, frage ich ihn, als mein böses Outfit komplett ist.

Keine Reaktion.

»Adrian«, sage ich zu dem Hund. »Ist er zu Hause?«

Beim Klang des Namens seines Menschen werden Leos Ohren lebhaft. Er trabt aus meinem Zimmer und ich folge ihm in den Fitnessraum.

»Hey«, sage ich, als ich eintrete … und dann starre ich auf den Anblick, der sich mir bietet, und mir läuft das Wasser im Mund zusammen – und an anderen, unangenehmeren Stellen.

Adrian trägt nur Shorts und macht Klimmzüge.

Als seine Rückenmuskeln der Schwerkraft trotzen, spannen sie sich an und werden hart – und der Anblick ist so erregend, dass ich darüber nachdenke, in mein Zimmer zu flüchten, damit ich auf meiner rosa Geige spielen kann. Doch bevor ich das tun kann, bellt Leo.

Adrian beendet seinen Klimmzug und dreht sich um.

Oje. Von vorn sieht er noch hinreißender aus – und er besiegt mich eindeutig in meinem eigenen Spiel, von dem er nicht einmal wusste, dass er es spielt.

An seinem Oberkörper kullern Schweißperlen herunter, die ich am liebsten ablecken würde, und wenn man Anatomie studieren wollte, wären seine glitzernden Muskeln das perfekte Werkzeug.

Auch auf die Gefahr hin, langweilig und bieder zu klingen, würde Miss Miller es wagen, zu sagen, dass diese ganze Situation die Definition von unpassend ist.

»Hallo«, sagt Adrian, und sogar seine Stimme ist aus irgendeinem Grund besonders lecker, heiser und erinnert an To'ak-Schokolade.

»Hallo«, antworte ich und stolpere über die vielen Silben. »War das Wetter auf deinem Heimweg vom Picknick schön?«

»Ja. Es war schön und warm. Ich habe ein paar Wolken gesehen. Eine war wie der vitruvianische Mensch geformt.« Er betrachtet mich von Kopf bis Fuß. »Ist das eines der viktorianischen Outfits, die du erwähnt hast?«

Ich nicke.

Er neigt seinen Kopf. »So etwas gab es bei Bridgerton nicht.«

Stimmt, aber so etwas gab es in einer anderen Serie.

Harlots – Haus der Huren.

KAPITEL 28
Adrian

Ich weiß nicht, wie man die Kleidungsstücke nennt, die Jane trägt, aber ich möchte jedes einzelne in kleine Fetzen reißen und dann genau das mit ihr machen, was sie vor ein paar Stunden vorgeschlagen hat.

Aber das kann ich nicht.

Sollte ich nicht.

Ich hatte gute Gründe, als ich ablehnte, und wenn Yoda jemals das Blut in mein Gehirn zurückkehren lässt, werde ich mich sicher daran erinnern, was diese Gründe waren.

»Da wir gerade von Bridgerton sprechen«, sagt Jane. »Wir sollten es später weiterschauen.«

Ich hoffe, das bedeutet, dass sie nicht mehr wütend auf mich ist. Andererseits mag sie die Serie so sehr, dass sie sie mit Hitler schauen würde. Wie auch immer, ich stimme zu. Dann frage ich ganz beiläufig: »Wirst du dann noch dieses Outfit tragen?«

Wenn das so ist, sollte ich lieber Yoda berücksichtigen und eine kalte Dusche nehmen, nur für den Fall.

Ist das ein Grinsen auf Janes Gesicht, als sie über meine Frage nachdenkt?

Nein. Das würde keinen Sinn ergeben.

Schließlich schüttelt sie den Kopf. »Dieses Outfit ist zu steif, um darin zu laufen, geschweige denn, um darin auf einer Couch zu sitzen.«

Danke der Macht, Yoda wird es tun.

»Ich habe mich so angezogen, weil ich diese zusätzliche Million Dollar verdienen wollte«, fügt Jane hinzu und klingt dabei seltsam schuldbewusst.

»Du wirst dein Geld bekommen«, versichere ich ihr. Das ist eine lohnende Investition, denn es kommt nicht jeden Tag vor, dass man einen Paradigmenwechsel erlebt. Bis zu diesem Moment dachte ich nicht, dass viktorianische Frauen überhaupt sexy sein können. Sie waren nicht nur zimperlich und prüde, sondern hatten auch keine Duschen und bedeckten jeden Zentimeter ihres Körpers. Aber ich wünschte, Jane und ich könnten ein Rollenspiel machen, mit ihr als Dame und mir als …

»Okay«, sagt Jane. »Mach weiter mit deinem Training.«

Achselzuckend tue ich das, obwohl ich im Spiegel sehe, dass sie nicht geht – wahrscheinlich, weil sie wissen will, wie man die Geräte benutzt, wenn es Zeit für sie ist, zu trainieren. Ich weiß, dass es höflich wäre, ihr anzubieten, zusammen zu trainieren, aber ich glaube nicht, dass ich das ohne einen ernsthaften Fall von blauen Eiern schaffen könnte.

Ich bearbeite also wie üblich meinen Rücken, dann den Trizeps und gerade als ich den letzten Satz beende, schleicht sich Jane heraus.

Hmm. Ich schaue Leo an, der von seinem zwanzigsten Mittagsschlaf aufgewacht ist.

»Hat Jane gedacht, ich wüsste die ganze Zeit nicht, dass sie da war?«, frage ich ihn.

Leo legt den Kopf schief.

Die Menschen machen die Dinge zu kompliziert. Tu so, als sei sie ein läufiger Pudel, und besteige sie einfach. Weich wie nicht-knusprige Erdnussbutter.

Ich gehe unter die Dusche und mache ein bisschen Yoda-Yoga, für den Fall, dass Jane vergisst, sich umzuziehen. Und Junge, bin ich froh, dass ich diese Vorsichtsmaßnahme getroffen habe, denn als ich Jane im Wohnzimmer treffe, trägt sie ein Outfit, das noch heißer ist als das letzte und sehr viel leckere blasse Haut zeigt.

»Ich habe mich umgezogen«, sagt sie, als sie bemerkt, dass ich sie anstarre. »Wie du es gewünscht hast.«

Nicht genau so, wie ich es mir gewünscht habe, aber das kann ich ihr ja nicht sagen.

»Lass uns schauen«, sage ich und lasse mich auf die Couch fallen.

Sie setzt sich neben mich, und wir beginnen, Netflix zu schauen – wobei ich alles andere als chille. Mit Jane zusammen zu sein ist tatsächlich sehr hart –

in vielerlei Hinsicht. Ich kann es kaum erwarten, bis die Serie vorbei ist, damit ich etwas Zeit mit Yoda allein verbringen kann. Wieder.

»Was denkst du?«, fragt Jane, als der Abspann der zweiten Staffel läuft.

»Ich glaube, ich weiß, warum man in der viktorianischen Zeit so strenge Regeln für Sex hatte.«

Scheiße. Schlechtes Thema.

»Religion?«, fragt Jane und richtet ihre ganze Aufmerksamkeit auf mich.

Ich schüttele den Kopf. »Mangel an Internet und damit an Pornos.«

Hoppla. Im Ernst, normalerweise habe ich eher einen Filter zwischen meinem Mund und meinem Gehirn.

Jane zieht ihre Augen leicht zusammen und formt ihre linke Augenbraue zu einem Fragezeichen.

»Ohne Pornos gäbe es weniger Selbstbefriedigung«, erkläre ich, denn ich bin jetzt fest entschlossen, es zu tun. »Ohne Selbstbefriedigung wurden die Leute viel geiler. Deshalb wurden Männer verrückt, wenn sie einen blitzenden Knöchel sahen.«

Apropos Knöchel: Janes Knöchel sind extrem zierlich und hübsch, so dass ich mich frage, ob ein Kuss sie …

»Vor den frühen neunziger Jahren haben nur wenige Menschen das Internet wirklich genutzt«, entgegnet Jane. »Aber in den sechziger Jahren gab es diese ganze Sache mit der freien Liebe.«

»Klar, aber da gab es schon Pornos«, sage ich und

klinge weniger selbstsicher. »Auf Kassetten, oder vorher als Bilder.«

»In der viktorianischen Zeit gab es Pornos als Bilder«, sagt Jane triumphierend. »Das war's also mit deiner Theorie.«

Hmm. Mussten sie damals nicht stundenlang dafür posieren? Ich wette, die armen Mädchen würden sich erkälten, wenn sie so lange nackt sitzen. Trotzdem hat Jane nicht ganz Unrecht. Es scheint, dass Masturbation nicht der Schlüssel zu *allem* ist, auch wenn es mir im Moment so vorkommt.

Mein Urteilsvermögen wird durch Yoda getrübt.

Jane steht auf und gewährt mir einen Blick auf ihre wohlgeformten Beine. »Gute Nacht.«

Damit huscht sie davon, und ich bleibe sitzen, um zu warten, bis Yoda sich so weit beruhigt hat, dass ich gehen kann.

Am nächsten Tag hole ich Jane ab, um zum Rathaus zu fahren. Die ganze Zeit spricht sie mit mir nur über das Wetter. So viel zu meiner Hoffnung, dass sie nicht mehr sauer ist, weil ich ihr großzügiges Angebot abgelehnt habe.

Um ehrlich zu sein, bin ich auch wütend auf mich selbst. Vielleicht können wir das irgendwie hinbekommen. Vielleicht ist das Risiko gar nicht so groß.

Nein.

Ich muss stark bleiben.

Außerdem hat Jane das wahrscheinlich als eine Beleidigung empfunden, also wird sie mir wahrscheinlich keine weitere Chance für ihre GE geben.

Um den letzten Punkt zu beweisen, ist das Wetter auf dem Rückweg immer noch das Hauptthema.

Um das Wasser zu testen, sage ich: »Die Vorhersage ist für morgen besonders schön. Hast du Lust auf ein weiteres Picknick?«

Sie schürzt ihre Lippen. »Großer Tag in der Bibliothek. Ich bezweifle, dass ich es schaffe, zu entkommen.«

Übersetzung: Sie ist definitiv immer noch wütend auf mich. Nach ihrer Reaktion beim letzten Mal zu urteilen, sind Picknicks für sie ein gefundenes Fressen.

»In Ordnung«, sage ich. Bevor wir wieder über Windgeschwindigkeiten, Luftfeuchtigkeit oder den UV-Index sprechen können, füge ich hinzu: »Ich habe ein Datum für die Hochzeit festgelegt.« In Wahrheit habe ich noch nichts von meinen Leuten gehört, aber ich will den Deal besiegeln, bevor Jane sich so sehr darüber ärgert, dass ich ihre GE abgelehnt habe, dass sie einen Rückzieher machen will.

»Oh«, sagt Jane ohne jede Begeisterung. »Wann ist der große Tag?«

»Am ersten Samstag im nächsten Monat«, sage ich, denn das ist der früheste Termin, an dem der Organisator eine Hochzeit organisieren kann. »Wird das genug Zeit sein, um alle einzuladen, die bei der Zeremonie dabei sein sollen?«

Sie runzelt die Stirn. »Muss ich jemanden einladen?«

»Ich schätze nicht, aber das hier soll wie eine richtige Hochzeit aussehen.«

Sie seufzt. »Du hast recht. Außerdem würde Oma mir nicht verzeihen, wenn sie keine Einladung bekäme.«

»Wir haben eine Planerin«, sage ich. »Sie kümmert sich um Dinge wie Einladungen. Schick mir einfach die Namen und Adressen deiner Leute.«

Jane holt ihr Handy heraus, stellt eine Liste zusammen und schickt sie mir. Ich gebe sie an die Planerin weiter und versuche, ein richtiges Gespräch mit Jane zu beginnen, aber das endet wieder damit, dass ich über das Wetter rede.

Als Jane an diesem Abend nach Hause kommt, zieht sie sich eine Yogahose und einen Sport-BH an, die mich in den Wahnsinn treiben, so dass ich fast froh bin, als sie mir sagt, dass sie nicht zusammen fernsehen will. Es wäre eine exquisite Folter gewesen, wenn sie Ja gesagt hätte.

Ihre Weigerung beweist jedoch zweifelsfrei, dass sie sauer auf mich ist – und sich gestern Abend nur zu mir gesellt hat, weil wir noch *Bridgerton*, Staffel zwei, zu beenden hatten. Jetzt, wo das vorbei ist, ist sie zu sauer auf mich, um etwas anderes zu sehen.

Hmm. Ich frage mich, wie viel es kosten würde, Netflix zu bezahlen, um die Dreharbeiten für die nächste Staffel zu beschleunigen. Jane würde nicht widerstehen können ...

Ich schaue nach. Sie zahlten sieben Millionen pro Folge. Das könnte ich mir leisten. Andererseits ...

Die Keimzelle einer Idee erwacht zum Leben.

Was wäre, wenn ich meine eigene Serie machen würde, eine, die *Bridgerton* sehr ähnelt? Noch besser: Warum nicht einen Film daraus machen? Es gibt nicht viele sehr gute historische Liebesfilme auf dem Markt. Wenn es gut läuft, könnte daraus eine Serie werden. Noch wichtiger ist, dass Jane nicht widerstehen könnte, mit mir darüber zu sprechen.

Aufgeregt gehe ich in mein Büro und beginne mit der Recherche.

Am nächsten Tag hat sich meine Beziehung zu Jane immer noch nicht verbessert. Sie will keine Zeit mit mir verbringen, obwohl sie wieder ein viktorianisches Outfit trägt, das mich in den Wahnsinn treibt.

Apropos viktorianisch: Da mein *Bridgerton*-Abklatschfilm noch in den Kinderschuhen steckt, erwähne ich ihn ihr gegenüber noch nicht. Ich habe noch viel Arbeit vor mir, bevor er etwas ist, über das es sich zu reden lohnt. Jetzt, wo ich angefangen habe, möchte ein Teil von mir das Geheimnis für sich behalten und ihr einfach das fertige Produkt zeigen, wenn ich damit durch bin. So oder so, der Film ist das, worauf ich mich in der nächsten Woche konzentriere, denn Jane ist fest entschlossen, mich zu meiden.

Sie ist offensichtlich immer noch wütend auf mich. Aber wir unterhalten uns ab und zu, und wenn Piper zu Besuch kommt, verbringt Jane Zeit mit uns – was mich meine Ablehnung der GE noch mehr bedauern lässt.

Sie hat nicht geprahlt, als sie sagte, dass sie gut mit Babys umgehen kann.

»Du süßes kleines Ding«, gurrt sie und schaukelt Piper hin und her, während meine Tochter mit ihrer pummeligen kleinen Faust in ihr Haar greift. »Lass uns ein Bäuerchen machen, damit du dich besser fühlst, was meinst du?«

Und während ich erstaunt zuschaue, lächelt mein wählerisches Baby sie engelsgleich an und lässt ein sehr damenhaftes Bäuerchen los, wobei es irgendwie seine ganze Milch bei sich behält.

Im Ernst, ist Jane eine Babyflüsterin, oder was?

Entweder weigert sich Piper bei mir, richtig zu rülpsen, oder ich werde die Hälfte der Zeit angekotzt.

»Das musst du mir beibringen«, sage ich, als Jane mir meine Tochter – gestillt, mit Bäuerchen und gewickelt – wieder zurückgibt. »Da gibt es doch einen Trick, oder?«

Sie grinst. »Ja, und der ist, eine viel jüngere

Schwester zu haben – und eine Mutter, die darauf besteht, dass du babysittest. Hier, ich zeige es dir.«

Sie demonstriert ihre Technik an einem Teddybär, und ich präge sie mir ein – wie im Moment alles, was mit Jane zu tun hat. Sie geht mir einfach nicht aus dem Kopf, und das nicht nur, weil Yoda in der Woche vor der Hochzeit bereit ist, sich der dunklen Seite der Macht anzuschließen ... dank ihrer Outfits, die selbst dann lächerlich sexy sind, wenn sie nicht viktorianisch sind.

Müssen sich Bibliothekarinnen nicht langweilig anziehen? Denn meine tut das nicht.

Mein neues Projekt ist nicht hilfreich. Um das Genre der historischen Liebesromane besser zu verstehen, habe ich mir einen Haufen Bücher gekauft, die Jane mag, und sie in einem Rutsch durchgelesen. Wie sich herausgestellt hat, sind diese Bücher voll von sexy Szenen, die meisten davon mit einer jungfräulichen Heldin.

Ja. Das ist richtig.

Ich habe mich geweigert, eine GE durchzuführen, und jetzt lese ich alles über sie – eine Aktivität, die auf mich eine ähnliche Wirkung hat wie das Lesen von Kochbüchern auf einen hungernden Mann.

KAPITEL 29
Jane

Die Hölle wird manchmal als ein Ort dargestellt, an dem deine Wünsche unerfüllt bleiben. Vielfraße sind zum Beispiel von köstlichem Essen umgeben, das sie nicht essen können, oder Säufer schwimmen in Alkohol, den sie nicht konsumieren können. Ich bin nicht sexsüchtig, ganz im Gegenteil, aber in den Wochen vor der Hochzeit fühle ich mich so ... wie in meiner speziellen Version der Hölle.

Anscheinend ist das Training nicht das Einzige, was Adrian ohne Shirt macht. Er trägt kein Shirt, wenn er nachts zum Kühlschrank geht oder wenn er sich auf seiner Dachterrasse sonnt oder wenn er mit Leo im Bällepool spielt. Und nicht zu vergessen natürlich sein Hautkontakt mit Piper.

Das ist der Grund, warum ich anfange, den Stachel seiner Zurückweisung zu vergessen. Je mehr Zeit ich mit dem Baby verbringe, desto mehr verliebe ich mich in Piper, und das gibt mir zu denken, dass es richtig war, dass Adrian meinen GE-Vorschlag abgelehnt hat.

Diese ganze Ehe ist um Piper willen, und ich hätte es fast vermasselt, auch wenn er Nein gesagt hat.

Je näher wir der Hochzeit kommen, desto weniger Zeit habe ich, über meine GE nachzudenken. Wenn ich nicht arbeite, verbringe ich die meiste Zeit damit, ein Kleid auszusuchen und mich mit der Hochzeitsplanerin abzusprechen – die sich bei so ziemlich allem nach der Meinung der Braut zu richten scheint.

Ehe ich mich versehe, ist der Hochzeitstag da. Während ich mir die Haare, die Nägel und das Make-up professionell machen lasse, bekomme ich Schmetterlinge im Bauch, und als ich dann mein Hochzeitskleid anziehe, bin ich total nervös … als wäre ich eine echte Braut.

Was ich nicht bin.

Daran muss ich mich immer wieder erinnern, während ich meine Kontaktlinsen einsetze – etwas, was ich nur zu besonderen Anlässen mache.

Ich bin so beschäftigt, dass ich gar nicht merke, wie Mom, Mary und Oma zu mir in die Umkleidekabine kommen. Ich merke erst, dass sie da sind, als sie alle drei zu schluchzen beginnen.

»Wer ist gestorben?«, frage ich.

»Du siehst einfach so schön aus«, sagt Mary und schnieft. »Wie eine Prinzessin.«

»Du bist nicht mehr mein kleines Baby«, murmelt Mama mit einem Schluckauf.

»Und ich muss einfach nur mit den anderen mitweinen«, sagt Oma und putzt sich die Nase. »Das war schon immer so.«

»Kann ich gehen?«, frage ich Mrs. Dubois und den Rest des Glam-me-up-Teams.

Mrs. Dubois sieht mich mit ihrem überkritischen Blick an und nickt, wenn auch widerwillig. »Ich wünschte immer noch, ich hätte sechs Monate Zeit gehabt«, sagt sie mit ihrem französischen Akzent. »Aber unter den gegebenen Umständen sehen Sie ganz anständig aus.«

Mary schnaubt. »Vor allem, wenn man mit anständig wie eine Disney-Prinzessin meint.«

»Oder königinnenhaft«, fügt Mama hinzu.

Ich widerstehe dem Drang, darauf hinzuweisen, dass es tatsächlich Königin Victoria war, die das heute bekannte weiße Kleid für die zahllosen Bräute, die ihr folgten, auf den Plan rief.

Die Tür geht auf, und die Organisatorin der ganzen Veranstaltung stürmt herein. Sie sieht panisch aus – aber das scheint ihr normaler Zustand zu sein. »Die Limousine ist da«, rattert sie los. »Wir brauchen die Braut in der Kirche. Schnell.«

»Verdammte Amateure«, murmelt Mrs. Dubois vor sich hin. Als sie den tadelnden Blick meiner Oma bemerkt, fügt sie hinzu: »Entschuldigen Sie meine Wortwahl.«

Ich lasse mich in die Limousine schieben, und als das Auto unterwegs ist, fragt Mama: »Warum St.

George's Church? Ich glaube nicht, dass sie die größte oder architektonisch bedeutendste ist.«

Ich grinse. »Wenn die heutige Hochzeit ein Thema hätte, wäre es historische Romantik.«

»Ich verstehe es immer noch nicht«, sagt Mama.

Ich rolle mit den Augen. »Wenn du die Bücher gelesen hättest, die ich dir empfehle, würdest du merken, dass alle schicken Hochzeiten der Oberschicht in St. George's stattgefunden haben.«

»Aber in London«, sagt Mama.

Ich zucke mit den Schultern. »Ich dachte, diese St. George's ist kurzfristig leichter zu buchen. Oder wolltest du heute fliegen?«

Mama schüttelt den Kopf. »Was immer dich glücklich macht.«

»Eigentlich würde mich eine schnelle, unauffällige Hochzeit glücklich machen«, sage ich. »Die Art, die es in Vegas oder im Rathaus gibt.«

»Wenn du das tun würdest, würde es nicht zu der historischen Romantik passen«, sagt Mama.

Ich spitze meine Lippen. »Wir hätten ein Rollenspiel machen können. In meinen Liebesromanen gibt es immer wieder schnelle Hochzeiten. Wenn die Heldin zum Beispiel schwanger ist, bekommt der Held einfach eine Sondergenehmigung vom Erzbischof von Canterbury.«

Ich habe ein bisschen recherchiert, und in der realen Welt wurde dieser Freibrief selten und nicht leichtfertig vergeben – im Gegensatz zu meinen

Büchern, in denen es nichts Besonderes ist, die Genehmigung zu bekommen.

»Also ist es der Bräutigam, der eine pompöse Hochzeit haben möchte?«, fragt Oma. »So hat das zu meiner Zeit nicht funktioniert.«

»Jane möchte das auch«, sagt Mary verschwörerisch. »Sie will nur, dass wir denken, sie stehe über solchen Dingen.«

Die Limousine hält in diesem Moment an, was gut ist, denn ich habe keine witzige Antwort auf diese Aussage.

»Bleibt im Auto«, sage ich zu allen, die nach den Türen greifen. »Wir müssen auf den Sicherheitsdienst warten.«

»Sicherheitsdienst?« Oma schaut aus dem Fenster, ihr Blick ist besorgt.

Ich seufze. »Die Boulevardpresse interessiert sich für unsere … ich meine Adrians Hochzeit. Vor der Kirche und dem Hotel, in dem der Empfang stattfinden wird, werden Paparazzi stehen.«

»Oh.« Oma grinst. »Wie aufregend.«

Ich bin überhaupt nicht aufgeregt. Ich weiß nicht warum, aber ich habe ein ungutes Gefühl, da ich weiß, dass Adrian diese Fotos haben will, damit die ganze Welt von der Hochzeit erfährt. Die Sicherheitsvorkehrungen dienen nur dem Schein. Die Paparazzi werden trotzdem einen Haufen Fotos von uns beiden machen. Als Adrian und ich das letzte Mal ein Gespräch geführt haben, das nichts mit dem Wetter zu tun hatte, hat er mir erzählt, dass sein

Sicherheitsteam herausgefunden hat, dass einige sogenannte Journalisten das Catering-Personal infiltriert haben und sich als Kellner und dergleichen ausgeben werden, um später über die Hochzeit zu berichten.

Die Tür der Limousine öffnet sich, und ich werde von den Blitzen der Kameras geblendet, als das Sicherheitsteam uns über einen roten Teppich in die Kirche führt.

Jemand bedeckt mein Gesicht mit einem Schleier, so dass meine Sicht eingeschränkt ist.

»Ich begleite dich«, sagt Mama feierlich, als ob sie meine Gedanken lesen könnte.

Wir gehen in die Haupthalle der Kirche. Alle Bänke sind bis auf den letzten Platz gefüllt, aber die Gäste sind hinter dem Schleier nur schwer zu erkennen, obwohl ich glaube, den Bürgermeister der Stadt, ein paar berühmte Schauspieler und sogar den Milliardär zu erkennen, der kürzlich in den Zeitungen stand, weil er eine Reise zum Mond plant.

Ja. Das ist die moderne Version der Oberschicht.

Ein Live-Orchester beginnt, den Hochzeitsmarsch zu spielen.

Mein Herzschlag schießt in die Höhe.

Der offizielle Name dieses Liedes lautet *Brautchor*, und zwar aus der Oper Lohengrin von Richard Wagner – der die zweifelhafte Ehre hatte, einer von Hitlers Lieblingskomponisten zu sein. Es wurde bei der Hochzeit von Königin Victorias Tochter – ebenfalls Victoria – gespielt und wird seitdem mit Hochzeiten in

Verbindung gebracht … obwohl es in der Oper gesungen wurde, als das Paar das Brautgemach betrat, und nicht, als die Braut – Elsa, ohne Schneekräfte – zum Altar schritt. Es ist auch erwähnenswert, dass Elsa in der besagten Oper nach der Trennung von ihrem neuen Mann vor Kummer stirbt.

Also, ja. Ich bin mir nicht sicher, warum alle diese Melodie verwenden, aber in meinem Fall scheint sie zu passen.

Ich weiß schon jetzt, dass Adrian und ich uns scheiden lassen werden, also schütze ich mein Herz lieber, damit ich nicht wie die arme Elsa ende.

KAPITEL 30

Adrian

Verdammt. Auch wenn der Schleier ihre Gesichtszüge verdeckt, strahlt Jane wunderschön, als sie majestätisch den Gang hinunterschwebt.

Mein Atem geht schneller, und ich muss mich zum x-ten Mal daran erinnern, dass das hier nicht real ist.

Es ist nur eine Show für die kommende Anhörung.

Meine Gefühle sind einfach durcheinander, weil das alles so realistisch erscheint.

Klick.

Da. Das war jemand, der ein Foto geschossen hat – wahrscheinlich einer der Paparazzi, die denken, dass sie sich unbemerkt in die Hochzeit eingeschlichen haben, und nicht, dass mein Sicherheitsteam ein Auge zudrückt.

Ich werfe einen Blick nach rechts, wo meine beste Sicherheitsmitarbeiterin – und Kindermädchen –

Piper hält und mit ihrem breiten Rücken die Bilder verdeckt, wie ich es ihr aufgetragen habe.

Jane und ich haben keine andere Wahl, als in der Boulevardpresse zu landen, aber die Privatsphäre meiner Tochter wird nicht verletzt werden.

Ich drehe mich zu Jane um, gerade als sie mich erreicht, und sehe, dass sie überwältigt aussieht, was mich dazu bringt, die ganze Sache abbrechen und sie stattdessen umarmen zu wollen.

Aber nein.

Die Show muss weitergehen.

»Meine Lieben«, sagt der Priester. Oder ist er ein Bischof? »Wir haben uns heute hier versammelt …«

Jane lüftet ihren Schleier, und ihr Anblick fühlt sich an wie ein Sonnenaufgang während einer Vampir-Apokalypse.

Der Bischof fährt mit seiner Rede fort. Ich höre nur halb zu, bis wir zu dem Teil mit den Gelübden kommen und er Jane etwas sagen lässt, was sie vermutlich selbst aus ihrem viktorianischen Repertoire ausgesucht hat.

Unter anderem verspricht Jane, *mir zu gehorchen*, was sich ein bisschen nach BDSM anhört.

Yoda gefällt es.

»Sie dürfen die Braut jetzt küssen«, sagt der Bischof schließlich.

Ich lege meine Hand auf Janes unteren Rücken und ziehe sie zu mir. Der Duft von Guave mit einem Hauch von Begonie bringt meinen Kopf durcheinander.

Als wir uns tief in die Augen schauen, glänzen die

ihren – und die Kameras fangen an zu klicken, als ich meinen Kopf senke und ihren Mund erobere.

Die Kirche scheint zu verschwinden. Janes Lippen sind weich, geschmeidig und schmecken nach Erdbeeren. Sie erwidert den Kuss auch mit unbändigem Eifer, weshalb ich ihn vielleicht vertiefe und mit meiner Zunge in ihren Mund eindringe, so wie ich es gerne mit Yod...

Der Bischof räuspert sich verärgert.

Spielverderber.

Als ich mich von Jane trenne, klatscht, jubelt und pfeift die Menge in der Kirche wie wild.

Nach diesem Kuss und der legendären Flitterwochensuite, die wir im Hotel gebucht haben, wird niemand mehr daran zweifeln, dass Jane und ich diese Ehe vollziehen werden.

Aber das werden wir natürlich nicht. Daran muss ich mich – und Yoda – immer wieder erinnern.

»Die Kutsche steht bereit«, flüstert der Wachmann, der Piper hält.

Ich küsse meine Tochter, winke Janes Familie zu, dann nehme ich meine neue Frau an die Hand und führe sie vom Altar weg.

Die Leute bewerfen uns mit Rosenblättern, während wir gehen. Sollte es nicht eigentlich Reis sein? Das muss eine Art historischer Roman sein – genauso wie die Pferdekutsche draußen, an deren hinterer Stoßstange ein Haufen alter Töpfe und Pfannen befestigt ist.

»Kannst du ein Auge auf Piper haben?«, frage ich

meine neue Schwiegermutter, bevor sie dem Baby und ihrem Leibwächter in die Limousine folgt.

»Es wird mir ein Vergnügen sein«, sagt sie mit einem breiten Grinsen. »Genießt die Fahrt.«

Ich lächele Jane an. »Wie fühlt es sich an, Mrs. Westfield zu sein?«

Jane befeuchtet ihre vom Kuss geschwollenen Lippen, aber bevor sie etwas erwidern kann, setzt sich die Kutsche in Bewegung und verursacht einen schrecklichen Lärm, der eine Leiche taub machen könnte.

»Es tut mir leid«, ruft Jane über das Getöse hinweg. »Die Pfannen klangen nach einer guten Idee, als ich in meinen Büchern darüber gelesen habe.« Zumindest glaube ich, dass sie das sagt.

Wir fahren weiter, und viele Leute schauen zu uns und machen Fotos – ein unvorhergesehener Vorteil des Lärms. Die Kakophonie hat noch einen weiteren Vorteil. Das mildert einige der Emotionen ab, die durch den viel zu realen Kuss aufgewühlt wurden. Ich brauche das, um ruhiger zu werden, wenn ich den ersten Tanz und die restlichen Aktivitäten, die wir geplant haben, überleben will.

Nach einer gefühlten Stunde Ohrenquälerei bleiben wir endlich stehen.

»Wow«, sagt Jane. »Du hast nicht gescherzt. Dieser Ort passt perfekt zum Thema.«

Stolz blähe ich meine Brust auf. Das Palace Hotel war einer meiner wenigen Beiträge zur Hochzeitsplanung. Ich habe ein wenig recherchiert und bin auf eine Liste von Orten gestoßen, an denen schon einmal eine königliche Hochzeit stattgefunden hat.

Und das Beste ist, dass dieses Hotel so aussieht, wie es der Name vermuten lässt – wie ein Palast.

Als wir die Lobby betreten, entdeckt Jane die Pförtner und grinst. Ich lächele auch. Die Jungs tragen Kostüme im Cosplay-Stil mit Mänteln, Zylindern und hellen Hosen.

»Wenn ich der Besitzer wäre, hätte ich bei den Papageien aufgehört«, flüstere ich Jane zu, während ich die Vögel in der Lobby betrachte. »Die Pfauen sind ein bisschen klischeehaft.«

»Ich liebe das alles«, sagt sie und starrt auf einen der besagten Pfaue. »Das ist eine echte Märchenhochzeit.«

Es freut mich, dass sie das so sieht. Diesen Ort zu buchen war nicht nur eine Frage des Geldes. Man muss The Palace weit im Voraus anfragen, was ich nicht getan habe, also musste ich das Paar, das es heute gemietet hatte, mit einer Hochzeit in der Pikaia Lodge in Ecuador locken.

»Mr. Westfield?«, fragt einer der Kerle mit dem Zylinder.

Ich nicke.

Der Typ hebt ein Walkie-Talkie, um Kevin, den Fotografen, den ich engagiert habe, zu rufen.

Jane lacht, als sie Kevin entdeckt, und auch ich lächele. Kevin scheint das Hochzeitsthema etwas zu sehr ins Herz geschlossen zu haben, denn er ist wie eine Art Herzog gekleidet und hält sich sogar ein

Monokel ans Auge, während er uns Plebejer betrachtet.

Ich nehme an, dass Kevin widerwillig gutheißt, was er sieht, denn er winkt uns, ihm zu folgen.

Als wir den riesigen Raum betreten, in dem das Fotoshooting stattfinden soll, warten schon alle, die die Ehre haben, im Hochzeitsalbum abgebildet zu werden ... auch Leo, der neben seinem neuen – männlichen – Hundeausführer steht.

Als Jane den großen grünen Bildschirm im hinteren Teil des Raumes entdeckt, schaut sie mich misstrauisch an.

»Damit können wir jeden beliebigen Hintergrund erstellen«, erkläre ich ihr. »Keine Sorge, es wird so realistisch aussehen, dass jeder denken wird, wir wären an diesem Ort gewesen.«

»Kann einer von ihnen der Hyde Park sein?«, fragt Jane. Mit einem Blick auf den Rest unserer Truppe erklärt sie: »Das ist der Ort, an dem sich die Mitglieder der britischen Aristokratie in der viktorianischen Zeit normalerweise aufhielten.«

Kevin blickt Jane hochmütig durch sein Monokel an. »Jeder Hintergrund schließt natürlich den Hyde Park und jeden anderen Park ein.«

Ich räuspere mich verärgert. »Kevin, du bist nicht wirklich ein Herzog.«

Mit verlegenem Blick steckt der Fotograf sein Monokel ein und schnappt sich die Kamera. In einem viel respektvolleren Ton sagt er: »Warum fangen wir nicht mit der Familie der Braut an?«

Janes Großmutter – wie hieß sie noch? – und ihre Schwester Mary eilen zu der Stelle, auf die Kevin zeigt. Janes Mutter, Georgiana, kommt mit Pipers Wachfrau im Schlepptau auf mich zu. Mit großem Widerwillen legt Georgiana Piper zurück in meine Arme.

»Ich habe das Gefühl, dass sie schon zu unserer Familie gehört«, sagt sie mit einem Seufzer.

Ich drücke Piper an meine Brust und fühle eine Achterbahn der Gefühle. Die Liebe und die Zufriedenheit gewinnen – weil ich sie so stark spüre, wenn ich in der Gegenwart meiner Tochter bin. Aber ich spüre auch Sehnsucht und Eifersucht in meiner Brust, weil Jane diese ganze Familie bei sich hat und Piper das einzige Mitglied der meinen ist.

»Sie kann mit euch auf den Bildern sein«, sage ich und zwinge mich, ihr Piper zurückzugeben.

Freudestrahlend schnappt sich Georgiana das Baby und geht wieder zurück zu den anderen.

Leo zerrt seinen neuen Aufpasser herbei und steckt dann beruhigend seine nasse Nase in meine Handfläche.

Du hast nicht nur Piper. Du hast auch mich.

Lächelnd streichele ich meinen schafähnlichen besten Freund. Apropos Freunde: Bernard, Warren und Michael sind auf dem Weg zu mir.

Sofort ist meine Selbstmitleidsparty vorbei. Die anderen Kinder an der Schule nannten unsere Gruppe *Die vier Musketiere*, und das passte, denn wir gerieten in genauso viele Schwierigkeiten wie die berühmten Charaktere von Dumas.

»Ich kann nicht glauben, dass du dir die Eier fesseln lässt«, sagt Michael mit einer Stimme, die so leise ist, dass nur wir vier ihn hören können.

»Und das auch noch freiwillig«, fügt Bernard hinzu.

»Und wo hat sie so kleine Fesseln gefunden?«, fährt Michael fort.

»Ich vermute, sie hat etwas gegen ihn in der Hand«, sagt Warren mit gespielter Sorge zu den anderen.

»Oh Scheiße«, sagt Bernard verschwörerisch zu mir. »Blinzle zweimal, wenn sie eine Bombe in deinem Hintern platziert hat.«

»Oder einer anderen Körperöffnung«, fügt Michael hinzu.

»Ihr seid Arschlöcher«, sage ich. »Alle drei.«

»Das ist die schwächste Beleidigung in der Geschichte der Beleidigungen«, sagt Michael.

Verwandeln sich andere erwachsene Männer in ihr jugendliches Selbst zurück, wenn sie sich auf diese Weise treffen, egal, wie viele Jahre vergangen sind? Wer die drei so kennt, wie sie jetzt sind, würde nicht glauben, was aus ihren hoch angesehenen Mündern kommt.

»Warte mal«, sagt Michael und grinst. »Ist sie der Sexbot, den du schon immer erfinden wolltest?«

»Warum sollte er seinen Sexbot heiraten?«, fragt Warren. »Das Schöne an einem Sexbot ist, dass du keine Frau brauchst. Oder eine Freundin.«

»Es reicht«, sagt Bernard. In einem ernsteren Ton fragt er mich: »Hast du überhaupt kalte Füße bekommen?«

»Kalte Füße?«, ruft Michael aus. »Auf keinen Fall! Ich wette, er hat dafür spezielle Schuhwärmer erfunden und trägt sie jetzt.«

Ich blende den Rest der Sticheleien aus und beobachte das Fotoshooting, bis Kevin uns vier auffordert, vor den grünen Bildschirm zu treten.

»Macht keinen Scheiß«, sage ich zu meinen Freunden in einem Ton, der hoffentlich meine Fähigkeit und meinen Eifer vermittelt, dem Schuldigen in die Eier zu treten.

Entweder sie kapieren es oder sie erinnern sich daran, wer sie eigentlich sind und verhalten sich würdevoll, als das Shooting beginnt.

Das einzige Problem ist, dass ihr Lächeln falsch ist, aber wen kümmert das schon, oder?

Plötzlich reißt Leo an seiner Leine, befreit sich von dem neuen Aufpasser und stürzt sich auf Kevins Schritt.

Da ich immer noch an verletzte Eier denke, erschaudere ich.

Aber Leo ist nicht daran interessiert, Kevin Schmerzen zu bereiten.

Nun, jedenfalls nicht physisch.

Leo schnüffelt allerdings sehr gründlich. Ein Schnüffeln, das laut genug ist, dass die Katzen in der Nachbarschaft es hören und Schutz suchen.

»Wow«, sagt Bernard. »Der Hund hat seinen ganzen Kopf da drin.«

»Glaubst du, der Fotograf hat Speck in seinem Hintern?«, fragt Michael.

»Alle wieder zusammen«, sagt Kevin zu uns vieren und tut so, als ob nichts passiert wäre.

Wir tauschen Blicke aus und tun dann, was Kevin sagt. Ich meine, Leo schnüffelt gerne weiter, und wenn Kevin einen Hund in seinem Schritt haben will, wer sind wir, darüber zu urteilen?

Oh, und natürlich ist das Lächeln auf den nächsten Fotos ziemlich echt.

Als das Shooting mit den Freunden vorbei ist, habe ich Mitleid mit Kevin und bringe Leo zurück zu seinem neuen Betreuer, der bald abgelöst werden wird.

»Okay«, sagt Kevin mit einer Ernsthaftigkeit, die man von einem Mann, der gerade von einer großen, nassen Nase beschnüffelt wurde, nicht erwarten würde. »Jetzt die Frischvermählten.«

Sobald meine Freunde davonstürmen, schwebt Jane zu mir und sieht dabei gleichermaßen umwerfend und überwältigt aus.

»Ich beginne das Brautpaarshooting gerne mit der Gaze-Pose«, sagt Kevin. »Es ist die Szene, in der sich das Paar tief in die Augen schaut. Es ist ein tolles Warm-up für das, was danach kommt.«

Ich füge mich, begegne Janes Augen und verliere mich augenblicklich in ihren bernsteinfarbenen Tiefen. Wie aus weiter Ferne höre ich Kevin sagen: »Ich hab's. Perfekt. Jetzt machen wir die nächste Pose ... den Kuss.«

KAPITEL 31
Jane

Noch einen Kuss?

Mit Adrian?

Ich habe mich immer noch nicht von dem in der Kirche erholt – das Beste, was meinen Lippen je passiert ist ... und den Teilen, die an ihnen hängen.

Dieser Kuss hat das Universum so erschüttert, dass ich mir seitdem immer wieder vor Augen führen muss, dass diese Hochzeit nur gespielt ist. Deshalb glaube ich nicht, dass ich, wenn wir uns wieder küssen ...

Adrians Lippen berühren meine, und meine Gedanken werden kurzgeschlossen. Alles, was ich spüre, ist seine Zunge, die sanft in meinen Mund eindringt, seine Hand auf meinem Rücken, sein warmer Atem.

»Dreh sie mehr nach rechts«, sagt eine Stimme – Kevins – und selbst das scheint den Moment nicht zu ruinieren.

Adrian küsst mich weiter, während ich spüre, wie ich köstlich in eine fotogenere Position manövriert werde.

»Toll«, sagt Kevin. »Macht weiter so.«

Adrian vertieft den Kuss und ich fühle mich, als würde ich aus meinem Körper herausschweben – als wären meine Lippen der einzige physische Teil von mir, während der Rest so leicht wird wie der Geist eines Heliumballons.

Miss Miller – oder besser gesagt Mrs. Westfield – findet diese öffentliche Zurschaustellung von Zuneigung unanständig, selbst wenn sie mit dem rechtmäßig angetrauten Ehemann stattfindet. Es sei denn, es handelt sich um den Beginn einer Bettzeremonie, um die Ehe zu legitimieren; in diesem Fall sollte sie schnell fortgesetzt werden.

»Das war's«, sagt Kevin.

Adrian hört nicht auf, und ich auch nicht.

Im Raum ertönen vereinzelte Lacher.

Kevin räuspert sich ein paarmal.

Zu meiner großen Enttäuschung zieht sich Adrian sanft zurück.

Ich führe meine Hand an meine Lippen und hole Luft.

Meine Mutter und meine Oma zwinkern mir zu, während meine Schwester ein würgendes Gesicht macht. Einer von Adrians Freunden sagt uns, wir sollen etwas für die Hochzeitsnacht aufheben.

Apropos Freunde: Sie sind fast so heiß wie Adrian selbst – und er hat die Messlatte ziemlich hoch gelegt.

Ist das der Beweis dafür, dass die Reichen ihre Nachkommen heimlich gentechnisch auf gutes Aussehen trimmen? Das ist eine bessere Verschwörungstheorie als die, dass Elvis anstelle von Neil Armstrong den Mond betreten hat.

»Du kannst etwas Luft holen«, sagt Kevin zu Adrian. »Ich werde ein paar Bilder nur von Jane machen.«

Und das tut er auch, indem er zuerst ein paar Bilder von mir macht, auf denen ich so tue, als würde ich mein Gelübde schreiben, und dann welche, auf denen ich meine Schuhe anziehe. Als Nächstes wird ein riesiger Blumenstrauß vorbeigebracht, und Kevin macht ein Foto von mir, wie ich ihn wie eine hungrige Ziege anstarre.

Als ich meinen Schleier und die Schleppe meines Kleides zeige, habe ich mich schon etwas von dem Kuss erholt und komme gerade noch rechtzeitig, denn Kevin verkündet, dass er möchte, dass wir die sogenannte V-Pose machen und dass Adrian dabei mitmacht.

»Stellt euch nebeneinander«, befiehlt Kevin. »Die Hüften berühren sich.«

Sobald wir das tun, wird mein Atem schwerer.

»Berührt euch an der Stirn«, sagt Kevin.

Hat er gerade gesagt, dass er …

In der Tat. Adrian beugt sich vor, blickt mir freundlich in die Augen und ergreift meine Hand.

Oje. Bin ich noch eine Jungfrau? Bei all den Gefühlen in meinem Höschen bin ich mir da nicht mehr so sicher.

»Jetzt machen wir die Stack-Pose«, sagt Kevin. »Jane, du starrst in die Ferne, als würdest du eure gemeinsame Zukunft sehen. Adrian, stell dich hinter sie und schlinge deine Arme um sie. Dann schau in die gleiche Zukunft.«

Meine Mutter und meine Oma sagen Oh und Ah, während Adrians Freunde etwas Abfälliges sagen.

Als sich seine Arme um mich legen, schmelze ich auf der Stelle wie die böse Hexe.

»Nimm jetzt den Schleier«, sagt Kevin, »und kuschle dich drunter.«

Das ist eine Täuschung.

Alles Schwindel.

»Küss ihre Schulter, und wir werden einen Balkon als Hintergrund nehmen«, sagt Kevin.

Alles nur gespielt, sage ich mir.

Aneinanderruhende Stirnen.

Gespielt.

Kuss auf die Stirn.

Gespielt.

Kuss von hinten.

Gespielt oder nicht, wenn Kevin nicht bald damit aufhört, wird die nächste Pose Jane-klettert-auf-Adrian heißen.

KAPITEL 32
Adrian

W ie nennt man diese Pose? Nach unten gebeugter Doggie-Style? Hart wie ein Berg? Erregender Delfin?

Ich habe keine Ahnung, aber es ist sehr wahrscheinlich, dass ich am Ende den schlimmsten Fall von blauen Eiern haben werde, den jemals ein Bräutigam an seinem Hochzeitstag hatte. Doch die Folter durch die Erregung dauert gefühlte Stunden an. Als Yoda kurz davor ist, zu explodieren, sagt Kevin schließlich, dass er alle Bilder hat, die er braucht.

Perfekt. Kann ich noch in der Flitterwochensuite vorbeischauen und ein Eisbad nehmen?

Nein. Die Hochzeitsplanerin stürmt schnaufend herein und teilt uns mit, dass wir mit unseren Vorbereitungen für den großen Auftritt zu spät dran sind.

Ich ergreife Janes Hand, als wir aus dem Raum geführt werden, und dann *bereiten wir uns vor*, was ein

Euphemismus dafür ist, einen langweiligen Vortrag zu hören und zu warten. Schließlich verkündet der DJ, dass Mr. und Mrs. Westfield dabei sind, zum ersten Mal gemeinsam zu erscheinen, und wir betreten den Raum unter lautem Jubel und einem Lächeln auf den Lippen.

Als wir auf unseren Ehrenplätzen sitzen, die natürlich wie Throne aussehen, sehe ich, wie Janes Kinnlade herunterklappt. Ah. Sie hat sie bemerkt. Es hat ein bisschen gedauert, aber jetzt sind sie da – einige der Schauspielerinnen und Schauspieler aus *Bridgerton*, gekleidet in ihren Kostümen aus der Serie.

Bevor Jane sich erholen kann, meldet sich der DJ zu Wort.

»Und jetzt werden die Frischvermählten ihren ersten Tanz tanzen – einen Walzer.«

Jane errötet und strahlt mich an.

Ich stehe auf und reiche ihr meine Hand. Bald beginnen wir, sehr zu Yodas Unbehagen, Walzer zu tanzen.

»Habe ich schon erwähnt, dass das hier wie eine Märchenhochzeit ist?«, flüstert Jane mir nach einer Drehung ins Ohr.

»Vielleicht einmal«, flüstere ich zurück und es kostet mich all meine Willenskraft, nicht an ihrem zierlichen Ohrläppchen zu knabbern.

»Nun, das ist sie«, sagt sie. »Wenn ich wirklich heiraten werde, werde ich mir nicht einmal die Mühe machen, eine Zeremonie zu veranstalten, weil es keinen Vergleich sein würde. Ich werde einfach zum Rathaus gehen, und das war's.«

Ich hasse die Vorstellung, dass sie jemanden heiraten könnte, der nicht ich bin. Was stimmt nicht mit mir? Was auch immer es ist, es ist ein großes Problem, denn ich bin nicht nur eifersüchtig, sondern flüstere auch: »Die heimlichen Paparazzi machen Fotos. Würdest du mich noch einmal für die Kameras küssen?«

Was tue ich da? Ich habe keine Beweise dafür, dass die Paparazzi im Moment tatsächlich Fotos machen. Es ist fast so, als würde ich versuchen …

Jane befeuchtet ihre Lippen, errötet und nickt.

Scheiße.

Ich lehne mich vor.

Jane stellt sich auf die Zehenspitzen.

Die Menge verstummt.

Wir küssen uns. Genau wie bei den beiden vorherigen Malen ist es transzendent. Besser als jeder Sex, den ich jemals hatte.

Meine Zeitwahrnehmung verschwindet. Ich habe keine Ahnung, wie lange ich sie küsse, jede seidige Spalte ihres Mundes erforsche, die Weichheit ihrer Lippen schmecke und ihren süß duftenden Atem einatme. Erst als die Walzermusik aufhört und alle donnernd klatschen, werde ich aus der Trance gerissen und löse mich von Jane.

»Oje«, keucht Jane. »Ich brauche einen Drink.«

»Tolle Idee.« Ich führe sie zurück zu unseren

Thronen, öffne eine Champagnerflasche und schenke uns beiden eine Flöte ein.

»Und jetzt«, kündigt der DJ an, »wird der Trauzeuge eine Rede halten.«

Trauzeuge? Ich frage mich, wer die Eier hat, zu behaupten ...

Natürlich.

Michael springt auf.

Ich kippe meine Flöte hinunter, gieße noch eine ein und wiederhole den Vorgang.

»Ich würde gerne eine Geschichte darüber erzählen, wie aufmerksam Adrian ist«, sagt Michael.

Scheiße. Nicht schon wieder diese Geschichte. Ich trinke noch ein Glas Champagner und fülle Janes Flöte nach. Wenn sie angeheitert ist, achtet sie vielleicht nicht so genau darauf, was auf sie zukommt.

»In unserer Schulzeit haben wir oft sein Zimmer besucht«, erzählt Michael. »So bin ich auf das Buch gestoßen, das ich seitdem *The Notebook* nenne – aber bitte nicht verwechseln mit dem gleichnamigen Film, der zum Erbrechen anregt, aber zum Glück besser als *Wie ein einziger Tag* bekannt ist. In seinem Notizbuch hat Adrian sorgfältig Buch über die Dinge geführt, die die Mädchen, mit denen er ausging, mochten und nicht mochten.« Er holt sein Handy heraus. »Ich habe noch Fotos von den schönsten Seiten und möchte sie mit allen teilen, besonders aber mit Jane.«

Während Michael fortfährt, beugt sich Jane vor und flüstert: »Ist irgendetwas davon wahr?«

Ich nicke reumütig. »Das ist der Erfinder in mir,

denke ich. Ich will immer den besten Weg finden, um Dinge zu erledigen. Den effizientesten. Den ...«

Lautes Gelächter übertönt meine nächsten Worte.

Natürlich. Michael ist an der Stelle im Tagebuch angelangt, an der ich meine vorsichtigen Überlegungen zum Thema Analsex niedergeschrieben habe.

Zu meiner großen Erleichterung schnappt Warren Michael das Mikrofon weg.

»Dieser Mann ist ein Hochstapler«, sagt Warren. »Eigentlich bin ich Adrians Trauzeuge, deshalb habe ich eine noch bessere Geschichte zu erzählen.«

Scheiße. Was könnte er ...

Ah. Er erzählt ihnen von der Zeit, als er mich herausforderte, etwas Originelles zu erfinden – wobei er den Teil auslässt, dass wir bekifft waren –, und wie ich die Herausforderung annahm, indem ich ein Verfahren zur Herstellung von Stoff aus dem Kasein von Käse entwickelte.

Jane zieht eine Augenbraue hoch.

»Es ist wahr«, sage ich. »Ich habe sogar ein T-Shirt aus einem besonders stinkenden Käse gemacht und es Warren geschenkt.«

Jane lacht, als Warren die Geschichte mit den Worten abschließt: »Wenn also böse Kühe aus dem All die ganze Baumwolle der Welt verschlingen, können wir dank Adrian immer noch Socken tragen.«

Bevor er eine weitere Anekdote erzählen kann, schnappt sich Bernard das Mikrofon, stellt sich als *der einzig wahre* Trauzeuge vor und erzählt allen, dass ich der Erfinder des Baby-Mopp-Strampler war – ein

Kleidungsstück, das ein Kleinkind beim Krabbeln tragen kann und das gleichzeitig den Boden reinigt.

»Er will, dass Piper es trägt.« Er deutet auf meine Tochter, die auf Georgianas Schoß sitzt. »Aber ich sage, dass er am Ende mehr Geld für ihre Therapie ausgeben wird, als er jemals für eine Putzfrau sparen könnte.«

Jane runzelt die Stirn.

»Das hat er sich ausgedacht«, sage ich. »Aber ich habe einmal normale Mopps an seinem Trainingsanzug befestigt, als er so betrunken war, dass er gekrochen ist.«

Sie grinst. »Betrunkener-Idiot-Mopp-Overall™.«

Bevor Bernard eine weitere Geschichte erzählen kann, schneidet jemand den Ton zum Mikrofon ab.

Verdammt, endlich.

»Vielen Dank an alle Trauzeugen«, sagt der DJ und versieht die Worte mit einem elefantenschweren Sarkasmus. »Jetzt gehen Sie bitte tanzen, bevor es Zeit ist, Ihre Lieblingshochzeitsfrühstücksgerichte zu genießen.«

Jane seufzt. *Hochzeitsfrühstück* nannte man den Empfang in der viktorianischen Zeit.

Hmm. Wenn das Hochzeitsfrühstück nicht wortwörtlich ein Frühstück ist, stört sich Jane vielleicht an einigen der Überraschungsgerichte, die ich dem Hauptgang hinzugefügt habe, wie zum Beispiel Eier Benedict und French Toast.

Die Musik beginnt zu spielen, und es ist ein clubähnlicher Remix des Themas von *Bridgerton*.

»Willst du tanzen?«, fragt Jane schüchtern.

Ablehnen kann ich dieses Angebot nicht, was bedeutet, dass Yoda leiden wird.

Ich trinke meinen Sekt aus, stehe auf und reiche Jane die Hand. »Mylady.«

Sie nimmt meine Hand. »Jetzt, wo wir verheiratet sind, dürfen wir weniger formell sein. Besonders unter vier Augen.«

»Sehr gut«, sage ich und führe sie in die Mitte der Tanzfläche. »Ich kann dich endlich Jelly Bean nennen. Oder würdest du Janilla bevorzugen? Vielleicht J-Bone?«

»Wenn das so ist, soll dein Pseudonym Apfelsoße sein«, sagt sie. »Oder Rio. Oder Adieu. Oder Audrey. Oder einfach Drey. Vielleicht sogar Dr. Drey?«

Ich wirbele sie herum. »Du gewinnst. Du wirst einfach *meine Jane* sein.«

»Das gefällt mir.« Ihre Wangen werden rosa. »Und du wirst *mein Adrian* sein.«

Ernsthaft, Yoda? Bringt dich *das* auf Touren?

Sobald der Remix aufhört, wird ein Lied von Céline Dion gespielt, zu dem wir langsam tanzen. Weil ich im Moment keine Ausrede habe, Jane zu küssen, kämpfe ich gegen den seltsamen Drang an, es zu tun.

»Hast du Hunger?«, frage ich Jane ein paar Lieder später.

Sie beißt auf eine ihrer köstlichen Lippen. »Heißhunger.«

Als wir an den Tisch zurückkehren, probieren wir jedes Gericht und finden alles köstlich.

Janes Familie kommt zu uns, Piper sitzt immer noch auf Georgianas Hüfte und der Bodyguard aka die Nanny ist ihnen auf den Fersen.

Ich küsse ihre pausbäckige Wange. Also Pipers.

»Kann die Kleine die Nacht bei mir verbringen?«, fragt Georgiana.

Ich nicke. »Solange du bereit bist, in ihrem Kinderzimmer zu schlafen.«

Janes Großmutter runzelt die Stirn. »Bei dir zu Hause?«

»Korrekt.«

»Ist das nicht der Ort, an dem die Hochzeitsnacht stattfinden soll?«, fragt Janes Großmutter und runzelt die Stirn noch mehr.

»Wir haben die Flitterwochensuite«, sagt Jane stolz. »In diesem Hotel.«

»Die Flitterwochensuite.« Janes Großmutter zwinkert mir beunruhigend lasziv zu. »Ich hoffe, sie hat eine Schaukel.«

Sie meint eine Sexschaukel, richtig? Jane muss das auch denken, denn ihre Wangen verfärben sich noch mehr.

»Eine Schaukel?«, fragt Mary neugierig. »Warum sollte die Suite …«

»Ich glaube, das ist unser Stichwort, um zu gehen«, sagt Georgiana streng und führt ihre Mutter nicht gerade sanft weg zu ihren Plätzen.

»Aber im Ernst«, will Mary wissen. »Wofür ist die Schaukel?«

Jane kippt eine Champagnerflöte hinunter. »Das erkläre ich dir, wenn du viel, viel älter bist.«

»Igitt, tu es nicht«, sagt Mary. »Ich will nicht, dass Schaukeln für mich ruiniert wird, niemals.«

Als meine kleine Schwägerin geht, verkündet der DJ, dass die Torte zum Anschneiden bereit ist, also gehen Jane und ich zu ihr, um uns die Ehre zu geben.

Wie es die Tradition will, lege ich meine Hand auf Janes – und es überrascht mich nicht, dass ich auf den Kuchen verzichten und stattdessen etwas essen will, was noch süßer zu sein verspricht.

Janes Muschi, falls das noch nicht klar war.

Aber das kann ich nicht. Aus Gründen. Guten – auch wenn ich mich nicht genau erinnern kann, welche das sind.

Nachdem der Kuchen offiziell angeschnitten wurde, führe ich Jane zurück zum Tisch, und wir stürzen uns alle auf den Nachtisch.

Ich bin fast fertig mit meinem Kuchen, als Janes Familie mit Piper und ihrem Leibwächter zurückkommt.

»Das hat so viel Spaß gemacht«, sagt Georgiana. »Aber es ist schon spät, und die Kleine wird unruhig.«

»Wird sie?« Ich gehe auf Piper zu und küsse ihre Stirn. Obwohl sie jetzt wie ein Baby grinst, weiß ich, dass sie jeden Moment wieder weinen könnte, also verabschiede ich mich herzlich von Georgiana und allen anderen. Kaum sind sie weg, kommen meine Musketierkollegen vorbei und sagen uns, dass sie auch gehen wollen.

»Ist das schon eure Schlafenszeit?« Ich kann nicht anders, als sie zu ärgern.

»Uns erwartet eine Burlesque-Show«, sagt Warren. »Es sei denn, hier kommt noch eine?«

Ich rolle mit den Augen.

»Was kümmert dich das überhaupt?«, fragt Bernard mich. »Alles, woran du denken solltest, ist die Vollziehung dieser Ehe.«

Jane wird rot wie Rote Bete.

»Es sei denn, das habt ihr schon getan«, mischt sich Michael ein. »Nach dem Fotografieren?«

Habe ich Rote Bete gesagt? Rotwein trifft es besser.

»Viel Spaß bei der angeblichen Burlesque-Show«, sage ich und wende meine Aufmerksamkeit der nächsten Person zu, die sich gerade verabschieden will.

Schon bald ist die Party vorbei, und nur noch die Journalistenspione sind übrig.

Dann haben wir hier etwas für sie, worüber sie schreiben können.

Ich stehe auf und rufe: »Okay, Leute! Wir sind auf dem Weg zur Flitterwochensuite.«

Damit hebe ich Jane wie eine Braut mit beiden Armen hoch, und während die Leute klatschen, schreite ich triumphierend aus dem Raum.

KAPITEL 33
Jane

»Leg mich auf das Bett«, sage ich atemlos, als Adrian mich in die obszön luxuriöse Flitterwochensuite trägt. »Ich traue mir nicht zu, stehen zu können.«

Ja. Meine Knie sind wackelig, und das nicht nur, weil ich vom Sekt so angeheitert bin. Ich habe eine Überdosis Dopamin und Oxytocin, und das ist alles Adrians Schuld. Es war schon schlimm genug, wenn er mich berührte, mit mir tanzte oder mich anlächelte, aber so getragen zu werden, an seine steinharte Brust gepresst und von seinen starken Armen umschlungen zu werden, während ich seinen köstlich männlichen Duft einatme, macht mich auf eine sehr reale Weise schwindlig.

Das Bett muss von der Sorte Alaskan King sein – ein fast drei mal drei Meter großes Ungetüm, in dem ein Dutzend der größten NBA-Spieler bequem Platz finden könnten ... selbst wenn sie eine Orgie mit ihren größten Kollegen aus der WNBA feiern würden.

Behutsam setzt Adrian mich am Rand des Bettes ab, direkt auf die Blütenblätter von tausend Rosen.

Ja, Blütenblätter – und sie sind nicht die einzigen Flitterwochenutensilien, die im Zimmer verstreut sind. Es gibt genug Kerzen, um eine große Brandgefahr zu erzeugen, genug Schokolade, um selbst die gesündeste Person zuckerkrank zu machen, und genug herzförmige Ballons, um einen fettleibigen Elefanten hochzuheben.

Das ist alles super romantisch und übersteigt meine wildesten feuchten GE-Träume.

Anders ausgedrückt: Das Universum verspottet mich damit, dass ich heute Nacht Jungfrau bleiben werde.

Ich atme tief ein und nehme den Geruch von Weihrauch wahr, der sich mit dem Aroma der Blumen verbindet und mir den Kopf noch schneller dreht.

Adrian will sich aufrichten, aber unsere Blicke treffen sich.

Oh-oh.

Ich muss wegschauen.

Ich kann nicht.

Bei Gott, ich kann meine Augen wirklich nicht von ihm abwenden.

Meine Verliebtheit muss offensichtlich sein, aber er schaut auch nicht weg. Tatsächlich ist sein Blick hingerissen, und ein Muskel in seinem Kiefer zuckt –

er bittet mich, ihn zu lecken. Und dann an diesem scharfen Wangenknochen zu knabbern, bevor ich …

Mrs. Westfield ist der festen Überzeugung, dass man sich gewisse Freiheiten nicht nehmen sollte, auch nicht mit dem eigenen Ehemann.

Von einem unwiderstehlichen Impuls überwältigt, umklammere ich seine Krawatte wie ein chlamydienfreier Koala, der sich an einem Eukalyptusbaum festhält. Mein Gehirn gibt meinem Arm den dreisten Befehl, Adrian herunterzuziehen, aber bevor der Arm den Befehl ausführen kann, macht Adrian seinen Zug – wahrscheinlich, weil er sonst seine Lizenz als Schürzenjäger verlieren würde.

Sein Mund schnappt zu wie ein Raubvogel, und seine Hände landen am Mieder meines Kleides.

Ja!

Alle Gedanken fliehen aus meinem Kopf, und ich verliere mich in dem Kuss. Ich spüre nur noch die Süße der Hochzeitstorte in seinem Atem und etwas sehr Männliches, das einfach nur Adrian ist.

Das Geräusch von reißender Seide und Spitze donnert durch den Raum.

Er hat mein Mieder zerrissen!

Wie in den besten Liebesromanen.

Heiliger Strohsack. Könnte es sein? Bekomme ich jetzt endlich meine GE?

Es sieht ganz danach aus.

Adrian vertieft den Kuss, seine Zunge dringt in meinen Mund ein und gibt mir einen Vorgeschmack auf den ehelichen Akt, während seine Hände zu meinem zerstörten Mieder hinuntergleiten, meine Brüste befreien und meine Nippel durch den kühlen Luftzug kribbeln lassen.

Bitte, um alles in der Welt, was an der Institution der Ehe heilig ist, lass ihn weitermachen. Wenn er aufhört, werde ich verrückt.

Er hört nicht auf. Er küsst meinen Hals, gleitet dann nach unten und nimmt meine steinharte Brustwarze in seinen leckeren Mund.

Ein Stöhnen entweicht meinen Lippen.

Mit einem tiefen Knurren in der Kehle reißt Adrian mir das ruinierte Kleid in mehreren ungeduldigen Zügen vom Leib, bevor er den Kopf hebt und auf mich herabstarrt.

Ich schlucke und fühle mich unter seinem gierigen Blick köstlich entblößt. Die Tatsache, dass er komplett bekleidet ist, verstärkt das Gefühl nur noch. Meine Haut wird heiß, und eine Röte überzieht meinen ganzen Körper.

»Du bist wunderschön«, flüstert Adrian heiser – oder ich glaube, dass er das tut, denn dann fährt er mit seiner Zunge über meinen Bauch und bringt die letzten Reste meines Gehirns durcheinander.

Verwirrt frage ich mich, wo diese Zunge hinwill. Und dann weiß ich es. Es ist das, was meine Bücher *meinen geheimsten Ort* nennen würden.

Ist er dabei …

Er ist es. Adrian leckt sinnlich über meine Klitoris und fährt mit seinen zärtlichen Berührungen fort, die mir jedes Mal ein Stöhnen entlocken.

Ein Tsunami baut sich in meinem Inneren auf.

Keuchend greife ich in sein Haar und ziehe ihn näher an mein Geschlecht. »Ja, ja!« Die Spannung, die sich in mir aufbaut, ist so stark, so überwältigend, dass nur Sekunden vergehen, bevor der Tsunami das Land erreicht.

Mit einem Schrei komme ich, und meine Zehen krümmen sich, während heiße Ekstase meine Wirbelsäule hinunterrinnt.

Keuchend öffne ich meine schweren Augenlider.

Hm. War ich kurz ohnmächtig?

Als ich das letzte Mal nachgesehen habe, war Adrian bekleidet, aber jetzt ist er köstlich nackt – und seine Männlichkeit ist größer und härter als in jeder meiner Fantasien, so sehr, dass es ein nicht unangenehmes Zittern in der Mitte meiner Weiblichkeit gibt.

Und ja, die *Keiten* bedeuten Schwanz bzw. Muschi.

»Das war unglaublich«, hauche ich.

Seine Lippen zucken vor männlichem Stolz. »Das freut mich.«

Ich greife nach seinem Schwanz, aber als meine Finger die samtige Haut berühren, zieht Adrian sich zurück.

»Ich möchte mich revanchieren«, erkläre ich schüchtern.

Seine Augen glänzen, und seine Stimme ist heiser. »So gerne ich das auch möchte, ich will in dir sein.«

Ich schlucke. Wie kann mich dieser eine Satz von

sexuell befriedigt in das komplette Gegenteil verwandeln?

»Angenommen«, so fährt er fort, »die Ehre, deine GE auszuführen, steht noch zur Debatte. Ich würde es verstehen, wenn ...«

»Ja«, keuche ich. »Du kannst mich auf dem Tisch haben.«

Er lächelt schelmisch. »Wie wäre es, wenn wir für dein erstes Mal ein Bett benutzen?«

Ich nicke mit viel zu viel Begeisterung.

»Du weißt, dass es wehtun könnte, oder?«, fragt Adrian. »Ich werde mein Bestes tun, um sanft zu sein, aber ...«

»Ja. Ich bin bereit.« Ich werfe einen besorgten Blick auf sein schönes und hoffentlich nicht zu großes Entjungferungsinstrument.

Das, was ich anschaue, zuckt ... und zwinkert mir vielleicht zu.

»Und du weißt generell, was dich erwartet?«, fährt Adrian leise fort.

»Ich habe viele Pornos gesehen«, sage ich mit einer Selbstsicherheit, die ich nicht spüre.

Hey, meine Vorbereitung ist besser als die der Heldinnen in historischen Liebesromanen, wo sie entweder Hinweise von Bauernhoftieren oder peinliche Gespräche mit ihren Müttern und anderen verheirateten Frauen bekommen. Ein Beispiel: Daphne von *Bridgerton* wusste nichts vom Herausziehen oder von Sperma im Allgemeinen. Ein einziger Spermaschuss hätte sie schon aufgeklärt, ganz zu schweigen von einem Bukkake-Video, in dem die Darstellerinnen fast in dem Zeug ertrinken.

»Das echte Leben kann anders sein als ein Porno«, sagt Adrian und seine Augen funkeln amüsiert. »Aber wie auch immer, hast du irgendwelche Wünsche oder Vorschläge?«

»Bitte nicht würgen«, sage ich ernsthaft. »Und vielleicht schlägst du mir dieses Mal nicht mit deinem Schwanz ins Gesicht … Oh, und wenn sich deine Einstellung zu Analverkehr geändert hat, seit du in dein Tagebuch geschrieben hast, dann lassen wir den für heute auch weg, zumindest was meinen Hintern angeht.«

Er nickt ernst, auch wenn sich die Falten um seine Augen vertiefen. »Kein Problem.« Sein Blick wird ernster. »Du solltest auch wissen, dass ich sauber bin.«

Scheiße. Das hätte ich zuallererst fragen sollen. »Ich bin auch sauber«, platzt es aus mir heraus. »Und du weißt bereits von meiner Spirale.«

Adrians Antwort ist, dass er meinen Hals wieder küsst. Dann streichen seine Finger durch mein Haar und ruinieren meine Frisur. Ich atme scharf ein, als sein Schwanz gegen meinen Bauch drückt, und ich spüre, wie sich die Hitze nur wenige Zentimeter darunter sammelt.

Sein Mund wandert den Weg von vorhin zurück, meinen Bauch hinunter und hinüber zu meiner Klitoris.

Moment einmal. Ich dachte …

Er schiebt sich wieder zwischen meine Falten, und

Denken ist das Letzte, was mein Gehirn jetzt noch kann. Ich schwelge in der Lust, die sich in mir zusammenbraut, und wälze mich unter ihm, während ich verzweifelt die Erlösung herbeisehne.

Seine kluge Zunge macht weiter.

Meine Hände ballen sich in den Laken. Jetzt geht es los. Ein weiterer rekordverdächtiger Orgasmus steht kurz bevor ...

Aber nein. Adrian zieht sich zurück, als ich kurz davor bin. Seine Eichel ist jetzt dort, wo vor einer Sekunde noch seine Zunge war, neckt meinen Eingang und treibt mich in den Wahnsinn.

Bevor ich einen frustrierten Schrei ausstoßen kann, küsst Adrian meine Lippen.

Die Hitze in mir verstärkt sich. Ich hätte nicht gedacht, dass es mich so sehr anmacht, mich selbst zu schmecken, aber genau so ist es – und jetzt brauche ich ihn so sehr in mir, dass ich schreien könnte.

Als ob er meine Verzweiflung spürt, dringt Adrian sanft in mich ein, und es gibt einen Moment, in dem sich meine Lust mit Schmerz vermischt, aber die Lust gewinnt schnell die Oberhand – wahrscheinlich, weil die Endorphine meine Opiatrezeptoren beeinflussen. Alles, was ich will, ist, diesen schwer fassbaren Orgasmus zu erreichen, mit dem ich geneckt wurde, und siehe da, er baut sich von Neuem auf, schneller, als ich es für möglich gehalten hätte.

»Das ist es«, stöhnt Adrian, als er tiefer stößt. »Komm mit mir. Jetzt.«

Welche Wahl habe ich? Meine inneren Muskeln

beben um seinen Schwanz und ich grabe meine Nägel in seinen Rücken, als ich beim nächsten Stoß komme.

Adrian stöhnt lustvoll und reibt sich gegen meine inneren Wände. Ich muss ihn genau richtig fest umschlossen haben, denn ich spüre die warme Nässe seiner Befreiung, während ein weiteres Nachbeben der Lust in mir ausbricht.

Wow. Das war ... wow.

Ich kann mich weder bewegen noch meine Augen öffnen.

Ich wette, auf meinem nicht mehr jungfräulichen Gesicht ist ein glückseliger Ausdruck zu sehen.

Ich höre, wie Adrian vom Bett aufsteht.

Wie auch immer.

Er kommt zurück, und ein warmes, nasses Tuch drückt gegen meine Mitte.

Ja. Das ist Glückseligkeit. Und es geht weiter, als Adrian seinen Körper um meinen schlingt.

Vielleicht liegt es an meinem schläfrigen Gehirn, aber ich kann mir fast vorstellen, wie sich unsere Scheinehe in etwas verwandelt. Etwas Reales. Etwas, wo ich mich jeden Tag so fühlen kann.

Wenn ich könnte, würde ich diesen Moment für immer festhalten, aber leider schlafe ich ein.

KAPITEL 34
Adrian

Als Jane in meinen Armen einschläft, trifft mich das Ausmaß dessen, was gerade passiert ist, wie ein Schuss aus der dreifachen Kanone, die Leonardo da Vinci erfunden, aber nie gebaut hat.

Ich habe mit Jane geschlafen. Habe sie entjungfert, um genau zu sein. Wenn dies die Zeit wäre, über die sie gerne liest, wäre es ehrenhaft, wenn ich sie heiraten würde – aber das ist bereits geschehen.

Scheiße. Das war der beste Sex meines Lebens. Und das ist keine Übertreibung – er war wirklich das Beste. Die glühende Chemie, die die ganze Zeit über zwischen uns brodelte, war, wenn überhaupt, ein zu geringes Versprechen. Der echte Sex war so viel besser als alles, was sich mein Verstand während meiner einsamen Dates mit meiner Faust ausdachte. Und ich musste mich zurückhalten, weil sie noch Jungfrau war.

Ich kann mir gar nicht vorstellen, wie gut es zwischen uns sein wird, wenn …

Nein. Das können wir nicht. Das sollten wir nicht. Ihre GE, wie Jane sie nennt, hätte nicht passieren dürfen, aber da sie passiert ist, ist das Einzige, was ich kontrollieren kann, was als Nächstes passiert – und das sollte nichts sein. Die Anhörung erfordert meine ganze Konzentration, und Jane ist eine zu köstliche Ablenkung. Schlimmer noch: Ein einziger falscher Schritt von meiner Seite aus könnte unsere Scheinehe gefährden.

Meine Brust fühlt sich seltsam eng an, als ich mich vorsichtig von Janes weichem, kleinem Körper löse, mir einen Bademantel schnappe und leise auf den riesigen Balkon gehe.

Die frische Luft hilft nicht. Ich fühle immer noch eine beunruhigende Kombination aus Schuldgefühlen, Bedauern und, was am schlimmsten ist, brennendem Verlangen.

Ich will mehr Jane. Ich will sie so sehr, dass ich es schmecken kann. Aber das kann ich Piper nicht antun. Ich kann nicht riskieren, sie zu verlieren.

Apropos Piper … Ich hole mein Handy heraus, und ein Teil der Anspannung fällt von meinen Schultern, als ich die Babyphone-App aufrufe und sie sehe. Sie schläft wie ein Baby, so wie es sein soll.

Das ist der Grund, warum ich auf die Bremse treten muss, was auch immer zwischen Jane und mir passiert.

Mit einem Seufzer öffne ich die E-Mail von Bob mit den Unterlagen, die ich für die Anhörung durchsehen muss. Eine sehr lange Stunde später bin ich froh, dass die Umstände mich nicht zu einer Karriere im Justizsystem gezwungen haben, aber ich bin dankbar für diejenigen, die bereit sind, diese Art von Arbeit zu machen.

Auch fällt es mir immer noch schwer, Jane nur im Arm zu halten.

Ich überlege, ob ich mich in ein anderes Zimmer schleichen soll, um der Versuchung zu entgehen, aber ich beschließe, dass das Jane gegenüber nicht fair wäre. Ich will nicht, dass sie das Gefühl hat, dass es ein One-Night-Stand war.

Leise kehre ich ins Bett zurück und strecke mich so weit von ihr weg, wie es das riesige Bett zulässt. Alles, was ich will, ist, den Abstand zwischen uns zu verringern, aber das wäre nicht klug.

Ich muss schlafen. Noch wichtiger ist, dass ich sie schlafen lassen muss.

Wir werden alles morgen früh besprechen.

KAPITEL 35
Jane

Als ich aufwache, ist mein erster Gedanke, dass ich mich frage, ob die Ereignisse der letzten Nacht real waren, denn es war alles zu sehr wie ein Traum.

Ich spähe durch meine Wimpern.

Ich liege in dem riesigen Bett in der Honeymoon-Suite, mit Adrian auf der anderen Seite des Bettes. Und ich bin wund im …

Mrs. Westfield würde davon abraten, solch heikle Orte zu benennen, selbst wenn es sich um die privaten Gedanken einer Dame handelt.

All das bedeutet: Wenn meine GE ein Traum war, dann geht er jetzt weiter.

»Bist du wach?«, flüstert Adrian und schiebt sich näher heran.

Ich drehe mich in seine Richtung. »Hoffentlich.«

Er streicht mir eine Haarsträhne hinters Ohr. »Wie fühlst du dich?«

Ich beiße mir auf die Lippe. »Enttäuschenderweise genauso wie immer.«

Er wölbt eine Augenbraue. »Enttäuschenderweise?«

Ich seufze spielerisch. »Ich dachte immer, ich würde mich anders fühlen, nachdem ich meine Jungfräulichkeit verloren habe.«

Er neigt seinen Kopf. »Wie anders?«

»Älter. Reifer. Klüger.«

»Ah. Und das tust du nicht?«

»Ich glaube, wir müssen das, was wir gestern Abend gemacht haben, noch ein paar Dutzend Mal wiederholen, bevor das alles wirkt.«

Seine gute Laune verflüchtigt sich, und er fühlt sich sichtlich unwohl. »Jane … Ich bin mir nicht sicher, ob das eine gute Idee ist.«

Seine Worte treffen mich wie eine Eiskübel-Herausforderung und beweisen mir ohne jeden Zweifel, dass dies die harte Realität ist und nicht das Fantasieland meiner GE-Träume.

»Dass wir miteinander schlafen ist keine gute Idee?«, höre ich mich selbst sagen, obwohl ich mir nicht sicher bin, warum ich mich auf diese Weise bestrafe.

Er zieht sich zurück. »Es tut mir leid. Ich hatte gehofft, wir würden später darüber reden. In Ruhe.«

In Ruhe? Ich kann auf keinen Fall in Ruhe darüber nachdenken. Nicht, nachdem ich dummerweise angefangen habe, zu glauben, dass die letzte Nacht etwas bedeutet. Dass ich Hoffnung für uns beide haben könnte.

Mein Magen wird zu einem Stein, und eine Welle der Übelkeit überrollt mich.

Wie konnte ich nur so naiv sein? So jungfräulich? Ich hätte daran denken sollen, dass Sex für einen Schürzenjäger wie ihn wie ein guter Nieser ist. Aber selbst dann ... Warum sollte er mir etwas verweigern, was für ihn so bedeutungslos ist wie ein Nieser?

Dann trifft es mich, und ich bin froh, dass ich auf dem Bett liege, denn meine Beine fühlen sich zu schwach an, um mein Gewicht zu tragen.

»Du glaubst, dass die letzte Nacht ein Fehler war?«, sage ich halb, halb frage ich es. Das muss er. Darum geht es hier. Er ist ein heißer Milliardär und Playboy, und ich bin eine schlichte Jane, die wahrscheinlich obendrein eine langweilige Nummer war. Der Sex mit mir war für ihn wahrscheinlich so, als würde er nur halb niesen, wenn es in der Nase juckt – völlig unbefriedigend.

Eigentlich ist es ein Wunder, dass er sich überhaupt dazu herabgelassen hat, mit mir Sex zu haben. Wahrscheinlich lag es an seinem selbst auferlegten Zölibat, kombiniert mit seiner verwegenen Art und der romantischen Atmosphäre der Hochzeit.

Vielleicht ist er aber auch nur berechnend gewesen, um mich ins Bett zu bekommen. Vielleicht sorgt er dafür, dass die blutigen Laken in den Händen eines Paparazzo landen und die Welt erfährt, dass unsere Ehe vollzogen wurde, wie im Mittelalter. Das wäre einen unangenehmen Nieser wert. Vielleicht war er auch besorgt, dass sie bei der Anhörung mein

Jungfernhäutchen überprüfen würden, um sicherzugehen, dass unsere Ehe kein Schwindel ist. Oder …

Er stützt mein Kinn sanft mit seinen Fingern. »Die letzte Nacht war kein Fehler, aber wenn wir weiterhin intim sind, werden wir uns in einer echten Beziehung wiederfinden, und diese enden oft. Wenn das passieren würde, was wäre dann mit Pipers Anhörung?«

Noch ein eiskalter Eimer direkt ins Gesicht. Jetzt fühle ich mich zusätzlich zur Ablehnung auch noch wie eine egoistische Göre. Dieses kleine Mädchen hat es verdient, einen so tollen Vater wie Adrian in ihrem Leben zu haben, während ich mir nur Sorgen um mein zerbrechliches Ego und meine überaktive Libido mache.

Aber trotzdem. Wenn er so denkt, hätte er mich gar nicht erst entjungfern sollen. Das ist unfair. Er behandelt seinen Hund besser als das – das hat er mir selbst gesagt. Es geht darum, dass man Sex nicht vermissen kann, wenn man ihn noch nie hatte.

»Du hast recht«, sage ich. »Wir sollten das nicht noch einmal machen.« Ich wünschte, ich könnte hinzufügen, dass es daran liegt, dass ich es sowieso nicht will, aber ich bin keine gute Lügnerin.

Ist das ein Schimmer des Bedauerns in seinen Augen? Nein. Das ist nur ein Wunschdenken meinerseits.

Plötzlich fühle ich mich viel zu nackt, also ziehe ich die Decke bis zu meinem Kinn und sage: »Kannst du mir etwas Privatsphäre geben?«

Mit einem Seufzer steigt er vom Bett und gibt einen unverfälschten Blick auf seinen überirdischen Körper frei. Dann schnappt er sich einen Bademantel und versteckt alles, was ihm wie ein Verbrechen gegen die Natur vorkommt.

»Hier.« Er wirft mir einen weiteren Mantel zu und dreht mir dann den Rücken zu.

Ich darf nicht daran schnüffeln. Das wäre schlimmer, als wieder nackt vor ihm zu stehen.

Ich ziehe den Bademantel an und versuche, meine aufgewühlten Gefühle unter Kontrolle zu bringen.

Als ob er nicht gerade meine Welt zerstört hätte, bestellt Adrian ein Gourmet-Frühstück beim Zimmerservice. Ich gehe unter die Dusche, und als ich wieder auftauche, ist das Essen schon da. Es ist hübsch und riecht toll, aber es schmeckt wie Stroh mit Abwasser – wahrscheinlich wegen des Tränenknotens, der in meinem Hals steckt. Die Konversation während des Essens ist so gut wie nicht vorhanden, was an demselben Knoten liegt. Ich bin mir nicht sicher, was sein Problem ist, aber egal. Ich werde unsere Beziehung, so wie sie ist, als reines Arbeitsverhältnis betrachten, also gibt es keinen Grund für Geplänkel zwischen uns.

Wer hätte gedacht, dass meine unbeholfenen Interaktionen mit Mrs. Corsica hilfreich sein würden? Sobald das Frühstück vorbei ist, frage ich Adrian, wann wir nach Hause fahren.

»Wann immer du willst«, sagt er.

Ich presse meine Lippen zusammen. »Wie wäre es mit jetzt?«

Obwohl wir offiziell verheiratet sind, trägt Adrian mich nicht über die Schwelle, als wir zu Hause ankommen. Stattdessen gehen wir getrennte Wege und essen nicht zusammen, weder zu Mittag noch zu Abend – alles meine Entscheidung, und ich stehe dazu.

In dieser Nacht weine ich mich in den Schlaf. Als wir uns am nächsten Tag über den Weg laufen, reden wir wieder über das Wetter. Das ist der höflichste Umgang, den ich pflegen kann, und selbst der ist anstrengend. Ich gehe ihm weiterhin aus dem Weg, soweit es das Leben im selben Penthouse zulässt, und einige Tage vergehen auf dieselbe angespannte, aber höfliche Weise.

Dann, am Donnerstag, kommt Adrian herein, während ich in seiner Bibliothek lese, und erzählt mir, dass *Queen Charlotte* auf Netflix erschienen ist und wir es zusammen anschauen sollten.

»Nein, danke«, sage ich fest.

Er denkt, wir können wieder Freunde sein? Das kann er vergessen!

Er neigt seinen Kopf. »Es ist ein Bridgerton Spin-off. Ich dachte, das wäre deine Lieblingsserie.«

»Ich möchte zuerst das Buch lesen. Sie haben es noch nicht veröffentlicht.«

Ich will die Serie unbedingt sehen, aber ich habe

vor, ihm zu sagen, dass ich das Buch gehasst habe und die Serie auslassen werde … und dann werde ich sie mir entweder heimlich allein ansehen oder nachdem unsere Abmachung vorbei ist.

Er zieht eine Grimasse und macht einen Schritt auf mich zu. »Hör zu, Jane … Ich will nicht, dass wir uns weiterhin wie Fremde benehmen.«

»Das willst du nicht?«, frage ich verbittert. »Aber ist das nicht sicherer? Wenn wir über etwas Substanzielles reden, könnten wir uns streiten, und wenn das schlimm genug wird, könnte es die Anhörung gefährden.«

Ich weiß, das ist kleinlich, aber meine Logik ist identisch mit seiner.

»In Ordnung«, sagt er seufzend und geht.

Die Tage nach diesem Gespräch sind das genaue Gegenteil von Flitterwochenglück, wie es nur sein kann. Wir reden nicht einmal mehr über das Wetter, sondern nur noch über die Anhörung, die bald ansteht.

Die einzigen Lichtblicke im tristen Einerlei meiner Tage sind die Besuche von Piper, aber selbst die sind mit Herzschmerz verbunden, denn mittlerweile bin ich in das kleine Mädchen verliebt, und ich weiß, dass ich es nicht mehr sehen werde, wenn Adrian keine Verwendung mehr für mich hat.

Oh, und habe ich schon erwähnt, dass es das stärkste Aphrodisiakum ist, wenn er ein guter Daddy ist?

Das ist es, und es hilft der Sache nicht.

Die Minuten dehnen sich zu Stunden und Tagen

aus, und schließlich ist es die Nacht vor der Anhörung. Ich erwarte, dass sie genauso ereignislos verlaufen wird wie die Nächte davor, aber ein entfernter Schrei weckt mich gegen drei Uhr morgens.

Was zum Teufel …? Treibt Leo seinen Schabernack mit den Schafen?

Überwältigt von der gleichen Neugier, die Frauen in Horrorfilmen normalerweise umbringt, ziehe ich mir einen Bademantel an und öffne meine Tür, um in den Flur zu schauen.

Und ich wünschte, ich hätte es nicht getan.

Es ist Sydney.

Die Mama von Adrians Baby. Das heißt, die letzte Person, die ich außerhalb der morgigen Anhörung erwartet habe.

Ihre Brüste sind zu sehen, während sie sich abmüht, ihr Kleid anzuziehen, und ihre Haare sind ein einziges Chaos.

Auch wenn mein Gehirn den bewussten Sprung noch nicht geschafft hat, füllen sich meine Adern mit flüssigem Stickstoff.

Es wird nur noch schlimmer.

Ein völlig nackter Adrian kommt den Flur heruntergerannt. Als er mich entdeckt, bleibt er auf der Stelle stehen. Seine Stimme ist erstickt. »Jane … das ist nicht das, wonach es aussieht.«

Bevor er noch etwas sagen kann, schlage ich meine Tür zu.

Mein Herz hämmert in meiner Brust und ich

unterdrücke einen Schrei – einen, der wahrscheinlich Glas zerspringen lassen würde, wenn ich ihn losließe.

Es ertönt ein Klopfen, gefolgt von Adrians fester Stimme. »Wir müssen reden.«

»Ich will nicht reden«, schaffe ich es irgendwie zu sagen.

»Bitte«, sagt er. »Ich wollte …«

Unter Aufbietung all meiner Willenskraft sage ich gleichmäßig: »Die Anhörung ist morgen. Ich brauche etwas Schlaf.« Als ob ich schlafen könnte, nach dem, was ich gerade gesehen habe.

Es gibt einen Moment der Stille. »Du hast recht«, sagt er schließlich. »Aber danach müssen wir reden.«

Natürlich tun wir das. Er ist wahrscheinlich nur erleichtert, dass ich trotzdem zur Anhörung gehe.

Und das tue ich – für Piper, nicht für ihn. Ich werde hingehen, obwohl ich eigentlich nur mit dieser Scharade fertig werden will, damit ich nach Hause nach Staten Island gehen, Mamas Hühnersuppe essen und eine Woche lang weinen kann.

Sinnlos lege ich mich wieder ins Bett, meine Gedanken schwirren in meinem Kopf wie aufgeregte Wespen.

Das ist nicht das, wonach es aussieht.

Es sieht so aus, als hätten sie Sex gehabt und als wäre es wild geworden. Was könnten sie sonst nachts nackt miteinander machen?

Ich kneife die Augen zusammen, aber das macht die Bilder, die mir durch den Kopf gehen, nur noch schlimmer. Bilder, die von all den Pornos inspiriert sind, die ich gesehen habe, nur mit Adrian und seiner Ex statt mit großschwänzigen Schauspielern. Nicht, dass seiner klein wäre.

Moment, worüber denke ich überhaupt nach?

Igitt, ich muss mit diesem sinnlosen Gegrübel aufhören. Er ist mir nichts schuldig. Unsere Beziehung ist trotz meiner GE, die, wie wir bereits festgestellt haben, einem unbefriedigenden Niesen gleichkam, nicht echt.

Einem Niesen in mein Gesicht.

Aber es tut weh. Das fühlt sich wie ein Verrat an – viel mehr als seine Worte am Morgen nach unserer Hochzeit. Wenigstens hat er da behauptet, dass er im besten Interesse von Piper handelt. Es sei denn … Hat er mit Sydney geschlafen, um sich zu vergewissern, dass die Anhörung noch notwendig ist? Wenn der Sex gut lief, könnten sie es vielleicht schaffen, dass es funktioniert?

Nein, das ergibt nicht viel Sinn.

Vielleicht hat er es als Absicherung getan? Wenn ja, könnte das sogar clever sein, auf eine psychopathische Art und Weise. Er erinnert Sydney an den Himmel, der sein Schwanz ist, und wenn die Anhörung nicht nach seinem Geschmack verläuft, kann er sie einfach wieder einladen, und sie wird kommen – sie ist ja nur ein Mensch.

Verdammte Scheiße.

Meine Kehle schnürt sich mit dem gleichen Schrei zu, den ich zurückhalten konnte.

Ist es möglich, dass sie die ganze Zeit miteinander

geschlafen haben? Ist das der wahre Grund, warum er es nicht mit mir machen wollte?

Ich weiß – und hasse den Gedanken, dass sie es mindestens einmal getan haben, denn Piper ist der Beweis dafür.

Aber warum sich mit der Anhörung abmühen, wenn sie ein andauerndes Sexleben haben? Könnte es sein, dass sie eine Art von seltsamem/ungesundem Sex haben? Eine Hass-Sucht oder so etwas? War das der Grund für das Geschrei?

Oder noch schlimmer: Ist es möglich, dass er sie nur wegen des Sex mag, aber ihre Gesellschaft hasst?

Das könnte sein. Bei mir hat er genau die entgegengesetzte Einstellung. Zumindest schien es so, als ob er meine Gesellschaft genoss, als wir uns noch unterhielten.

Vielleicht hat er in einer Mischung aus uns beiden die perfekte Partnerin gefunden?

Der Gedanke verengt meine Lungen und macht es mir schwer, zu atmen.

Eines weiß ich zu diesem Zeitpunkt ganz sicher.

Einschlafen ist nur eine ferne Vorstellung.

»Wir reden nach der Anhörung«, sagt Adrian, als ich ihn am Aufzug treffe.

»Klar.« Ich reibe mir die blutunterlaufenen Augen. »Was immer du sagst.«

Ich weiß nicht, ob er von seinem wilden Sex mit

Sydney spricht oder von etwas anderem. Wie auch immer, ich bin immer noch nicht in der Lage, ein *Gespräch* zu führen.

Wir betreten den Aufzug, und nachdem Adrian den Knopf für die Lobby gedrückt hat, fängt er an, irgendeine Art von Ausdruck zu lesen – zweifellos im Zusammenhang mit der Anhörung.

Während der ganzen Fahrt in der Limousine liest er immer wieder dieselben Papiere, und ich versuche ebenfalls, mich vorzubereiten, so gut ich kann.

Als wir den Gerichtssaal betreten, entdecke ich schnell meine Mutter, die hier ist, um Adrian moralisch zu unterstützen, obwohl ich mich frage, ob sie gekommen wäre, wenn ich ihr von dem Kalten Krieg nach der Großen Entjungferung und von letzter Nacht erzählt hätte. Ich setze mich neben sie, ignoriere Adrian, als er Platz nimmt, und höre dem Geschehen zu.

Zu meiner Linken starrt Mom Tristan, Sydneys Vater, an. Bevor ich ihr sagen kann, dass dieser Mann tabu ist und warum, schaut sie zu Juliet – Sydneys Mutter – und dann zu Sydney selbst. Die ganze Zeit über ist Mamas Gesichtsausdruck äußerst seltsam.

Ich denke kurz darüber nach, aber ich habe keine Zeit, mich damit zu beschäftigen, denn wenn ich Sydney ansehe, kommen die Gefühle von gestern Abend wieder hoch. Ich knirsche mit den Zähnen, bis mein Kiefer schmerzt, und balle meine Hände auf dem Schoß zu Fäusten.

In der Zwischenzeit machen die Anwälte ihr Ding,

angefangen bei Adrians Seite. Sie plädieren dafür, dass er ein guter Vater und ein aufrechter Bürger ist, der seinem Junggesellenleben abgeschworen hat. Die Richterin ist schwierig einzuschätzen, aber ich glaube, sie kauft es ihnen ab. Als die andere Seite zu sprechen beginnt, wirft Sydney uns einen bösen Blick zu, von dem sich mir der Magen zusammenzieht.

Sie ist zu selbstbewusst. Fast so, als wäre sie schon schadenfroh. Aber warum ...

»Schauen Sie bitte auf den Bildschirm«, sagt einer von Sydneys Anwälten genau in diesem Moment.

Alle kommen der Aufforderung nach, aber ich bin wahrscheinlich die Erste, die merkt, was ich da sehe – und mein ganzer Körper versteift sich.

Auf dem Bildschirm ist der geheime Vertrag zu sehen, den ich unterschrieben habe. Eben jener, in dem steht, dass meine Ehe mit Adrian nicht echt ist – und genau darauf weist der Anwalt als Nächstes hin.

Die Leute drehen sich mit wissenden Blicken in meine Richtung. *Ah, das erklärt es*, scheinen ihre Gesichter zu sagen. *Deshalb würde ein Typ wie er eine Frau wie dich heiraten. Als Farce.*

Mein Gesicht brennt, und ich werfe einen kurzen Blick auf Adrian. Er starrt mich mit einem extrem verratenen Gesichtsausdruck an. Er denkt offensichtlich, dass ich Sydney das Dokument gegeben habe, obwohl ich nichts dergleichen getan habe.

Meine Gedanken rasen auf der Suche nach Antworten. Da fällt mir nur eines ein: Sydneys Leute müssen sich in das App-Konto gehackt haben, das ich eingerichtet habe, und an das Dokument gelangt sein. Nicht, dass Adrian das glauben würde.

Und ich schätze, das ist letztendlich auch egal, denn das ist es. Ich habe es versaut. Adrian wird das Sorgerecht für Piper nicht bekommen, und das ist meine Schuld.

Ich verspüre den stärksten Drang, wegzurennen, aber stattdessen fühle ich mich, als würde ich mich in einen Zombie verwandeln, als ich wacklig aufstehe und aus dem Gerichtssaal stolpere.

Ich weiß, dass es feige ist, aber ich möchte Adrians Gesichtsausdruck nicht sehen, wenn er merkt, wie schlimm es wirklich ist. Ich will auch nicht, dass er mir sagt, dass er mich nie wieder sehen will.

Dieser Teil ist offensichtlich.

Aus dem Augenwinkel sehe ich, wie meine Mutter – und aus irgendeinem Grund auch Tristan – aufspringen und hinter mir herlaufen.

Was zum Teufel …? Vielleicht braucht Sydneys Vater nur das Bad?

Aber nein.

Als ich auf die Straße gehe, sehe ich, wie Mom Tristans Ellenbogen festhält, während er mir zuruft, stehen zu bleiben.

Sie streiten sich heftig über irgendetwas, also renne ich zu ihnen, bereit, Mama vor dem zu verteidigen, was auch immer das Problem dieses Kerls ist.

Als ich in Hörweite bin, verstummen sie und sehen schuldbewusst aus.

Ernsthaft? Was ist das für eine neue Hölle? Bei

allem, was passiert ist, ist das Letzte, was ich brauche, ein seltsames Geheimnis.

»Was geht hier vor?«, will ich wissen.

Tristan betrachtet mein Gesicht, als hätte er bis heute noch nie Gesichter gesehen. »Bist du ... Georgianas Tochter?«

»Ähm, ja.«

Er starrt mich noch intensiver an. »Und du bist dreiundzwanzig Jahre und vier Monate alt?«

Und vier Monate? Was, sind wir wieder im Kindergarten?

»Lass das«, sagt Mama zu ihm. »Lass uns erst reden.«

»Was soll er nicht tun?«, frage ich. »Läuft da etwas zwischen euch beiden?«

Das ist die logischste Erklärung, aber ...

»Es tut mir leid«, sagt Tristan zu Mama. Dann wendet er sich mir zu. »Ich bin dein Vater.«

KAPITEL 36
Jane

Ich stehe sprachlos da und kämpfe gegen den Drang an, einfach wegzulaufen, denn es gibt eine Grenze für das, was eine Frau in so kurzer Zeit ertragen kann, und diese Grenze war schon lange vor dieser Bombe überschritten.

Könnte er lügen?

Ich werfe einen Blick auf meine Mutter. Sie ist blass und leugnet es nicht einmal. Das heißt, es ist die Wahrheit.

Dieser Fremde ist mein Vater.

Aber ist er das wirklich?

Zähneknirschend betrachte ich Tristans Gesicht, so wie er es die ganze Zeit bei mir gemacht hat.

Bei allen guten Geistern. Wir haben Gemeinsamkeiten, also könnte es tatsächlich wahr sein. Aber …

»Wie?«, frage ich, nicht sicher, wen. Ich fühle eine

seltsame Taubheit, als ob jemand anderes für mich spricht.

»Es war, wie ich dir gesagt habe. Wir haben uns in einem Nachtclub kennengelernt«, sagt Mom.

»Und es war nur das eine Mal«, sagt Tristan und klingt ein bisschen abwehrend.

»Die Anzahl der Male hätte dich nicht weniger verheiratet gemacht«, sagt Mama zu ihm. Als sie sich zu mir umdreht, fügt sie hinzu: »Und sein eigenes Baby war auch schon unterwegs.«

Sein eigenes Baby. Ich fasse mir an die Brust, als mein überfordertes Gehirn endlich die Verbindung herstellt.

Tristan ist auch Sydneys Vater – sie ist also das Baby, das unterwegs war. Wenn das alles wahr ist, dann ist Sydney meine Halbschwester. Und wir haben bernsteinfarbene Augen, schwarze Haare und schmale Gesichter – das ist mir aufgefallen, als ich sie kennengelernt habe, aber die Bedeutung habe ich natürlich nicht erkannt.

Absolut Jerry-Springer-Style-verdächtig. Ein Typ ist zwischen mich und meine Halbschwester gekommen. So viel dazu, dass Schwestern wichtiger sind als Typen.

Dann fällt mir noch etwas ein. Das Ganze macht Piper zu meiner Halbnichte.

Mir gefällt diese Erkenntnis. Sehr. Es erklärt sogar ein paar Dinge, zum Beispiel, warum sie sich in dem Moment, als ich sie traf, wie mein Fleisch und Blut anfühlte. Weil sie es ist. Wir teilen zwölfeinhalb Prozent unserer DNA.

Andererseits ist sie so ein Schatz, dass ich sie auch ohne diese Verbindung geliebt hätte.

»Ich schwöre, ich wusste nicht, dass sie minderjährig ist«, höre ich Tristan sagen, und das bringt mich wieder ins Gespräch. »Sie hat mir gesagt, sie wäre achtzehn.«

»Alle Frauen lügen, wenn es um ihr Alter geht«, sagt Mama abwehrend. »Und du hättest es überprüfen können.«

Er nickt. »Ich hätte damals viele Dinge anders machen können.«

»Das kannst du laut sagen«, schnauzt Mama. Sie dreht sich zu mir um. »Als ich ihm sagte, dass ich schwanger war, gab er mir Geld – für mein Schweigen und eine Abtreibung.«

»Moment.« Ich ringe nach Luft. »Du hast immer gesagt, dass du meinen Vater nach dem One-Night-Stand nicht mehr gesehen hast. Dass du seinen Namen nicht kennst.« Tristan zuckt bei diesem letzten Satz zusammen, aber ich fahre fort. »Du konntest am Morgen nach dem One-Night-Stand nicht wissen, dass du schwanger bist.«

Mama starrt Tristan wütend an. »Deshalb wollte ich zuerst mit ihr reden.« Sie dreht sich zu mir um und sagt: »Es tut mir leid, dass ich gelogen habe. Da er verheiratet war und die Abtreibung forciert hat, dachte ich, du wärst ohne ihn besser dran.«

Tristan sieht mich ernst an. »Ich habe nicht dazu gedrängt, ich habe es nur als Option vorgeschlagen, und das tut mir sehr leid. Da Georgiana noch minderjährig war, hatte ich Angst, im Gefängnis zu landen – und wie wir bereits besprochen haben, war ein Baby unterwegs.«

Ich reibe mir die pochenden Schläfen. »Also ... bis heute dachtest du, ich existiere nicht?«

Nicht, dass ich ihm deswegen verzeihen würde, aber ...

Er zieht eine Grimasse. »Ich habe mich schuldig gefühlt, weil ich mich deiner Mutter gegenüber so verhalten habe, also habe ich sie ein paar Jahre später aufgesucht, um mich zu entschuldigen.«

»Du wolltest eher sichergehen, dass ich den Mund halte«, murmelt Mama.

»Da habe ich erfahren, dass sie dich behalten hat«, fährt Tristan fort. »Ich habe ihr angeboten, ihr zu helfen, aber sie hat mir gesagt, dass sie mich nicht in deinem Leben haben will, und ich habe beschlossen, ihren Wunsch zu respektieren.«

»Er hat wohl eher beschlossen, keine schlafenden Hunde zu wecken«, korrigiert Mama.

Tristan seufzt. »Vielleicht stimmt das, aber mit der Zeit habe ich es bereut, und zwar mit jedem Jahr mehr.«

Ich schüttele die Benommenheit ab, die mich erfasst hat. »Offensichtlich nicht genug, um mich aufzusuchen oder mit mir zu sprechen.« Ich zeige auf den

Gerichtssaal. »Wenn du wissen willst, wie ein Vater handeln sollte, dann schau dir an, was Adrian alles tut, um im Leben seiner Tochter zu sein.«

Tristan macht einen Schritt zurück. »Ich war mir nicht sicher, was ich überhaupt zu dir sagen sollte.«

»Wie wär's mit: ›Hallo, ich bin der Samenspender‹«, stoße ich hervor.

Tristan blinzelt langsam. »Ich schätze, ich verdiene das hier. Und du hast recht. Es spielt keine Rolle, was ich gesagt hätte. Es war wichtig, dir die Hand zu reichen, und ich habe es vermasselt. Ich war ein Feigling, und das tut mir auch leid. Aber als ich dich heute gesehen habe und mir klar geworden ist, dass ich dich schon kenne, konnte ich es nicht mehr zurückhalten.«

Meine Brust zieht sich zusammen. »Und hier sind wir.«

Mom fängt meinen Blick auf. »Es tut mir leid, dass ich dir nicht die ganze Wahrheit über ihn erzählt habe. Bitte hass mich nicht. Ich dachte, was ich getan habe, sei das Beste.«

»Ich würde dich nie hassen«, sage ich, obwohl ich in diesem Moment ziemlich sauer auf sie bin. Widerwillig gebe ich zu: »Ich bin mir nicht sicher, wie ich mich an deiner Stelle verhalten hätte.«

»Das ist egal«, sagt Mama stolz. »Du bist nicht als Teenager schwanger geworden.«

»Ich hoffe, du hasst mich auch nicht«, sagt Tristan. »Und dass du in Erwägung ziehst, mich kennenzulernen … so wie es dir passt.«

Hat jemand draußen die Heizung aufgedreht? »Ich muss darüber nachdenken«, sage ich schließlich.

»Danke«, sagt er so ernsthaft, dass ich eine Gerührtheit empfinde, die er nicht verdient hat.

»Unter einer Bedingung«, füge ich hinzu und überrasche damit sogar mich selbst.

»Welcher?«, sagt er.

»Sorge dafür, dass ich in Pipers Leben sein kann, egal, wie das dort ausgeht.« Ich mache eine Geste in Richtung Gerichtssaal.

Wenn ich Piper wiedersehen würde, würde mein Herz ein bisschen weniger schmerzen.

Tristan zögert nur einen Herzschlag lang, bevor er sagt: »Ich werde alles in meiner Macht Stehende tun, damit das passiert. Aber das würde nur für dich gelten. Wenn die Dinge nicht so laufen, wie Adrian es will, glaube ich nicht, dass Sydney ihn lässt ...«

Ich keuche auf, als mir eine schreckliche Erkenntnis kommt. »Wenn Adrian erfährt, dass Sydney und ich verwandt sind, wird er denken, dass ich ihr geholfen habe – vor allem, wenn ich Piper sehen darf und er nicht.«

»Ich bezweifle, dass er das denken wird«, sagt Mama.

Sie hält zu viel von ihrem vorgetäuschten Schwiegersohn.

Ich wende mich an Tristan. »Weißt du, wie Sydney an das blöde Dokument gekommen ist?«

Diesmal zögert er länger. »Selbst wenn ich es dir

sage und du zurückrennst und es ihnen sagst, wird es nichts ändern«, sagt er schließlich.

»Offensichtlich nicht«, sage ich. »Die Katze ist jetzt aus dem Sack.«

Er wechselt von einem Fuß auf den anderen. »Die Hilfe kam von einer verärgerten Wächterin, die früher in Adrians Gebäude gearbeitet hat. Sie behauptet, dass sie geholfen hat, weil sie und ihr Mann deinetwegen ihren Arbeitsplatz wechseln mussten, aber ich glaube, sie war geldgierig und hat sich einen Vorteil erhofft. Auf jeden Fall hat sie Sydney das Passwort gegeben, das du für den Zugang zum Gebäude festgelegt hast, und hat angedeutet, dass du generell nicht vorsichtig mit Passwörtern bist. Die Hoffnung war, dass du dasselbe Passwort für die App benutzt hast, die Adrian für alle seine juristischen Dokumente verwendet – und das hat sich als richtig herausgestellt.«

Oh. Verdammt. Es war Susan. Sie hat mich sogar dafür gerügt, dass ich erkennbare Wörter in diesem Passwort benutzte – aber ich habe meine Gewohnheiten überhaupt nicht geändert. und benutze weiterhin genau dasselbe Passwort für diese blöde App. Ich habe auch völlig vergessen, dass Susan sich einen neuen Job suchen musste, weil ich eine große Sache daraus gemacht habe, eine nackte Statue von ihr in Adrians Galerie zu sehen.

»Bitte bedenke, dass das alles passiert ist, bevor ich wusste, wer du bist«, sagt Tristan. »Und dass Sydney nur versucht, das zu tun, was sie für das Beste für ihr Kind hält.«

Vergleicht er die Handlungen meiner Mutter mit Sydneys? Nein, das würde bedeuten, dass er seine eigene Tochter missbilligt. Es sei denn –

»Das ist alles zu viel«, sage ich, hauptsächlich zu mir selbst.

»Hier.« Tristan reicht mir seine Visitenkarte und ich brauche gefühlte zehn Minuten, um mich zu entscheiden, ob ich sie in eine Tasche meiner Kleidung oder in meine Handtasche stecken soll – so überwältigt bin ich zu diesem Zeitpunkt.

»Können wir reden?«, fragt Mama.

Ich schüttele den Kopf. »Ich muss allein sein.« Und das nicht nur wegen des Mannes, der neben uns steht. Derjenige, der im Gerichtssaal sitzt, ist ein weitaus größerer Übeltäter.

Mama verzieht ihr Gesicht. »Ich verstehe. Ich bin hier, wenn du mich brauchst.«

Ich schlucke, meine Augen brennen, und ich renne zum nächsten gelben Taxi.

Als der Taxifahrer fragt, wohin er mich bringen soll, sage ich ihm: »Nach Hause.«

»Und wo ist Ihr Zuhause?«, fragt er mit einer Mischung aus Freundlichkeit und Verärgerung in der Stimme.

»Bringen Sie mich einfach zur Staten Island Ferry«, sage ich.

Nach der Fähre werde ich den Bus nehmen, denn ich habe noch keine Millionen auf meinem Bankkonto und werde sie wahrscheinlich auch nie haben.

Aber das Geld ist mir egal. Ich würde alles geben,

um diesen verkorksten Tag ungeschehen zu machen. Und das ist es, was mich an dieser ganzen Sache am meisten stört.

Die Person, mit der ich das alles unbedingt besprechen möchte, ist Adrian.

KAPITEL 37
Adrian

Ich sehe, wie Jane den Gerichtssaal verlässt und merke, dass ich Mist gebaut habe. Einen Moment lang dachte ich, dass sie mich verraten haben könnte, und sie hat das in meinem Gesicht gelesen.

Nachdem dieser Moment vorbei war, wusste ich, dass sie es nicht getan haben konnte, egal wie wütend sie über meine früheren Aktionen war. Leider ist es jetzt zu spät. Ich sollte ihr hinterherlaufen, aber ich kann nicht. Piper braucht mich hier, bei der Anhörung.

Mir ist bereits etwas entgangen, was Bob gesagt hat, aber ich glaube, das Wesentliche war: »Diese Art von Information kann nur durch illegales Hacken erlangt werden, was nichts Gutes über Sydneys Charakter aussagt.«

»Das macht seine Ehe nicht echter«, entgegnet jemand – auch wenn seine tatsächlichen Worte eher juristisch klingen.

Ich springe auf, angetrieben von einem unkontrollierbaren Drang. »Es spielt keine Rolle, wie meine Beziehung zu Jane begann. Als wir uns kennenlernten, habe ich mich wirklich in sie verliebt, und jetzt habe ich vor, sie für immer als meine Frau zu behalten.«

Als die Worte meinen Mund verlassen, wird mir klar, dass es die Wahrheit ist.

Der Grund, warum ihr Schweigen so wehtut, ist, dass ich Jane liebe und es hasse, wie unglücklich sie wirkt.

Nun, nie wieder. Ich werde einen Weg finden, die Dinge zwischen uns in Ordnung zu bringen.

Aus dem Augenwinkel bemerke ich, dass Sydney erblasst. Ich schätze, sie glaubt meine Erklärung und das muss sie von all den letzten Fantasien befreien, die sie hegt, die, in denen wir beide trotz allem auf magische Weise zusammenkommen.

»Wenn meine Ehe ausschlaggebend für das Sorgerecht ist«, fahre ich fort, »bin ich bereit, ein Dokument zu unterschreiben, das besagt, dass wenn Jane und ich uns jemals scheiden lassen sollten, bekommt Sydney …«

»Mein Mandant macht nur Witze«, wirft Bob ein.

Es ist gut, dass er mich aufgehalten hat. Was wäre, wenn Jane …

»Das ist sowieso egal«, sagt die Richterin. Sie steht auf Sydneys Seite. »Gibt es noch mehr?«

Sie sagen ihr, dass das nicht der Fall ist.

»In diesem Fall werde ich die Entscheidung treffen«, sagt sie.

Das Herz hämmert in meiner Kehle, und ich höre so aufmerksam zu, dass ich den Magen von jemandem in der ersten Reihe knurren höre. Dann, während die Richterin spricht, überkommt mich ein Gefühl der Schwerelosigkeit, ähnlich wie in einer Sinnesentzugskammer. Ich bin auch so glücklich über das, was ich höre, dass ich einen Freudentanz aufführen möchte, denn wenn man den ganzen juristischen Kram weglässt, ist die Entscheidung genau das, wofür ich so hart gearbeitet habe: geteiltes Sorgerecht.

Das heißt, ich kann in Pipers Leben voll und ganz präsent sein.

Ein breites Grinsen breitet sich auf meinem Gesicht aus, und fast hätte ich Bob umarmt, aber dann reduziere ich die Geste auf einen Händedruck. Ich habe mich noch nie so sehr gefreut. Eine echte Wärme strahlt durch meinen Körper.

Ich drehe mich um, um Jane in meiner Aufregung zu küssen, nur um mich daran zu erinnern, dass sie gegangen ist.

Scheiße.

Die Freude wird getrübt.

Wie konnte ich das nur vergessen? Jane ist weg und noch wütender auf mich als vorher.

»Werde ich hier gebraucht?«, frage ich Bob.

»Nein. Das war alles. Herzlichen Glückwunsch, Sir.

Wir können alles mit der anderen Seite klären, ohne dass Sie anwesend ...«

Ohne auf den Rest zu warten, laufe ich aus dem Gerichtssaal, wo ich ausgerechnet mit Georgiana zusammenstoße, die sich mit Tristan unterhält.

Sehr merkwürdig.

»Hast du Jane gesehen?«, frage ich sie.

»Sie hat ein gelbes Taxi genommen«, antwortet Tristan.

Wenn ich mehr Zeit hätte, würde ich ihn fragen, warum er Janes Bewegungen verfolgt, aber so schaue ich nur zu Janes Mutter, um eine Bestätigung zu bekommen.

Sie nickt.

»Wohin?«, frage ich.

»Nach Hause.« Georgiana winkt mit ihrem Telefon. »Sie hat mir eine SMS geschickt. Sie ist ungefähr auf halbem Weg zur Staten Island Ferry.«

Ich zücke mein Handy und schreibe meinem Limousinenfahrer eine SMS, dass er mich abholen soll, und füge am Ende noch *911* hinzu, um die höchste Dringlichkeit zu unterstreichen.

»Am besten fängst du sie am Fährterminal ab«, fährt Georgiana fort. »Die Nächste fährt um halb zwei.«

Ich schaue auf meine Uhr und runzele die Stirn. Wir schaffen es gerade noch, wenn wir jedes Tempolimit brechen.

Mit quietschenden Reifen fährt die Limousine an den Bordstein heran.

Ich springe hinein und verspreche dem Fahrer eine sechsstellige Prämie, wenn wir pünktlich an unserem Ziel ankommen. Vielleicht war das zu viel, denn die Limousine schießt vorwärts, und wir fliegen durch die belebten Straßen Manhattans, als würden wir *The Fast and the Furious* drehen.

Ich rufe Jane an.

Sie nimmt nicht ab.

Ich schreibe ihr eine SMS.

Gleiches Ergebnis.

Ehe ich mich versehe, halten wir am Whitehall-Terminal an, und ich renne aus der Limousine und die Rolltreppe hinauf, wobei ich die Stufen überspringe.

Scheiße. Jane ist nirgends zu sehen, und es ist 13.32 Uhr, was bedeutet, dass die Fähre bereits lädt.

Ich nehme mein Handy heraus und rufe Jane noch einmal verzweifelt an.

Kein Ergebnis. Ich versuche einen Schritt auf die Menschen zuzugehen, die auf die Fähre strömen, aber meine Beine weigern sich, sich zu bewegen. Diese Anhängsel wissen ganz genau, dass eine Fähre eine Art Boot ist ... das über das Wasser fährt.

Ich beiße die Zähne zusammen. Auf dem Weg hierher habe ich versucht, nicht daran zu denken, aber jetzt habe ich keine andere Wahl. Wenn ich nichts unternehme, wird Jane wegfahren – und ich weiß, dass das wahrscheinlich irrational ist, aber ich bin überzeugt, dass ich sie verliere, wenn ich sie allein auf die Fähre gehen lasse ... so wie ich meine Eltern verloren habe.

Oder vielleicht ist es gar nicht so irrational. Als ich sieben Jahre alt war, hörte ich von einem Fährenunfall auf Staten Island, bei dem viele Menschen getötet und noch mehr verletzt wurden.

Nein. Ich werde Jane retten, auch wenn ich ihr hinterherschwimmen muss.

Ich zwinge mich, einen Schritt auf das verdammte Fährboot zuzugehen. Dann noch einen. Dann noch einen.

Warum bewege ich mich so langsam? Das Boot wird bald abfahren.

Während ich meine Muskeln und meinen Verstand anstrenge, erinnere ich mich daran, dass es da draußen Menschen gibt, die in brennende Gebäude und fliegende Kugeln rennen, während meine Bedrohung ein angedocktes Boot zu sein scheint.

Die aufmunternden Worte funktionieren nicht besonders gut. Mein Atem beschleunigt sich immer noch mit jedem Schritt, und als ich das verfluchte Boot betrete, klinge ich wie der Blasebalg einer Schmiede.

Als ich mich hektisch umschaue, erschrecke ich ein paar Fahrgäste, aber Jane sehe ich nicht.

»Jane!«, rufe ich krächzend.

Noch mehr Leute schauen mich fragend an, aber ich ignoriere sie und rufe wieder ihren Namen.

Hinter mir beginnen die Abkopplungsvor-bereitungen, die mein Herz bis in meinen Hals rasen lassen.

Ich bin zu spät dran. Die Fähre legt gleich ab, was

bedeutet, dass Jane und ich gleich das schreckliche Schicksal teilen werden, was auch immer uns erwartet.

Wenn ich sie nur finden könnte, bevor ...

»Adrian?«

Mein Kopf fliegt hoch.

Jane starrt von der zweiten Etage des Bootes auf mich herab. »Was machst du hier?«

Ja! Ich habe sie gefunden. Ich sprinte um alle anderen Fahrgäste herum und erreiche den zweiten Stock in einem Atemzug.

Ich ergreife Janes Handgelenk und ziehe sie zum Ausgang der Fähre.

»Was ist los?«, fragt sie, lässt sich aber von mir weiterziehen. »Wohin gehen wir?«

»Keine Zeit«, sage ich und ziehe sie in den ersten Stock ... und da sehe ich es.

Wir haben bereits abgedockt und ... schwimmen.

Nein. Treiben.

Nein. Bewegen uns.

Wie auch immer man es nennt, es bedeutet, dass es offiziell zu spät ist. Meine Beine geben nach, und ich sinke auf einen Sitz in der Nähe. Jane sitzt neben mir, und ihr entrüsteter Gesichtsausdruck verwandelt sich in einen besorgten.

»Ist es die Sache mit dem Wasser?«, fragt sie mich.

Mir gelingt ein kleines Nicken. »Ich brauche nur eine Sekunde.«

Das Boot beginnt sich ernsthaft zu bewegen. Mein Magen dreht sich um, mir wird schwindlig – und dann werde ich prompt seekrank.

Oh, ja. Ich hatte völlig vergessen, dass ich auf Schiffen seekrank werde, obwohl ich deshalb an dem Tag nicht bei meinen Eltern war.

»Oh Mann«, sagt Jane, als sie meinen zweifellos grünen Gesichtsausdruck bemerkt. »Entspann dich einfach«, zwitschert sie und umarmt mich. »Es ist nur eine fünfundzwanzigminütige Fahrt.«

Fünfundzwanzig Minuten? Es fühlt sich an, als würden tagelange Qualen vergehen, und wenn ich Staatsgeheimnisse hätte, die jemand braucht, würde ich sie ausplaudern, nur damit das Boot irgendwo andocken kann. Egal, wo.

Da ich keine Geheimnisse habe, leide ich einfach. Aber ich lege einen feierlichen Schwur ab. Wenn wir das wie durch ein Wunder überleben, werde ich eine Pharmafirma kaufen und etwas viel Stärkeres als Dimenhydrinat für die unglücklichen Seelen erfinden, die keine Privatjets und Limousinen haben und deshalb diese schreckliche Art der Beförderung nicht vermeiden können.

»Wir müssen aussteigen«, sagt Jane, wie vom Ufer aus. »Sonst fahren wir wieder zurück.«

Wir haben angedockt? Endlich. Ich stehe auf meinen wackeligen Beinen und lasse mir von Jane an Land helfen, wo ich mich auf eine Bank fallen lasse und mein Bestes tue, um zu Atem zu kommen.

Innerhalb weniger Minuten fühle ich mich wie ein neuer Mensch, was bedeutet, dass ich mich kurz darauf wie ein Idiot deswegen fühle, wie ich mit dieser ganzen Situation umgegangen bin.

Ich glaube, es ist an der Zeit, dass ich einen Therapeuten aufsuche und an der Sache mit dem Schwimmen arbeite. Wenn Jane in einen See fallen oder auf ein Kreuzfahrtschiff steigen würde ...

Jane ergreift meine Hand. »Geht es dir gut?«

Ich drehe mich zu ihr und konzentriere mich auf ihr wunderschönes Gesicht und die Sorge in ihren bernsteinfarbenen Augen.

»Jetzt ist es viel besser«, sage ich – und es stimmt fast. Ich bin über die Bootsfahrt hinweg, aber Jane so nahe zu sein, weckt gewisse Sehnsüchte in Yoda.

»Willst du weg vom Wasser?«, fragt sie.

Dafür möchte ich sie küssen ... oder auch einfach nur so. »Ja, bitte.«

Sie hält immer noch meine Hand, als wir zum ersten verfügbaren Taxi eilen, aber ich zucke innerlich zusammen, als Jane dem Fahrer die Adresse ihres Elternhauses gibt. Dieses Ziel bedeutet, dass sie nicht zu mir zurückkehren will – ein Ort, von dem ich gehofft hatte, dass sie ihn langsam als unseren ansieht.

Es sei denn, sie denkt, dass ich auf der Verrazzano-Brücke genauso ausraste wie auf der Fähre?

Sie schiebt sich die Brille auf die Nase – eine Geste, die nicht so sexy sein sollte, wie sie ist. »Kannst du jetzt reden?«

»Ja«, sage ich. »Ich bin völlig ruhig.«

Eine Lüge. Ruhig, Yoda ist nicht ruhig.

»Toll«, sagt Jane und ergreift wieder meine Hand. »Es tut mir leid, dass Sydney den Vertrag in die Hände bekommen hat.«

Ich öffne den Mund, um etwas zu erwidern, aber sie weist mich mit einem Finger zurecht, und ich frage mich, wie beleidigend sie es finden würde, wenn ich ihn lecken oder daran saugen würde.

»Es tut mir auch leid, dass ich weggelaufen bin, als sie ihn auf der Leinwand gezeigt haben«, fährt Jane fort. »Es ist nur so, dass ich, als ich sah, wie du mich angesehen hast, ich …«

»Hör auf«, sage ich fest und ihr Finger verlässt meinen Mund. »Ich bin derjenige, dem es leidtut. Das Einzige, was ich zu meiner Verteidigung sagen kann, ist, dass ich sofort gewusst habe, dass du damit nichts zu tun hast.«

»Aber das habe ich«, sagt sie. »Ich habe ein beschissenes Passwort benutzt, und Sydney hat …«

»Nein. Nicht deine Schuld.« Ich lege meine andere Hand auf ihre kleine Handfläche. »Und es ist sowieso egal, weil ich das Sorgerecht für Piper trotz des Dokuments bekommen habe.«

Sie öffnet ihren Mund weit, was dazu führt, dass ich ihn noch mehr küssen möchte. »Ich habe es dir nicht vermasselt?«

»Sydney hat mir die Sache nicht vermasselt«, korrigiere ich. »Aber ja. Nein.«

Sie verengt ihre Augen. »Warum hast du mir das dann nicht gleich gesagt? Ich habe mich die ganze Zeit gequält.«

»Ich habe versucht, dich anzurufen. Und SMS zu schicken.«

Sie holt ihr Handy heraus, wirft einen Blick darauf

und zieht eine Grimasse. »Es tut mir leid. Wenn ich drangegangen wäre, hätte ich dir diese schreckliche Bootsfahrt und mir selbst etwas Kummer erspart.«

»Mach dir keine Sorgen«, sage ich. »Aber da wir gerade von Vergebung sprechen, möchte ich mich für etwas anderes entschuldigen.«

Jane erblasst und zieht sich zurück. »Mit wem du schläfst, geht mich nichts an.«

Ich runzele die Stirn. »Mit wem ich schlafe?« Und dann fällt es mir ein. »Ich hab dir gesagt, dass es nicht so ist, wie es aussieht. Zwischen mir und Sydney ist nichts passiert.«

Jane seufzt. »Du bist mir keine Erklärung schuldig. Unsere Ehe ist nicht echt und …«

»Es ist nichts passiert«, sage ich so deutlich, wie ich kann. »Irgendwie ist Sydney außerhalb der Zeiten, die für das Absetzen von Piper vorgesehen sind, in das Gebäude gelangt. Dann hat sie sich ausgezogen und mich in einem letzten Versuch, mich zu verführen, geweckt, aber ich habe sie gebeten, zu gehen. Wir haben wütende Worte gewechselt. Das war alles. Ich schwöre es.«

»Oh, wow.« Dann weiten sich Janes Augen. »Ich glaube, sie hat dabei auch mein blödes Passwort benutzt.«

»Ah. Genau.« Ich lächele, um meinen nächsten Worten den Stachel zu nehmen, und füge hinzu: »Vielleicht solltest du in Zukunft unterschiedliche Passwörter für verschiedene Dinge verwenden.«

Sie nickt energisch. »Das habe ich schon auf der

Taxifahrt zur Fähre gemacht. Ich habe alle meine Passwörter geändert.«

Ich rutsche hinüber und schaue ihr in die Augen. »Jetzt, wo das aus dem Weg ist, möchte ich mich eigentlich für die Dinge entschuldigen, die ich nach unserer Hochzeitsnacht gesagt habe.«

Ihre Lippen öffnen sich. »Was meinst du?«

Ich nehme ihre Hand in meine. »Ich habe es gehasst, dass wir uns in den letzten Wochen wie Fremde verhalten haben. Ich kann es nicht ertragen, zu wissen, dass das alles meine Schuld ist. Ich hätte nie …«

Das Auto bleibt stehen und ich merke, dass wir bei Janes Haus angekommen sind. Aber wessen Limousine steht davor? Habe ich vergessen, meinem Fahrer zu sagen, dass er mich abholen soll?

Die Boot-Amnesie ist definitiv etwas, was ich meinem zukünftigen Therapeuten erzählen muss.

»Reden wir drinnen weiter?« Jane deutet in Richtung ihres Hauses.

Ich nicke und bezahle den Fahrer.

Ich steige aus, öffne Jane die Tür, und gerade als sie auf den Bürgersteig tritt, sehe ich ein großes Problem auf uns zukommen.

Aus der Limousine steigt Sydney.

Ihre Augen sind geschwollen, und ihr Gesichtsausdruck ist verloren.

Scheiße.

Für was für einen schlechten Vater hält sie mich, dass sie so verzweifelt sein muss?

Sydney macht einen bedrohlichen Schritt auf uns

zu, aber ihr Blick ist nicht auf mich gerichtet, sondern auf Jane. Ihr starrender Blick hat etwas Seltsames an sich, und das gefällt mir überhaupt nicht. Da Sydney im Moment so labil aussieht und sie gestern Abend nackt bei mir aufgetaucht ist, würde es mich nicht wundern, wenn sie eine Waffe zieht und Jane erschießt – und dann verlangt, dass ich *sie* heirate.

Nun, Scheiß drauf. Nachdem wir die Fährfahrt überlebt haben, ist das gar nichts.

Ich stelle mich zwischen Sydney und Jane und frage eisig: »Was tust du hier?«

KAPITEL 38
Jane

Bevor Adrian mir die Sicht versperrt, habe ich die Chance, Sydney zum ersten Mal wirklich anzuschauen – und zu erkennen, wie ähnlich wir uns sehen. Diese Erkenntnis weckt alle möglichen und unmöglichen Gefühle. Das Wichtigste ist, dass ich diese Frau ein wenig besser kennenlernen möchte, obwohl ich sie noch vor kurzem so sehr gehasst habe.

Im Gegensatz zu Tristan, der sich entschieden hat, nicht in meinem Leben zu sein, hatte Sydney keine Wahl, und es scheint, dass sie sich auf ihre eigene verdrehte Art nach einer Familie sehnt.

»Ich kann nicht glauben, dass du einfach gegangen bist, nachdem die Anhörung beendet war«, sagt Sydney mit einem Schnauben zu Adrian. »Gerade als es an der Zeit war, einen Besuchsplan aufzustellen, den du angeblich so dringend wolltest.«

»Ich bin Jane gefolgt«, fährt er sie an. »Die durch deine Aktion verletzt wurde, möchte ich hinzufügen.«

»Ach, bitte. Wir sind nicht mehr vor Gericht, also musst du nicht so tun, als ob deine kleine Ehe tatsächlich echt wäre.«

Das tut sehr weh, weil es wahr ist.

Adrians Rücken spannt sich an. »Du bist unglaublich. Zuerst ...«

»Klappe halten«, sage ich und reiße mich aus meiner Lähmung. Ich trete hinter Adrian hervor, damit ich Sydneys Gesicht sehen kann, und stelle klar: »Alle beide. Im Ernst, ihr teilt euch jetzt das Sorgerecht für einen wunderbaren kleinen Menschen, also müsst ihr lernen, euch wie Erwachsene zu verhalten, und zwar bald.«

Adrian sieht aus wie sein schüchterner Hund, und auch Sydney wirkt etwas gezüchtigt.

»Ich bin nicht hergekommen, um zu kämpfen«, sagt sie in einem ruhigeren Ton und sieht mich an. »Oder überhaupt mit ihm zu reden.«

»Warum bist du dann gekommen?«, will Adrian erneut wissen. »Und woher weißt du überhaupt, wo Jane wohnt?«

»Der Hintergrundcheck, natürlich«, antwortet sie mit einem Augenzwinkern. Als sie sich wieder mir zuwendet, sagt sie leise: »Deine Mutter hat mir gesagt, dass du nach den Enthüllungen meines Vaters hierhergekommen bist.«

Ah, das hat Tristan ihr erzählt. Kein gutes Timing, wenn man mich fragt. Aber andererseits ... Wenn er ein gutes Timing hätte, wäre er wahrscheinlich schon in meinem Leben.

»Was hat Tristan damit zu tun?«, fragt Adrian.

Mist. Ich hatte noch nicht die Gelegenheit, ihm die große Neuigkeit zu erzählen.

Sydney ignoriert ihn und sieht mich forschend an. »Glaubst du, es ist wahr?«

»Ist was wahr?«, fragt Adrian.

»Halt dich da raus«, schnauzt Sydney ihn an. Etwas ruhiger fügt sie hinzu: »Bitte. Das geht nur mich und Jane etwas an.«

Ich lege eine beruhigende Hand auf Adrians Schulter. »Lass uns bitte reden. Ich werde es dir gleich erklären.« Zu Sydney sage ich: »Ich habe es selbst noch nicht ganz verarbeitet, aber ich denke, es ist wahr ... besonders, wenn ich dich ansehe.«

Wir starren uns noch ein bisschen länger an. Ich spüre, wie sich Adrians Schulter unter meiner Hand noch mehr zusammenzieht, und bevor er meine Schwester weiter anschnauzen kann, platze ich damit heraus: »Tristan ist der Samenspender. Tut mir leid, dass ich auf dem Weg hierher keine Gelegenheit hatte, es dir zu sagen. Ich wollte ...«

»Er ist was?« Adrian sieht aus, als würde sein Gehirn gleich explodieren.

»Mein Vater ist ihr Vater«, sagt Sydney spitz zu ihm. »Wir sind Halbschwestern. Siehst du nicht, wie ähnlich sie mir sieht? Du hast eindeutig ihren Typ.« Sie wendet ihren Blick zu mir. »Und Letzteres ist ein Kompliment.«

Ich denke, wenn man so viel von sich hält wie sie,

ist die Aussage, dass sie und ich der gleiche *Typ* sind, ein Kompliment.

»Wovon redet sie?«, sagt eine kleine Stimme hinter mir.

Oh Scheiße. Ich drehe mich um und sehe Mary mit ihrem Rucksack und großen Augen dastehen.

Richtig. Die Schule ist schon vorbei.

»Wer ist das?«, fragt Sydney, und ihre Augen weiten sich.

»Warum hat sie gesagt, dass sie deine Schwester ist?«, fragt Mary.

Oh Mist. Ich schätze, es gibt keinen Weg, ihr das zu erleichtern.

»Mary, das ist Sydney, Pipers Mutter«, sage ich in einem gemessenen Tonfall. Ich sehe Sydney an. »Das ist meine kleine Schwester Mary. Wie du und ich, haben auch Mary und ich einen Elternteil gemeinsam … aber es ist nicht Tristan.«

Marys Augen glänzen vor Aufregung, und in einem Atemzug rasselt sie heraus: »Du hast erfahren, wer dein Vater ist? Das ist großartig. Und er ist auch der Vater von Pipers Mutter? Das heißt, du bist Pipers Tante! Heißt das, dass ich auch Pipers Tante bin?«

Beim letzten Punkt bitte ich Sydney um Hilfe. Streng genommen haben Piper und Mary keine gemeinsame DNA, aber ich bringe es nicht übers Herz, das zu erklären.

Zu meinem großen Erstaunen heben sich Sydneys Lippenwinkel, und sie spricht aus unerfindlichen

Gründen in Babysprache: »Natürlich, Süße. Du kannst Pipers Ehrentante sein.«

»Cool«, sagt Mary. »Aber warum redest du mit mir, als wäre ich ein Kleinkind? Ich bin zehn Jahre alt.«

»Gefühlte vierzig«, füge ich hinzu.

Sydney lächelt jetzt wirklich. Mit normaler Stimme sagt sie: »Wenn du Pipers Ehrentante bist, kann ich dann deine Ehrenschwester sein?«

»Ja«, sagt Mary, ohne zu zögern.

Sydney schaut in meine Richtung, ihre übliche Überheblichkeit wird durch Unsicherheit gemildert. »Das ist doch okay für dich, oder nicht?«

Ich zögere, dann nicke ich. Denn was macht das schon? Was auch immer die Probleme meiner neu entdeckten Halbschwester sind, sie scheint Kinder zu mögen und gut mit ihnen umgehen zu können.

Das vermute ich zumindest. Wenn sie eine schlechte Mutter für Piper wäre, hätte Adrian wahrscheinlich Attentäter anstatt Anwälte angeheuert.

Ich beschließe, auch einen Olivenzweig zu reichen. »Ich bin damit einverstanden, wenn meine Mutter es ist.«

Und puff – in diesem Moment fährt ein schwarzer Cadillac an den Bordstein, und Mama steigt aus.

Denn natürlich …

»Wow«, sagt Mary. »Wenn man vom Teufel spricht und er aus einem schwarzen Uber steigt.«

Als Mom auf uns zukommt, scheint sie nicht überrascht zu sein, Sydney oder Adrian hier zu sehen – oder sie ist eine gute Schauspielerin.

»Mama.« Mary zeigt auf Sydney. »Kann ich ihre Ehrenschwester sein?« Mit verlegenem Blick wendet sie sich an die zukünftige Ehrenschwester und fügt hinzu: »Wie war nochmal dein Name?«

»Sydney. Wie die Stadt in Australien.«

»Cool. Ich bin Mary, falls du es vergessen hast. Nach Marianne Dashwood, aus Sinn und Sinnlichkeit.«

Mama schüttelt den Kopf. »Mary ist der Name deiner Großmutter.«

»Ist er das?« Mary schüttelt den Kopf. »Warum weiß ich das nicht?«

»Weil du nur die eine hast und sie deshalb einfach immer Oma nennst«, stelle ich die Theorie auf. »Wenn es zwei wären, müsstest du sie entweder mit ihrem Namen oder Spitznamen bezeichnen.«

»Ich bin mir ziemlich sicher, dass ich es erwähnt habe«, sagt Mama. »Aber lasst uns auf die Sache mit der Ehrenschwester zurückkommen.« Sie wendet sich an Sydney. »Ich überlege es mir, wenn du mich im Gegenzug Pipers Ehrengroßmutter sein lässt.«

Als Sydney meine Mutter betrachtet, erinnert sie mich an Mrs. Corsica. »Können wir uns erst ein bisschen kennenlernen?«, fragt sie nach einer langen Pause.

»Ich habe gerade dasselbe gedacht«, sagt Mama. »Willst du auf einen Tee hereinkommen?«

Sydney nickt, und sie gehen alle ins Haus, während Adrian und ich uns verwirrt anschauen.

Mrs. Westfield muss die Wahl von Tee als Erfrischung für ein zivilisiertes Tête-à-Tête begrüßen.

»Sollen wir woanders hingehen?«, fragt Adrian. »Ich muss noch mit dir reden.«

»Wie wäre es mit meinem Zimmer?« Ich zeige nach oben. Ich wollte schon immer einmal einen heißen Typen dorthin mitnehmen, hatte aber nie die Gelegenheit dazu.

Adrian lächelt. »Würde deine Mutter etwas dagegen haben?«

»Nein, aber wir sollten es ihr nicht sagen, sonst versorgt sie uns mit Kondomen und unaufgeforderten Sexratschlägen.«

Sein Blick wird schelmisch. »Willst du mich in dein Zimmer schmuggeln?«

Ich grinse wie eine Verrückte. »Ich dachte, du würdest nie fragen.«

Und so schleichen wir zwei Erwachsenen auf Zehenspitzen die Treppe hinauf und dann in mein Zimmer – auch wenn die laute Unterhaltung in der Küche die Heimlichkeit unnötig macht.

»Ah.« Adrian zeigt auf all die prall gefüllten Bücherregale. »Historische Liebesromane, richtig?«

»Ja, aber das ist nicht das Einzige, was mich ausmacht«, sage ich mit spöttischer Strenge. »Ich wette, du wusstest nichts von ihm.« Ich nehme den ausgestopften Pinguin in die Hand, mit dem ich immer geschlafen habe … bis vor sehr kurzem. »Mr. Tuxedo hat überhaupt keine Verbindung zu diesen Büchern.«

»Ich würde nicht im Traum daran denken, dich auf

nur eine Sache zu reduzieren«, sagt Adrian. »Aber wenn ich es täte, wären es keine Bücher. Es wären deine errötenden Wangen.«

Großartig. Meine verräterischen Wangen färben sich genau in diesem Moment rot, als ob sie ihm helfen würden, seinen Standpunkt zu vertreten.

»Ja, die.« Er beugt sich vor und küsst eine der brennenden Wangen mit seinen kühlen, üppigen Lippen. Als er sich zurückzieht und mich ansieht, sagt er leise: »Aber ich glaube, ich möchte meine Antwort ändern. Wenn ich dich durch eine Sache definieren müsste, dann wäre es dein Mona-Lisa-ähnliches Lächeln. Nein. Es wäre, wie gut du mit Piper umgehen kannst. Eigentlich nicht. Es wäre …«

Ich packe ihn an den Schultern, stelle mich auf die Zehenspitzen und küsse ihn, zum Teil, um ihn zum Schweigen zu bringen, aber vor allem, weil ich es wirklich will.

Er erwidert meinen Kuss leidenschaftlich, aber nach einer Minute oder so zieht er sich sanft zurück, obwohl die Hitze in seinen Augen noch immer lodert. Seine Stimme ist rau. »Entschuldige, aber ich muss dir noch etwas sagen.«

Ich schaue sehnsüchtig auf seine Lippen. »Wenn es um das geht, was du nach der Hochzeitsnacht gesagt hast, verzeihe ich dir. Ich glaube, du hattest tatsächlich recht. Piper ist es wert, vorsichtig zu sein. Aber jetzt, wo die Anhörung in deinem Sinne ausgegangen ist, können wir vielleicht …«

Adrian wiegt mein Gesicht in seinen Händen und

verwirrt mein Gehirn so sehr, dass ich vergesse zu sprechen.

Ich glaube, ich sehe in seinen Augen, was er sagen will, bevor sich seine Lippen bewegen, und dann spricht er drei Worte aus: »Ich liebe dich.«

Mein Herz verwandelt sich in einen Hasen auf Steroiden.

»Das ist mir bei der Anhörung klar geworden«, fährt er fort. »Aber ich glaube, ich habe es schon lange gespürt. Ich hatte einfach Angst, mich zu trauen ...«

»Ich liebe dich auch«, sage ich und komme aus meiner Benommenheit heraus. »Ich liebe deine schelmischen Augen, dein verwegenes Grinsen, deinen Einfallsreichtum. Und ich will nicht wie ein Nachahmer klingen, aber ich liebe es, wie du mit Piper umgehst. Nein. Ich liebe ...«

Dieses Mal ist er derjenige, der mich küsst, und wir füllen diesen Kuss mit all den Dingen, die wir uns noch nicht sagen konnten, wie zum Beispiel, dass ich es auch gehasst habe, wenn wir nicht miteinander gesprochen haben. Oder wie ich davon geträumt habe, ihn wieder zu küssen, und zwar nicht nur zu küssen, sondern auch ...

Als ob er meine Gedanken lesen könnte, beginnt Adrian sich auszuziehen, erst sich selbst und dann mich – ohne den Kuss zu beenden.

Als wir nackt sind, flüstert er: »Diesmal sollte es nicht wehtun.«

Und er hat recht. Das tut es nicht.

Es ist wie die beste Szene in jedem Liebesroman, den ich je gelesen habe, nur unendlich viel heißer, weil er es ist.

Jane

EIN JAHR SPÄTER

Der Kinosaal ist voller Prominenter, aber alles, was mich interessiert, ist mein Mann, der rechts neben mir sitzt. Ja, Adrian und ich haben beschlossen, verheiratet zu bleiben, also ist er jetzt *wirklich* mein Ehemann, nicht nur in den Augen des Gesetzes.

Er ergreift meine Hand, und das sowie der Beginn des Films lassen meinen Herzschlag in die Höhe schnellen. Adrian hat unermüdlich an diesem Projekt gearbeitet, es aber vor mir geheim gehalten, damit ich es mir heute Abend ansehen kann. Alles, was er mir im Voraus gesagt hat, ist, dass ich ihn dazu inspiriert habe und dass er denkt, dass es mir gefallen könnte. Außerdem hat er das Drehbuch geschrieben, die Filmmusik komponiert, einige der Kostüme entworfen und noch eine ganze Reihe anderer Leistungen erbracht.

Mit anderen Worten: Ich bin aufgeregter als ein Kind nach einem Tiramisu-Esswettbewerb.

Ich beobachte gebannt, wie sich die erste Szene entfaltet. Wenn es Adrians Ziel war, Zuschauern wie mir zu gefallen, dann hat er es auf jeden Fall geschafft.

Der Schauplatz ist England um die Mitte der 1830er Jahre – eine meiner Lieblingsepochen – und es gibt eine große Liebesgeschichte im Film, was ihn zu einem historischen Liebesroman macht. Das Liebespaar, um das es geht, sind Ada Lovelace und Charles Babbage, reale historische Personen, auch wenn ihre Liebesgeschichte fiktionalisiert ist. Charles war ein exzentrischer, genialer Erfinder, der – und das ist eine schwer zu glaubende, aber wahre Geschichte – Pläne für einen mechanischen Computer entwickelte, der leider nie gebaut wurde ... sonst wären Katzenvideos vielleicht schon hundert Jahre früher ein beliebter Zeitvertreib der Menschen geworden. Ada war eine begabte Mathematikerin und die einzige eheliche Tochter von Lord Byron. Weil sie Programme für Charles' Maschine schrieb, gilt sie heute als die erste Computerprogrammiererin der Welt. Das ist die Wahrheit. Sie war die Erste in einem Bereich, in dem Frauen auch heute noch nur etwa dreißig Prozent der Stellen innehaben, und das zu einer Zeit, als Frauen als unfähig galten, mit ihren schwachen, kleinen Frauenhirnen Mathematik zu lernen.

Unnötig, zu sagen, dass mir die Tränen kommen, als der Abspann läuft. Ich springe auf und klatsche, und der Rest des Publikums stimmt mit ein.

»Du bist ein Genie«, sage ich Adrian inbrünstig.

Er grinst mich an. »Hat er dir wirklich gefallen?«

»Ja«, sage ich. »Das ist jetzt mein Lieblingsfilm.«

Bevor er antworten kann, schwärmt ein Reporter, der sich als Filmkritiker für *The New York Times* vorstellt, Adrian vor, wie sehr er den Film geliebt hat.

Sobald der Reporter fertig ist, beglückwünscht der Bürgermeister Adrian zu seiner guten Arbeit, und dann kommt einer der Schauspieler vorbei, um Adrian dafür zu danken, dass er die Chance bekommen hat, an einem so tollen Projekt mitzuwirken. Auch andere Leute kommen vorbei, und das geht fast eine Stunde lang so.

Als wir in der Lobby ankommen, warten alle, die wir kennen, bereits auf uns – nur Piper fehlt, weil es gegen die Genfer Konventionen verstößt, ein Kleinkind zu einer Filmpremiere mitzubringen.

»Das war wirklich sehenswert«, sagt Bernard.

»Für einen Film ohne Verfolgungsjagden und Explosionen«, korrigiert Michael.

»Hey, das ist der beste kitschige Liebesroman, den ich je gesehen habe«, sagt Warren. »Nicht, dass ich so viele gesehen hätte.«

»Ihr drei seid verrückt«, sagt Mary, ohne den Blick von ihrem Handy zu lösen. »Der Film war der GOAT. Greatest of all times, falls ihr nicht up to date seid. Findest du nicht auch, Schwesterherz?«

Die *Schwester*, um die es geht, ist Sydney, die sich sehr gut mit Mary versteht. Vielleicht hat es etwas damit zu tun, dass Mary im letzten Jahr in die Pubertät gekommen ist und sich von Sydneys Bienenköniginnen-Vibes angezogen fühlt. Mama und ich sind Sydney dankbar, dass sie es bisher geschafft hat, Mary rosafarbene Haare – *was bist du, eine Anime-Figur?* –, ein Nasenpiercing – *du siehst aus wie eine Kuh* – und ein Delfin-Tattoo – *du bist zu wenig Flittchen, um diesen Stempel zu bekommen* – auszureden.

»Das hast du toll gemacht«, sagt Sydney übertrieben gönnerhaft zu Adrian.

»Danke«, antwortet Adrian und ich merke, dass er sein Bestes gibt, um freundlich zu klingen – aber das ist bei den beiden noch nicht ganz ausgereift. Harte Arbeit. Aber allein die Tatsache, dass sie heute hier ist, zeigt, dass sie es versucht.

Ich für meinen Teil komme mit meiner neu entdeckten Halbschwester ziemlich gut aus, wenn man bedenkt, dass sie noch vor einem Jahr versucht hat, mit meinem Mann zu schlafen. Es hilft, dass sie sich mit einem neuen Mann trifft und dass sie eine gute Mutter für Piper ist … und dass sie sich hervorragend mit meiner Mutter versteht.

Ich glaube, in ein paar Jahren könnte ich sie sogar mögen.

»Toll gemacht?«, ruft Mama aus. »Das Understatement des Jahrhunderts! Das war oscarreif.«

»Ich stimme zu«, sagt Tristan. »Golden Globe auch. Diese Partitur war hohe Kunst.«

Ich lächele den Mann, den ich immer weniger als Samenspender sehe, dankbar an. Wie bei Sydney ist der Hauptgrund dafür, dass ich mich für ihn erwärmen konnte, wie sehr er Piper anhimmelt. Zurzeit treffen wir uns einmal im Monat zum Brunch, und ich überlege, ob ich das auf zweimal im Monat erhöhe, aber das habe ich ihm noch nicht gesagt.

»Ich stimme dem ganzen Lob zu«, meldet sich Mrs. Corsica zu Wort. »Und wir werden diesen Film ganz sicher in der Bibliothek haben, sobald er erhältlich ist.«

Sie meint in Wirklichkeit, dass *ich* ihn haben werde. Vor kurzem hat sie mir gesagt, dass sie in den Ruhestand gehen will und dass sie mich vorschlagen wird, um ihren Thron zu übernehmen.

»Vielen Dank, dass ihr alle gekommen seid, um mich zu unterstützen«, sagt Adrian. »Ich nehme an, wir sehen euch auf der Afterparty?«

Nachdem alle zugestimmt haben, ergreift Adrian mein Handgelenk und zieht mich durch die Menge der Paparazzi aus dem Kino in die Limousine.

Als wir losfahren, schenkt er uns beiden ein Glas Sekt ein, aber ich trinke meines nicht. Stattdessen fange ich seinen Blick auf. »Deine Überraschung ist schwer zu übertreffen«, sage ich, »aber ich werde es versuchen.«

Adrian betrachtet mich neugierig. »Ist das ein neues Outfit?«

Ich lächele. »Das auch. Ich habe etwas mit viel Spitze gekauft. Darunter werde ich ein Hemdchen tragen. Aber das ist nicht vergleichbar mit dem Film – auch wenn er am Rande mit der Überraschung zu tun hat.«

»Du magst es ein bisschen zu viel, mich zu necken«, sagt Adrian.

Das stimmt. Ich habe unser Sexleben als Jungfrau

begonnen, aber mit unseren zwei- und manchmal dreimal täglichen Sexkapaden ähneln meine Fähigkeiten im Schlafzimmer jetzt denen einer erfahrenen Kurtisane, und Necken ist an der Tagesordnung.

Mrs. Westfield glaubt, dass es eine Grenze gibt, ab der eheliche Pflichten zu mutwilligem Verhalten werden. Eine Grenze, die in diesem Fall vor elf Monaten und drei Wochen überschritten wurde.

»Gut«, sage ich. »Spielverderber. Hier ein Tipp: Die Überraschung hat mit einer bestimmten Spirale zu tun, die ich vor kurzem entfernen lassen habe.«

Adrian reißt mir mit großen Augen das Sektglas aus der Hand, als ob er denkt, ich könnte es aus Versehen trinken. »Du meinst …«

»In der Tat. Ich erwarte ein Kind.« Das wollte ich schon immer einmal sagen. »Es hat sich herausgestellt, dass der Film nicht das einzig Erstaunliche ist, was du in letzter Zeit geschaffen hast.«

Adrian grinst und zieht mich in eine liebevolle Umarmung, während er mir sagt, wie aufregend das ist und wie sehr er mich liebt. Als er mich endlich loslässt, sagt er: »Als alle den Film mochten, dachte ich, dass der heutige Tag nicht mehr besser werden könnte, aber du hast ihn wirklich noch verbessert, und zwar exponentiell.«

Seine Worte lassen mich mich leicht und strahlend fühlen. »Bist du bereit, mehr Kindergeschichten zu schreiben?«, frage ich. »Oder willst du die gleichen verwenden und nur Pipers Namen und Bild durch die deines ungeborenen Babys ersetzen?«

»Ich werde neue schreiben.« Er beugt sich herunter und küsst meinen Bauch durch mein Kleid hindurch. »Es wird ein Werk der Liebe sein.«

Ich drücke auf den Knopf, der die Trennwand der Limousine schließt – ein nicht ganz so subtiler Hinweis darauf, woran ich gerade denke.

Adrians Augen verdunkeln sich. »Hier und jetzt? Was ist mit dem Outfit?«

»Das, lieber Mann, ist noch Stunden entfernt.« Ich knöpfe den Kragen seines Hemdes auf.

»Stimmt«, sagt er und entledigt mich prompt meines Kleides.

Dann küsse ich ihn, ein leidenschaftlicher, gieriger Kuss, der Versprechungen für die Zukunft macht.

Wunderbare Dinge.

Unanständige Dinge.

Aufregende Dinge.

Und als er mich zurückküsst, schmecke ich sein Versprechen unserer ewigen Liebe.

Leseproben

Danke, dass Sie an Janes und Adrians Reise teilgenommen haben! Um über meine zukünftigen Bücher informiert zu werden, melden Sie sich für meinen Newsletter auf www.mishabell.com.

Blättern Sie um und lesen Sie Kostproben aus *Die Hundesitterin des Milliardärs* und *Billionaire Grump – Ein stacheliger Milliardär*!

Auszug aus Die Hundesitterin des Milliardärs

Lilly

Eine Gelegenheit, den Milliardär zur Rede zu stellen, dessen Bank mir das Haus meiner Kindheit weggenommen hat? Ja, bitte! Der gierige, arrogante Mistkerl denkt, ich sei hier, um mich für den Job als Hundetrainerin (alias Hundesitterin) zu bewerben, aber da kann er sich warm anziehen.

Was macht es schon, dass Bruce Roxford groß, muskulös und gutaussehend ist? Nichts wird mich davon abhalten, ihm zu sagen, was ich von ihm halte – nicht einmal sein süßer Chihuahua-Welpe, die wahnsinnige Summe, die er für den Job bietet, oder seine wunderschönen, tiefblauen Augen ...

Aber die Kombination? Ich stecke in Schwierigkeiten.

Bruce

Lilly Johnson kommt fünf Minuten zu spät zu unserem Vorstellungsgespräch, und ich habe noch nie einen unpünktlichen Mitarbeiter eingestellt. Aber bevor ich sie wegschicken kann, verliebt sich mein Chihuahua-Welpe in sie.

Ja, nur der Chihuahua.

Diese Frau ist unprofessionell, schwierig, schnippisch ... und aus irgendeinem Grund kann ich sie unmöglich aus meinem Kopf bekommen.

Also stelle ich sie natürlich als bei uns lebende Hundetrainerin ein. Wie schlecht kann diese Idee schon sein?

~

Was zum Teufel soll heiß an ihm sein? Alles an Bruce Roxford ist eiskalt, von seinen arktisch-blauen Augen bis zu der frostigen Form seiner Lippen. Sogar sein dunkles, glatt zurückgekämmtes Haar hat einen kühlen, blauschwarzen Schimmer, statt der üblichen warmen braunen Untertöne.

»Ja?«, fragt er, aber öffnet seine Haustür nicht weiter.

Warum tut er so, als hätten seine Sicherheitsleute nicht angekündigt, wer ich bin? Ganz zu schweigen davon, dass wir einen Termin haben – und es ist ja nicht so, dass auf seinem riesigen Anwesen irgendwelche Leute kommen und gehen wie sie wollen.

Ich gebe mein Bestes, um nicht von der Kälte zu zittern, die er ausstrahlt, und sage: »Ich bin Lilly Johnson.«

Keine Antwort.

»Die Hundetrainerin.«

Schweigen.

»Ich bin hier für ein Vorstellungsgespräch mit Bruce Roxford?«

Was ich nicht sage, ist, dass das Interview nur ein Vorwand ist, um diesem herzlosen Bastard meine Meinung zu sagen. Seine Bank hat mir das Haus meiner Kindheit weggenommen, und als ich seine Anzeige sah, in der er jemanden aus meiner Branche suchte, wusste ich, dass es Schicksal war.

Vielleicht sollte ich ihn einfach jetzt und hier beschimpfen?

Nein. Er würde mir die Tür vor der Nase zuschlagen und mich von seinem Sicherheitsdienst vom Gelände begleiten lassen. Ich brauche ihn dort, wo er mir nicht entkommen kann. Bevor ich ihn persönlich traf, dachte ich, ich würde uns in einen Raum sperren und ihm das vorlesen, was ich für diesen Anlass sorgfältig zusammengestellt habe. Auf diese Weise würde ich keine Beleidigungen oder Anschuldigungen vergessen. Aber jetzt, wo ich diesem riesigen, breitschultrigen männlichen Exemplar gegenüberstehe, bin ich mir nicht mehr so sicher, ob ich mit ihm allein sein sollte, schon gar nicht in einer feindlich gestimmten Situation.

Er hebt seinen muskulösen Arm vor dem Gesicht und runzelt die Stirn, als er auf seine Uhr von A. Lange & Söhne schaut. »Sie sind zu spät. Auf Wiedersehen.«

Die Worte treffen mich wie Hagelkörner.

»Fünf Minuten«, erwidere ich und bin stolz darauf, wie sicher meine Stimme ist. »Es war viel Verkehr und …«

»Der Verkehr ist so vorhersehbar wie die Steuern.« Er beginnt, mir die Tür vor der Nase zuzumachen.

Ich atme tief ein. Keine Zeit, meine ganze Rede zu halten, eine Kurzversion muss genügen.

Bevor ich meine Wut herauslassen kann, schießt ein schwarzes Fellknäuel aus dem kleinen Spalt zwischen Tür und Rahmen.

Ein Meerschweinchen?

Nein. Es wedelt mit dem Schwanz und leckt an meinen Schuhen.

Oh, richtig. Es ist ein Welpe – was angesichts der Anzeige auch Sinn ergibt.

Mein Herz macht einen Luftsprung. Das ist ein Langhaarchihuahua – und ein wunderschöner dazu. Er hat ein seidiges, pechschwarzes Fell, weißes Fell an der Brust, ein Gesicht, das mich an einen kleinen Bären erinnert, und braune Flecken über den Augen, die wie neugierige Augenbrauen aussehen. Besser noch, das Fehlen von Kläffen und Knöchelbeißen lässt mich glauben, dass dies das freundlichste Mitglied dieser Rasse sein könnte.

Ich hocke mich hin und streichele sein himmlisches Fell. »Hallo. Wer bist du denn?«

Der Welpe schmeißt sich auf den Rücken und zeigt, dass er kein Mädchen, sondern ein braver *Junge* ist.

Ein bittersüßer Schmerz drückt auf meine Brust, als ich die kleine kahle Stelle auf seinem Bauch kraule. Es ist fünf Jahre her, dass ich Roach, die hündische Liebe meines Lebens, verloren habe. Auch er war ein Chihuahua – nur viel größer, weniger freundlich zu Fremden und mit einem glatten Fell.

Bis heute trübt jedes Mal, wenn ich ein neues Mitglied dieser Rasse kennenlerne, ein Hauch von Traurigkeit die Freude, einen Hund zu treffen. Weil sie so klein sind, trainieren zum Glück nur wenige Menschen Chihuahuas, weshalb ich noch nie einen Kunden ablehnen musste. Auf jeden Fall siegt die Freude schnell, als ich mit meinen Fingern die flauschige Brust des Welpen kraule und er aussieht, als würde er Heroin bekommen.

»Das gefällt dir, nicht wahr, Süßer?«, murmele ich.

Wie immer liefert mir meine Vorstellungskraft die Antwort des Hundes, die aus unerfindlichen Gründen mit der unfassbar tiefen Stimme von James Earl Jones, auch bekannt als Darth Vader, sagt:

Ob ich Bauchkraulen mag? Das ist so, als würdest du mich fragen, ob ich gerne den Mond anheule. Oder meine Eier lecke. Oder gerne ...

Irgendwo weit über mir höre ich, wie jemand verzweifelt ausatmet.

Oh Mist. Ich habe kurz vergessen, wo ich bin. Das kommt häufig vor, wenn Hunde im Spiel sind.

Ich richte mich zu meiner vollen Größe auf – die zugegebenermaßen nur knapp ein Meter sechzig beträgt – und starre herausfordernd in die blauen Augen meines Erzfeindes, die jetzt noch größer aussehen, wie Angellöcher in einem eisigen See.

»Wie haben Sie das gemacht?«, fragt er.

Ich streiche mir nervös eine Haarsträhne hinters Ohr. »Was?«

Er deutet auf den schwanzwedelnden Chihuahua. »Colossus ist nie freundlich. Zu niemandem.«

Vielleicht ist er also *doch* typisch für seine Rasse. Ich kann mir ein Grinsen nicht verkneifen. »Colossus? Wie viel wiegt er, etwa ein Kilo?«

»Ein Kilo und zweihundertfünfzig Gramm«, sagt er, immer noch mit strengem Blick. »Haben Sie Speck in Ihren Taschen?«

Ich fühle mich, als stünde ich vor Gericht, und ziehe meine Taschen heraus, um zu zeigen, dass sie leer sind. »Ich füttere Hunde nie mit Speck. Selbst die sichersten Sorten haben zu viel Fett und Natrium, ganz zu schweigen von anderen Aromastoffen, die …«

»Okay«, unterbricht er gebieterisch.

Ich blinzele ihn an. »Okay was?«

»Sie haben den Job.«

Für mehr Informationen, melden Sie sich für meinen Newsletter auf www.mishabell.com/de.

Auszug aus Billionaire Grump – Ein stacheliger Milliardär

Juno

Als ich zu spät zu einem Vorstellungsgespräch komme und im Aufzug mit einem nervtötend sexy, vom alten Rom besessenen Griesgram feststecke, erwarte ich auf keinen Fall, dass er der Milliardär ist, dem das Gebäude gehört. Ich erwarte auch nicht, dass ich ihn fast umbringe ... aus Versehen, natürlich.

Die Stelle in der Pflanzenpflege, für die ich mich beworben habe, bekomme ich zwar nicht, aber ich bekomme ein interessantes Angebot.

Lucius muss der Öffentlichkeit (und seiner Großmutter) vortäuschen, dass er eine Beziehung hat, und ich brauche Studiengeld für meinen Abschluss in Botanik. Unsere Vereinbarung ist für beide Seiten vorteilhaft - zumindest bis ich anfange, Gefühle für ihn zu entwickeln.

Wenn ich als Kaktusliebhaberin eine Sache gelernt habe, dann, dass man sich mit großer

Wahrscheinlichkeit verletzen wird, wenn man ihm zu nahe kommt.

Lucius

Nach dem Vorfall im Aufzug bleiben mir drei Dinge: meine Lieblingswasserflasche voller Urin, eine lebensbedrohliche allergische Reaktion und Paparazzi-Fotos von meiner "Freundin" und mir, die meine Oma zur glücklichsten Frau der Welt machen.

Natürlich ist mein nächster Schritt, dieses (zugegebenermaßen süße) Mädchen zu erpressen - ich meine, zu überreden -, so zu tun, als würde sie mit mir ausgehen. Auf diese Weise bleibt meine Oma glücklich, und als Bonus kann ich mir die Goldgräberinnen vom Leib halten.

Leider macht sich meine Erzfeindin, die Biologie, bemerkbar, und es wird immer schwieriger, den Teil unserer Vereinbarung einzuhalten, der besagt, dass wir auf körperliche Nähe verzichten. Schlimmer noch: Je länger ich mit Juno zusammen bin, desto mehr schmilzt mein fein säuberlich aufgebautes eisiges Äußeres dahin.

Wenn ich nicht aufpasse, wird Juno meine Mauern komplett einreißen.

~

»Wollen Sie damit sagen, dass ich dumm bin?«, fahre ich ihn an. Jeder könnte Probleme mit diesen verdammten Tasten haben, nicht nur eine Person mit Legasthenie.

Er schaut demonstrativ auf die Knöpfe. »Dumm ist, wer Dummes tut.«

Ich knirsche schmerzhaft stark mit den Zähnen. »Sie sind ein Arschloch. Und Sie haben zu oft Forrest Gump gesehen.«

Seine Lippen werden schmal. »Der Film war nicht der Ursprung dieses Sprichworts. Es kommt aus dem Lateinischen: Stultus est sicut stultus facit.«

Ich rolle mit den Augen. »Was für ein überheblicher *stultus* zitiert Latein?«

Der Stahl in seinen Augen ist so kalt, dass ich wette, meine Zunge würde daran kleben bleiben, wenn ich versuchen würde, seinen Augapfel zu lecken. »Ich weiß es nicht. Vielleicht der Idiot, der zufällig alles mag, was mit Rom zu tun hat, einschließlich der Zahlen.«

Mir klappt die Kinnlade herunter. »Sie haben diese Entscheidung getroffen?« Ich deute in Richtung der Aufzugsknöpfe.

Er nickt.

Scheiße. Er hat mich wahrscheinlich vorhin gehört, was bedeutet, dass ich mit den Beleidigungen angefangen habe. Zu meiner Verteidigung: Er hat eine idiotische Entscheidung getroffen.

Ich stoße einen frustrierten Atemzug aus. »Wenn Sie sich so gut mit römischen Zahlen auskennen, hätten Sie mir auch sagen können, welchen Knopf ich drücken muss.«

Er verschränkt seine Arme vor der Brust. »Sie haben mich nicht gefragt.«

Meine Nackenhaare richten sich wieder auf. »Sie fragen? Sie sahen aus, als würden Sie mir gleich den Kopf abreißen, nur weil ich existiere.«

»Das liegt daran, dass ich mich Ihretwegen zu spät …«

Der Aufzug bleibt ruckartig stehen, und die Lichter um uns herum werden schwächer.

Wir starren beide auf die Türen.

Sie bleiben geschlossen.

Er dreht sich zu mir um und verengt seine Augen anklagend. »Was haben Sie jetzt gedrückt?«

»Ich? Wie? Ich habe Ihnen gegenübergestanden. Leider.«

Mit einem verärgerten Kopfschütteln geht er auf die Tafel mit den Knöpfen zu, und ich muss wegspringen, bevor ich zertrampelt werde.

»Sie haben wahrscheinlich vorhin etwas gedrückt«, murmelt er. »Warum sollten wir sonst festsitzen?«

Warum ist es illegal, Menschen zu würgen? Nur ein paar Sekunden meine Hände um seinen Hals zu legen, wäre eine beruhigende Übung.

Stattdessen starre ich auf seinen Rücken, der mir die Sicht darauf versperrt, was er tut. »Der arme Aufzug hat wahrscheinlich gerade Selbstmord wegen dieser römischen Ziffern begangen. Er wusste, dass jemand, wenn er Dinge wie L und XL sieht, an T-Shirt-Größen für Neandertaler wie Sie denkt. Und lassen Sie mich nicht mit dem XXX-Button anfangen, der eine klare Anspielung auf Pornos ist. Das schafft ein feindliches Arbeitsumfeld …«

»Können Sie die Klappe halten, damit ich uns hier rausholen kann?«, fährt er mich an.

Seine Worte verdeutlichen die Realität unserer Situation: Es ist schon über eine Minute vergangen, und die Türen sind immer noch geschlossen.

Lieber Saguaro, sitze ich hier wirklich fest? Mit diesem Kerl? Was ist mit meinem Vorstellungsgespräch?

»Endlich Ruhe«, sagt er zufrieden und geht zur Seite, so dass ich sehe, wie er mit dem Finger auf den *Hilfe*-Knopf drückt.

»Es ist ein Wunder, dass der nicht auf Latein ist«, kann ich mir nicht verkneifen. »Oder Klingonisch.«

»Hallo?«, ruft er in den Lautsprecher unter dem Knopf, und seine Stimme trieft vor Irritation.

Keine Antwort, nicht einmal ein Rauschen.

»Ist da jemand?« Seine Verärgerung steigt eindeutig in neue Höhen. »Ich bin spät dran für ein wichtiges Meeting.«

»Und ich bin spät dran für ein Vorstellungsgespräch«, füge ich hinzu, falls das wichtig ist.

Er hält inne, schaut in meine Richtung und zieht eine dicke Augenbraue hoch. »Ein Vorstellungsgespräch? Für welche Position?«

Ich stelle mich gerader hin. »Ich bin sicher, dass Sie

das nicht wissen, aber die Pflanzen in diesem Gebäude kümmern sich nicht um sich selbst.«

Moment. Habe ich zu viel gesagt? Könnte er mein Vorstellungsgespräch torpedieren – vorausgesetzt, das Aufzugschaos hat es nicht schon getan? Was macht er hier eigentlich – lächerliche Aufzüge entwerfen? Das kann doch kein Vollzeitjob sein, oder?

»Eine Baumumarmerin«, murmelt er vor sich hin. »Das passt.«

Was für ein Arschloch. Ich habe noch nie in meinem Leben einen Baum umarmt. Ich bin zu sehr damit beschäftigt, mit ihnen zu reden.

Mit finsterer Miene wendet er sich wieder dem *Hilfe*-Knopf zu – obwohl ich jetzt denke, dass er eigentlich *Keine Hilfe* heißen müsste.

»Hallo? Können Sie mich hören?«, ruft er. »Antworten Sie jetzt – oder Sie sind gefeuert.«

Ich rolle mit den Augen. »Ist es eine gute Idee, der Person, die uns retten kann, zu drohen?«

Er stößt einen hörbaren Atemzug aus. »Das ist egal. Der Knopf muss eine Fehlfunktion haben. Sie würden es nicht wagen, mich zu ignorieren.«

Ich ziehe mein zuverlässiges Telefon heraus, ein schönes und einfaches Nokia 3310. »Sind Sie sehr von sich eingenommen?«

Er starrt ungläubig auf meine Hände. »Deshalb ist der Aufzug also stecken geblieben. Er ist in eine Zeitschleife geraten und hat uns ins Jahr 2008 gebracht.«

Ich runzele die Stirn über den mangelnden Empfang meines Nokia. »Diese Version wurde 2017 herausgebracht.«

»Es sieht trotzdem dümmer aus als ein hirntoter Crashtest-Dummy.« Stolz holt er ein iPhone aus seiner Tasche. »So sollte ein Telefon aussehen.«

Ich schnaube. »So sieht ständige Ablenkung aus. Wie auch immer, wenn Ihr *iNotSoSmartPhone* – markenrechtlich geschützt – so toll ist, sollte es doch Empfang haben, oder nicht?«

Er wirft einen Blick auf seinen Bildschirm, aber ich kann sagen, dass er die Wahrheit schon kennt: Auch für seinen Liebling gibt es keinen Empfang.

Trotzdem kann ich nicht widerstehen. »Sehen Sie? Ihr geniales Telefon ist genauso nutzlos. Das Einzige, wozu es gut ist, ist, dass es die Leute zu Social Media checkenden Zombies macht.«

Er steckt das Gerät wie ein beschützendes Elternteil weg. »Zusätzlich zu all Ihren anderen liebenswerten Eigenschaften sind Sie auch noch technikfeindlich?«

Ich überlege, ob ich ihm mein Nokia an den Kopf werfen soll, aber ich beschließe, dass es sich nicht lohnt, fünfundsechzig Dollar für ein neues Gerät auszugeben. »Nur weil ich nicht abgelenkt werden will, heißt das nicht, dass ich ein Technikmuffel bin.«

»Eigentlich ist mein Handy gut geeignet, um Ablenkungen auszublenden.« Er zieht sich die Kopfhörer wieder über die Ohren. »Sehen sie?« Er drückt auf Play, und ich höre die leisen Riffs von Heavy Metal.

»Sehr erwachsen«, sage ich zu ihm.

»Tut mir leid«, sagt er übermäßig laut. »Ich kann keine Ablenkungen hören.«

Gut. Wie auch immer. Wenigstens hat er einen guten Musikgeschmack. Mein Kaktus und ich sind große Fans von Metallica, und ich glaube, das ist es, was er gerade hört.

Ich fange an, hin und her zu laufen.

Ich stecke fest und bin spät dran. Wenn sich diese Blockade nicht in den nächsten ein oder zwei Minuten auflöst, kann ich mich von meinem neuen Job verabschieden – und damit auch von meinem Studiengeld. Kein Studiengeld bedeutet kein Botanikstudium, was in den letzten Jahren mein Traum war.

Bei Saguaros Säften, das ist echt ätzend.

Ich werfe einen Blick auf den Hottie – das Arschloch, meine ich.

Was würde er über jemanden mit Legasthenie sagen, der einen Hochschulabschluss machen will? Wahrscheinlich, dass ich eine Universität bräuchte, die Malbücher verwendet. Um ehrlich zu sein, würden auch Malbücher nicht viel helfen – ich kann nie innerhalb dieser blöden Linien bleiben.

Ich seufze, schaue weg und werde immer besorgter. Ganz abgesehen von meinen Träumen: Was ist, wenn der Aufzug eine Weile stecken bleibt?

Das unmittelbarste Problem ist mein wachsendes Bedürfnis, auf die Toilette zu gehen – aber paradoxerweise wird eine längerfristige Sorge sein, Flüssigkeiten zum Trinken zu finden.

Ich frage mich … Wenn man durstig genug ist, nimmt der Körper dann das Wasser aus der Blase wieder auf? Könnte ich mit dem, was ich bei mir habe, einen Filter basteln, um das Wasser in meinem Urin zurückzugewinnen? Vielleicht durch Katzenhaare?

Ich erzittere, aber nur zum Teil wegen der verrückten Klimaanlage, die mich sogar hier drin erreicht. Kurzfristig wäre es so viel besser, wenn sie heiß statt kalt wäre. Ich würde die Flüssigkeit ausschwitzen und müsste nicht pinkeln, obwohl ich vermutlich eher verdursten würde. Ich werfe einen neidischen Blick auf den großen Fremden. Ich wette, er hat eine Blase so groß wie ein Luftschiff. Er hat auch eine Edelstahlflasche, die wahrscheinlich mit Wasser gefüllt ist, das er nicht teilen wird.

Dann ist da noch die Frage nach dem Essen. Ich habe nichts Essbares bei mir, abgesehen von einer Dose Katzenfutter … und, theoretisch, auch die Katze selbst.

Nein. Eher würde ich diesen Fremden essen als die arme Atonic.

Wie von Geisterhand knurrt der Magen des Fremden.

Mist. Da der Kerl so groß und gemein ist, würde er wahrscheinlich die Katze fressen. Danach würde er sich auf mich stürzen … und das nicht auf eine Art und Weise, die für beide Seiten Spaß bedeutet.

Ich bin so, so am Arsch.

Für mehr Informationen, melden Sie sich für meinen Newsletter auf www.mishabell.com/de.